MICHAEL CRICHTON

Latitudes piratas

Michael Crichton nació en Chicago en 1942. Se doctoró por la
Facultad de Medicina de Harvard y durante esos años, escribió
una serie de *thrillers* bajo el seudónimo de Jeffrey Hudson. En
las últimas tres décadas, ha sido uno de los autores esta-
dounidenses de mayor proyección mundial, y todos sus libros
recibieron una sensacional acogida de crítica y público. Se le
conoce mundialmente como el creador del *thriller* tecnológico
y científico. Sus libros han sido traducidos a treinta y seis
idiomas, y doce de ellos han sido llevados al cine. Entre sus
obras cabe destacar: *Esfera, Congo, Un caso de urgencia, El
gran robo del tren, Acoso, Parque jurásico, El mundo perdido,
Punto crítico, Rescate en el tiempo, Sol naciente, Presa y Estado
de miedo*, así como el guión de cine *Twister*. Falleció en 2008.

www.michaelcrichton.net

MICHAEL CRICHTON

Latitudes piratas

Traducción de Esther Roig

Vintage Español
Una división de Random House, Inc.
Nueva York

PRIMERA EDICIÓN VINTAGE ESPAÑOL, DICIEMBRE 2010

Copyright de la traducción © 2010 por Esther Roig Giménez

Información de catalogación de publicaciones disponible en la
Biblioteca del Congreso de los Estados Unidos.

Vintage ISBN: 978-0-307-74114-1

Mapa de Nick Springer, Springer Cartographics, LLC.

www.grupodelectura.com

Impreso en los Estados Unidos de América
10 9 8 7 6 5 4 3 2 1

PRIMERA PARTE

Port Royal

FLORIDA

30°N

Golfo
de
México

25°N

La Habana

CUBA

Estrecho de las Baha...

Augustine

ISLAS BAHAM...

Mérida

Campeche

20°N

YUCATÁN

GRAN...

Ocho Ríos

JAMAICA

Port Royal

Port Mo...

MÉXICO

Trujillo

N
U
E
V
A

15°N

HONDURAS

COSTA DE LOS MOSQUITOS

E
S
P
A
Ñ
A

NICARAGUA

Océano

COSTA
RICA

10°N

Portobello

Car...

Pacífico

VERAGUA

Panamá

DARIEN

Océano

Atlántico

30°N

25°N

TRÓPICO DE CÁNCER

CAICOS

ISLAS TURCAS

...UA

los Vientos

TORTUGA   Monte Cristo

20°N

le

ISLAS VÍRGENES

MATANCEROS

LA HISPANIOLA   San Juan

RAMONAS

Santo Domingo   PUERTO RICO

NTILLAS   ST. KITTS

GUADALUPE

M
E
N
O
R
E
S

DOMINICA

15°N

Mar Caribe

ISLA DEL GATO

Bahía del Mono

BARBADOS

ANTILLAS

Boca del Dragón   GRANADA

CAYO SIN NOMBRE   TOBAGO

Maracaibo   TRINIDAD

10°N

VENEZUELA

1

Sir James Almont, nombrado gobernador de Jamaica por Su Majestad Carlos II de Inglaterra, solía ser un hombre madrugador. Ello se debía en parte a su condición de viudo ya mayor, en parte a los dolores de gota que trastornaban su sueño, y en parte a haber tenido que adaptarse al clima de la colonia de Jamaica que, en cuanto salía el sol, se volvía calurosa y húmeda.

La mañana del 7 de septiembre de 1665, sir James siguió su rutina habitual: se levantó de la cama en sus aposentos privados del tercer piso de la mansión del gobernador y se asomó a la ventana para ver qué tiempo se anunciaba para la jornada. La mansión del gobernador era una imponente construcción de ladrillo con el tejado de tejas rojas. También era el único edificio de tres pisos de Port Royal, y el panorama que ofrecía de la ciudad era excelente. El gobernador miró hacia abajo y vio cómo los faroleros hacían la ronda por las calles, apagando las farolas que habían encendido la noche anterior. En Ridge Street, la patrulla matinal de soldados de la guarnición estaba recogiendo a los borrachos y los cadáveres caídos en el barro. Justo debajo de su ventana, la primera de la planta, pasaban ruidosamente los carros de los aguadores tirados por caballos, cargados de barriles de agua potable del río Cobra, situado a varios kilómetros de distancia. Aparte de esto, Port Royal dis-

frutaba del silencio que reinaba brevemente entre el desvaneci-
miento estupefacto del último de los vagabundos borrachos y
el comienzo del barullo del comercio matinal en la zona de los
muelles.

Apartó la mirada de las calles estrechas y desordenadas de
la ciudad, la dirigió hacia el puerto y contempló el bosque on-
dulante de mástiles, los cientos de navíos de todos los tamaños
anclados o remolcados hasta el interior del puerto. En el mar, a
lo lejos, vio una goleta mercante inglesa anclada más allá del
arrecife de Rackham. Sin duda, el barco había llegado durante
la noche, y el capitán había decidido prudentemente esperar a la
luz del día para entrar en el puerto de Port Royal. Mientras lo
observaba, a la luz de la aurora, se izaron las gavias del barco y
dos botes salieron de la costa cerca de Fort Charles para guiar
el mercante hasta el puerto.

El gobernador Almont, conocido en el lugar como «James
la Décima», debido a su costumbre de desviar una décima parte del botín de las expediciones corsarias a sus cofres privados,
se apartó de la ventana y cojeando por culpa de su dolorida
pierna izquierda cruzó la habitación para asearse. Inmediatamente se olvidó del navío mercante, porque aquella mañana sir
James tenía la desagradable obligación de asistir a una ejecución en la horca.

La semana anterior, unos soldados habían capturado a un
fuera de la ley francés llamado LeClerc, acusado de realizar
una expedición pirata contra el asentamiento de Ocho Ríos, en
la costa norte de la isla.

Gracias al testimonio de algunos supervivientes del ataque,
LeClerc había sido condenado a morir públicamente en la horca en High Street. El gobernador Almont no sentía ningún interés por aquel francés ni por su suerte, pero debía asistir a la
ejecución como representante de la autoridad. Le esperaba una
mañana tediosa y formal.

Richards, el criado del gobernador, entró en la habitación.

—Buenos días, excelencia. Su Burdeos.

Ofreció la copa de vino al gobernador, quien inmediatamente se lo bebió de un trago. Richards preparó lo necesario para el aseo matinal: una jofaina de agua de rosas, otra llena de bayas de mirto aplastadas y otra más pequeña con polvo dentífrico y un paño para sacar brillo a los dientes. El gobernador Almont comenzó su aseo acompañado del siseo del fuelle perfumado que Richards utilizaba cada mañana para renovar el aire de la estancia.

—Un día caluroso para una ejecución pública —comentó Richards.

Sir James gruñó a modo de asentimiento.

Se untó los cabellos cada día más escasos con la pasta de bayas de mirto. El gobernador Almont tenía cincuenta y un años, aunque ya hacía una década que se estaba quedando calvo. No era un hombre particularmente presumido, y de todos modos, normalmente llevaba sombrero, así que la calvicie no era algo tan terrible como pudiera parecer. Sin embargo, utilizaba preparados para combatir la pérdida del cabello. Desde hacía años usaba bayas de mirto, un remedio tradicional prescrito por Plinio. También se aplicaba una pasta de aceite de oliva, ceniza y lombrices trituradas para evitar la aparición de canas. Pero el olor de esa mezcla era tan nauseabundo que la usaba con menos frecuencia de la que consideraba aconsejable.

El gobernador Almont se enjuagó el pelo con agua de rosas, se lo secó con una toalla y examinó su aspecto en el espejo.

Uno de los privilegios de ser la máxima autoridad de la colonia de Jamaica era que poseía el mejor espejo de la isla. Medía casi treinta centímetros por cada lado y era de excelente calidad, sin irregularidades ni manchas. Había llegado de Londres hacía un año, a petición de un comerciante de la ciudad, y Almont lo había confiscado con un pretexto cualquiera.

No era ajeno a este tipo de comportamientos; incluso le parecía que con ello aumentaba el respeto de la comunidad hacia él. Tal como le había advertido en Londres sir William Lytton, el anterior gobernador, Jamaica «no era una región que adoleciera de un exceso de moral». En años posteriores, sir James recordaría a menudo tan acertadas palabras, ya que sir James no poseía el don de la elocuencia; era de una franqueza excesiva y tenía un temperamento marcadamente colérico, algo que él atribuía a la gota.

Mientras observaba su imagen en el espejo, se dio cuenta de que debía pasar a ver a Enders, el barbero, para que le recortara la barba. Sir James no era un hombre guapo, así que llevaba una barba poblada para compensar un rostro demasiado «afilado».

Farfulló algo a su reflejo y pasó a ocuparse de los dientes. Introdujo un dedo húmedo en la pasta de cabeza de conejo en polvo, cáscara de granada y flores de melocotón y se frotó los dientes vigorosamente, canturreando.

En la ventana, Richards contemplaba la llegada del barco.

—Dicen que ese mercante es el *Godspeed*, señor.

—¿Ah, sí?

Sir James se enjuagó la boca con un poco de agua de rosas, escupió, y se secó los dientes con el elegante paño de Holanda, de seda roja y con el borde de encaje. Tenía cuatro paños del mismo tipo, otro privilegio, por pequeño que fuera, de su posición en la colonia. Sin embargo, uno de ellos lo había estropeado una criada descuidada lavándolo a la manera tradicional, golpeándolo sobre las piedras, con lo que rasgó su delicado tejido. El servicio era un problema en la isla. Sir William también se lo había comentado.

Richards era una excepción, un criado al que había que cuidar; escocés, pero limpio, fiel y razonablemente de fiar. También se podía contar con él para estar al corriente de los cotilleos y de todo lo que sucedía en la ciudad, pues de otro modo jamás llegarían a oídos del gobernador.

—El *Godspeed*, ¿dices?

—Sí, excelencia —afirmó Richards, colocando sobre la cama el vestuario de sir James para ese día.

—¿Mi nuevo secretario está a bordo?

Según los despachos del mes anterior, en el *Godspeed* llegaría su nuevo secretario, un tal Robert Hacklett. Sir James nunca había oído hablar de él, y estaba deseando conocerlo. Llevaba ocho meses sin secretario, desde que Lewis había muerto de disentería.

—Creo que sí, excelencia —dijo Richards.

Sir James se aplicó el maquillaje. Primero se untó con *cerise* —una crema elaborada con plomo blanco y vinagre— para conseguir en la cara y el cuello una palidez elegante. A continuación, en mejillas y labios, se aplicó fucus, un pigmento rojo compuesto de algas marinas y ocre.

—¿Deseáis aplazar la ejecución? —preguntó Richards, mientras ofrecía al gobernador su aceite medicinal.

—No, creo que no —contestó Almont, estremeciéndose tras tomar una cucharada.

Era un aceite de perro de pelo rojo, que preparaba un milanés establecido en Londres; se consideraba que era eficaz contra la gota. Sir James lo tomaba sin falta todas las mañanas.

Después se vistió de acuerdo con los compromisos de su jornada. Richards había preparado, muy acertadamente, el atuendo más formal del gobernador. Primero, sir James se puso una camisa blanca fina de seda, y después se enfundó unas mallas azul claro. A continuación, su jubón verde de terciopelo, pesadamente guateado y espantosamente caluroso, pero indispensable para las ceremonias oficiales. Su mejor sombrero de plumas completaba el atuendo.

Acicalarse le había ocupado casi una hora. A través de las

ventanas abiertas, sir James oía el alboroto matinal y los gritos de la ciudad que despertaba.

Dio un paso atrás para que Richards le diera una ojeada. El criado le ajustó los pliegues del cuello y asintió satisfecho.

—El comandante Scott os espera con vuestra carroza, excelencia —dijo Richards.

—Excelente —dijo sir James.

Caminando lentamente, a causa de los pinchazos de dolor en el dedo gordo del pie izquierdo, transpirando bajo el pesado jubón ornamentado y con los cosméticos resbalándole por las mejillas, el gobernador de Jamaica bajó la escalera de su residencia para subir a la carroza.

2

Para un hombre que padecía gota, el menor trayecto en carroza por las calles empedradas era una tortura. Únicamente por ese motivo, sir James detestaba tener que asistir a todas las ejecuciones. Otra razón para que le desagradaran esas ceremonias era que le exigían adentrarse en su dominio, que él prefería gozar desde la perspectiva de su ventana.

En 1665, Port Royal era una ciudad en pleno crecimiento. Durante el decenio transcurrido desde la expedición en la que Cromwell había arrebatado la isla de Jamaica a los españoles, Port Royal había pasado de ser una miserable y desierta franja de arena infestada de enfermedades a una ciudad miserable y superpoblada de ocho mil habitantes infestada de asesinos.

No podía negarse que Port Royal era una ciudad rica —según algunos la ciudad más rica del mundo—, pero eso no la hacía agradable. Solo algunas calles estaban empedradas, con adoquines importados de Inglaterra como lastre para los barcos. El resto eran callejones angostos y embarrados, que hedían a desperdicios y excrementos de caballo, infestados de moscas y mosquitos. Los edificios adosados unos a otros eran de madera o de ladrillo, de construcción rudimentaria y para un uso vulgar: una interminable sucesión de tabernas, tascas, casas de juego y burdeles. Estos locales atendían a los miles de marineros y otros forasteros que llegaban a la costa continuamente. También había un puñado de tiendas de comerciantes legítimos y una iglesia en el extremo norte de la ciudad, que era, como había expresado tan acertadamente sir William Lytton, «raramente frecuentada».

Por supuesto, sir James y su personal asistían a los servicios todos los domingos, junto con los pocos miembros piadosos de la comunidad. Pero muy a menudo, por la llegada de un marinero borracho, interrumpía el sermón e impedía el desarrollo del servicio con gritos y juramentos blasfemos y, en una ocasión, incluso con disparos. Sir James ordenó que se encerrara quince días a ese hombre en prisión, pero debía ser cauto al impartir los castigos. La autoridad del gobernador de Jamaica era —de nuevo en palabras de sir William— «sutil como un fragmento de pergamino, e igual de frágil».

Después de que el rey lo nombrara gobernador, sir James pasó una velada con sir William, durante la cual este le explicó el funcionamiento de la colonia. Sir James escuchó y creyó entenderlo todo, pero nadie entendía verdaderamente la vida en el Nuevo Mundo hasta que se enfrentaba con la cruda realidad.

Mientras el carruaje avanzaba por las hediondas calles de Port Royal y sir James saludaba con la cabeza a los colonos que se inclinaban respetuosamente, el gobernador se maravilló de la cantidad de cosas que había acabado por encontrar totalmente naturales y ordinarias. Aceptaba el calor, las moscas y los hedores pestilentes; aceptaba los robos y el comercio corrupto; aceptaba los modales groseros de los corsarios borrachos. Había tenido que realizar infinidad de pequeños ajustes; entre ellos, aprender a dormir entre gritos furibundos y disparos, que cada noche se sucedían incesantemente en el puerto.

Sin embargo, muchas cosas seguían irritándolo, y una de las que más le fastidiaban estaba sentado frente a él en la carroza.

En esos momentos, el comandante Scott, jefe de la guarnición de Fort Charles y que se había nombrado a sí mismo guardián de los buenos modales galantes, se sacudió una invisible brizna de polvo del uniforme y dijo:

—Confío, excelencia, que hayáis disfrutado de una noche excelente y por consiguiente os halléis en el estado de ánimo idóneo para cumplir con vuestros compromisos de la mañana.

—He dormido suficientemente bien —respondió con brusquedad sir James.

Por enésima vez pensó para sus adentros en lo peligrosa que podía resultar su vida en Jamaica con un comandante de guarnición que era un frívolo y un inepto en lugar de un militar de verdad.

—Por lo que he podido saber —prosiguió el comandante Scott, llevándose un pañuelo perfumado de encaje a la nariz e inspirando con delicadeza—, el prisionero LeClerc está ya preparado y todo está dispuesto para la ejecución.

—Muy bien —dijo sir James, mirando al comandante Scott con el ceño fruncido.

—También se ha llamado mi atención sobre el mercante *Godspeed*, que está amarrando en este momento y que cuenta entre sus pasajeros al señor Hacklett, vuestro nuevo secretario.

—Esperemos que no sea tan idiota como el último —dijo sir James.

—Por supuesto. Esperémoslo —indicó el comandante Scott, y después, afortunadamente permaneció en silencio.

La carroza entró en la plaza de High Street donde una gran multitud se había congregado para asistir a la ejecución. Mientras sir James y el comandante Scott bajaban de la carroza, se oyeron algunas aclamaciones.

Sir James saludó con la cabeza y el comandante realizó una profunda reverencia.

—Percibo una numerosa asistencia —comentó el comandante—. Siempre me satisface la presencia de tantos jóvenes y niños. Será una buena lección para ellos, ¿no os parece?

—Hum —murmuró sir James.

Se situó frente a la multitud y se detuvo a la sombra del patíbulo. En High Street la horca siempre estaba dispuesta, ya que se utilizaba a menudo: un travesaño sostenido por un montante, del que colgaba a poco más de dos metros del suelo una recia soga.

—¿Dónde está el preso? —preguntó sir James, irritado.

No se veía al preso por ninguna parte. El gobernador esperó con visible impaciencia, retorciéndose las manos a la espalda. De repente, se oyó el retumbo grave de los tambores que anunciaba la llegada del carro. Momentos después, este pasó entre los gritos y las risas de la gente.

El preso LeClerc estaba de pie, con las manos atadas a la espalda. Llevaba una túnica de tela gris, manchada por los desperdicios lanzados por la gente, pero mantenía la barbilla alta.

El comandante Scott se inclinó hacia el gobernador.

—Sin duda produce una buena impresión, excelencia.

Sir James se limitó a gruñir.

—Tengo buena opinión de un hombre que sabe morir con *finesse*.

Sir James no dijo nada. El carro llegó al patíbulo y giró de modo que el preso quedara de cara al público. El verdugo, Henry Edmonds, se acercó al gobernador e hizo una prolongada reverencia.

—Buenos días, excelencia, y a vos también, comandante Scott. Tengo el honor de presentar al preso, el francés LeClerc, recientemente condenado por la Audiencia…

—Procede, Henry —dijo sir James.

—Enseguida, excelencia.

Con expresión ofendida, el verdugo hizo otra reverencia y volvió al carro. Subió, se colocó junto al preso y le puso la soga alrededor del cuello. Después fue a la parte delantera del carro y se quedó junto a la mula. Hubo un momento de silencio, que se alargó demasiado.

Finalmente, el verdugo giró sobre sus talones y gritó bruscamente.

—¡Teddy, maldita sea, presta atención!

Inmediatamente, un chiquillo, el hijo del verdugo, empezó a tocar un rápido redoble de tambor. El verdugo se volvió hacia la multitud. Levantó la fusta y dio un solo golpe a la mula. El carro se alejó ruidosamente y el preso se quedó pataleando y oscilando en el aire.

Sir James observó las convulsiones del condenado. Escuchó el jadeo ronco de LeClerc y vio cómo su rostro se volvía púrpura. El francés pataleó violentamente, balanceándose a medio metro del suelo embarrado. Los ojos parecían salírsele de las órbitas. La lengua asomó entre sus labios. El cuerpo, colgando de la soga, se estremeció con temblores y espasmos.

—Está bien —dijo sir James por fin, y saludó al público.

Inmediatamente, un par de robustos amigos del condenado se adelantaron. Lo agarraron de los pies y tiraron de ellos, intentando romperle el cuello para evitarle sufrimientos. Pero no eran particularmente hábiles, así que el pirata, que era fuerte, echó a los dos hombres sobre el barro con sus vigorosas patadas. La agonía se prolongó unos instantes más y finalmente, de forma brusca, el cuerpo quedó inerte.

Los hombres se apartaron. Por las piernas de LeClerc comenzó a resbalar un hilo de orina. El cuerpo se balanceaba exánime, oscilando en el extremo de la soga.

—Una ejecución excelente —dijo el comandante Scott con una amplia sonrisa. Lanzó una moneda de oro al verdugo.

Sir James subió a la carroza; de repente, tenía un hambre canina. Para acuciar aún más su apetito, así como para disimular los malos olores de la ciudad, se permitió un pellizco de rapé.

El comandante Scott propuso pasar por el puerto para ver si el nuevo secretario ya había desembarcado. El carruaje paró en los muelles, lo más cerca posible del amarre del barco; el cochero sabía que el gobernador solía caminar lo estrictamente necesario. El portero abrió la puerta y sir James bajó, haciendo una mueca ante el fétido aire matutino.

Se encontró frente a un joven de poco más de treinta años, quien, al igual que el gobernador, estaba sudando bajo su pesado jubón. El joven hizo una reverencia y dijo:

—Excelencia.

—¿Con quién tengo el placer de hablar? —preguntó Almont, con una ligera inclinación. Ya no podía hacer reverencias profundas debido al dolor de la pierna; además, le desagradaba tanta pompa y formalidad.

—Charles Morton, excelencia, capitán del mercante *Godspeed*, zarpado de Bristol. —Presentó sus documentos.

Almont ni siquiera los miró.

—¿Qué cargamento transportáis?

—Tejidos de la región occidental, excelencia, cristal de Stourbridge y artículos de hierro. Su excelencia tiene el manifiesto en las manos.

—¿Lleváis pasaje? —Abrió el manifiesto y vio que había olvidado las gafas; la lista era un borrón oscuro. Examinó el documento con impaciencia y lo cerró de nuevo.

—Llevo al señor Robert Hacklett, el nuevo secretario de su excelencia, y a su esposa —dijo Morton—. Además nos acompañan ocho ciudadanos libres, que trabajarán de comerciantes en la colonia, y treinta y siete mujeres, condenadas por la justicia y enviadas aquí por lord Ambritton, de Londres, para que sean entregadas como esposas a los colonos.

—Cuánta amabilidad por parte de lord Ambritton —ironizó Almont. De vez en cuando, algún funcionario de las grandes ciudades de Inglaterra disponía que algunas mujeres condenadas fueran enviadas a Jamaica, una simple treta para ahorrarse los gastos de mantenerlas en prisión en su tierra. Sir James no se hacía ilusiones sobre cómo sería este nuevo grupo de mujeres—. ¿Dónde está el señor Hacklett?

—A bordo, recogiendo sus pertenencias con la señora Hacklett, excelencia. —El capitán Morton se movió nerviosamente—. Ella no ha tenido una travesía muy agradable, excelencia.

—No me cabe duda —dijo Almont. Le irritaba que su nuevo secretario no estuviera en tierra esperándolo—. ¿El señor Hacklett trae algún mensaje para mí?

—Es posible, excelencia —dijo Morton.

—Tened la bondad de decirle que se reúna conmigo en la mansión del gobernador en cuanto le sea posible.

—Así lo haré, excelencia.

—Esperaréis la llegada del sobrecargo y del señor Gower, el inspector de aduanas, que verificará vuestro manifiesto y supervisará la operación de descarga. ¿Tenéis muchas muertes de las que informar?

—Solo dos, excelencia, simples marineros. Uno cayó por la borda y el otro murió de hidropesía. De otro modo, jamás habría entrado en el puerto.

Almont vaciló.

—¿A qué se refiere con que no habría entrado en el puerto?

—Me refiero a si alguien hubiera muerto de peste, excelencia.

Almont frunció el ceño bajo el intenso calor.

—¿La peste?

—¿Su excelencia no está al corriente de la peste que recientemente ha atacado Londres y algunas otras ciudades inglesas?

—No sabía absolutamente nada —dijo Almont—. ¿Hay peste en Londres?

—Así, es excelencia, ya hace meses que se extiende, entre la confusión general e innumerables muertes. Se dice que llegó de Amsterdam.

Almont suspiró. Eso explicaba por qué no habían llegado barcos de Inglaterra en las últimas semanas, ni despachos de la corte. Recordó la peste de Londres de hacía diez años, y esperó que su hermana y su sobrina hubieran tenido la presencia de ánimo suficiente para refugiarse en la casa de campo. Pero la noticia no lo perturbó demasiado. El gobernador Almont aceptaba la desgracia con estoicidad. Él mismo convivía cotidianamente con el riesgo de la disentería y de las fiebres convulsivas que cada semana mataban a varios habitantes de Port Royal.

—Me gustaría saber más —dijo—. Os ruego que cenéis en mi casa esta noche.

—Será un placer —aceptó Morton, haciendo otra reverencia—. Será un honor, excelencia.

—Esperad a opinar cuando veáis la mesa que esta mísera colonia puede ofrecer —dijo Almont—. Una última cosa, capitán. Necesito criadas para la mansión. El último grupo de negras estaban enfermas y murieron. Os estaría infinitamente agradecido si pudierais mandarme a las mujeres convictas a la mansión lo antes posible. Yo me encargaré de los documentos.

—Excelencia.

Almont saludó con la cabeza y subió con dificultad al carruaje. Con un suspiro de alivio, se arrellanó en el asiento y ordenó volver a la mansión.

—Un día maloliente y penoso —comentó el comandante Scott.

Y en efecto, durante un buen rato, el hedor de la ciudad se mantuvo en la nariz del gobernador y no se disipó hasta que esnifó otro pellizco de rapé.

3

Con ropa ligera, el gobernador Almont desayunaba solo en el comedor de la mansión. Como tenía por costumbre, tomó un poco de pescado hervido y una copita de vino, seguido de otro de los pequeños placeres que le proporcionaba su destino: una taza de café solo y fuerte. Desde su nombramiento como gobernador se había ido aficionando cada vez más al café, y se regodeaba sabiendo que tenía cantidades casi ilimitadas de esa delicia que en la madre patria escaseaba.

Mientras terminaba su café entró John Cruikshank, su ayudante. John era un puritano que se había visto obligado a marcharse de Cambridge apresuradamente cuando Carlos II recuperó el trono. Era un hombre de cara amarillenta, serio y tedioso, pero muy diligente.

—Las convictas han llegado, excelencia.

Solo de pensarlo, Almont hizo una mueca. Se secó los labios.

—Mándamelas. ¿Están limpias, John?

—Razonablemente limpias, excelencia.

—Pues tráelas.

Las mujeres entraron ruidosamente en el comedor. Charlaban, miraban a todas partes y señalaban ahora una cosa ahora otra. Un atajo de insubordinadas, descalzas y vestidas con idénticos trajes de fustán gris. El ayudante las hizo ponerse en fila contra la pared y Almont se levantó de la mesa.

Las mujeres callaron mientras él las inspeccionaba. El único sonido que se escuchaba en la sala era el del pie izquierdo dolorido del gobernador arrastrándose por el suelo mientras las miraba una por una.

Aquellas mujeres eran las más feas, greñudas y procaces que había visto jamás. El gobernador se paró frente a una de ellas, que era más alta que él, una criatura espantosa con la cara marcada y la boca desdentada.

—¿Cómo te llamas?

—Charlotte Bixby, excelencia. —Intentó una especie de reverencia patosa.

—¿Y cuál es tu delito?

—Lo juro, excelencia, no he hecho nada. Me acusaron con calumnias…

—Asesinó a su marido, John Bixby —recitó el ayudante, leyendo una lista.

La mujer se calló. Almont siguió. Cada cara que veía era más fea que la anterior. Se paró frente a una mujer de cabellos negros enmarañados y una cicatriz amarillenta que bajaba por un lado del cuello. Su expresión era malhumorada.

—¿Cómo te llamas?

—Laura Peale.

—¿Cuál es tu delito?

—Dijeron que le había robado la bolsa a un caballero.

—Ahogó a sus hijos de cuatro y siete años —recitó John en tono monótono, sin levantar los ojos de la lista.

Almont miró a la mujer con el ceño fruncido. Esas mujeres estarían en su elemento en Port Royal; eran tan rudas como el más aguerrido de los corsarios. Pero ¿esposas? Desde luego no serían esposas. Siguió recorriendo la fila de caras y se paró frente a una que era insólitamente joven.

La muchacha tendría quizá catorce o quince años, los cabellos rubios y la piel muy clara. Tenía unos ojos azules y límpidos que expresaban una rara amabilidad e inocencia. Parecía totalmente fuera de lugar en aquel grupo de mujeres groseras. El gobernador le habló en tono amable.

—¿Cómo te llamas, niña?

—Anne Sharpe, excelencia. —Su voz era apenas audible, casi un susurro, y mantenía los ojos tímidamente bajos.

—¿Cuál es tu delito?

—Hurto, excelencia.

Almont miró a John. Este asintió.

—Robo en el alojamiento de un caballero. En Gardiner's Lane, Londres.

—Entiendo —dijo Almont, volviendo a mirar a la muchacha. Pero no fue capaz de ser severo con ella, que mantenía los ojos bajos—. Necesito una sirvienta en mi casa, señorita Sharpe. Servirás en mi residencia.

—Excelencia —interrumpió John, inclinándose hacia Almont—. Si me permitís unas palabras.

Los dos hombres se apartaron un poco de las mujeres. El ayudante, que parecía agitado, le indicó la lista.

—Excelencia —susurró—, aquí dice que la acusaron de brujería durante el juicio.

Almont se rió, divertido.

—No lo dudo, no lo dudo.

A menudo se acusaba de brujería a las mujeres hermosas.

—Excelencia —insistió John, con celo puritano—. Aquí dice que lleva en el cuerpo los estigmas del demonio.

Almont miró a la tímida jovencita rubia. No le parecía probable que fuera bruja. Sir James sabía un par de cosas de brujería. Las brujas tenían ojos de colores extraños y estaban rodeadas de corrientes de aire helado. Su carne era fría como la de los reptiles y tenían un seno de más.

Almont estaba seguro de que aquella mujer no era bruja.

—Dispón que la bañen y la vistan —ordenó.

—Excelencia, permitid que os recuerde, los estigmas…

—Ya me ocuparé más tarde de los estigmas.

John hizo una reverencia.

—Como deseéis, excelencia.

Por primera vez, Anne Sharpe levantó la cabeza y miró al gobernador Almont, con la más leve de las sonrisas.

4

—Con el debido respeto, sir James, debo confesar que nada habría podido prepararme para el impacto de mi llegada a este puerto.

El señor Robert Hacklett, delgado, joven y nervioso, paseaba arriba y abajo mientras hablaba. Su esposa, una mujer joven de aspecto extranjero, esbelta y morena, estaba sentada rígidamente en una silla mirando fijamente al gobernador.

Sir James se había acomodado detrás de su escritorio, con el pie malo, hinchado y dolorido, apoyado en un cojín. Intentaba mostrarse paciente.

—Francamente, en la capital de la Colonia de Jamaica de Su Majestad en el Nuevo Mundo —continuó Hacklett— esperaba encontrar alguna apariencia de orden cristiano y legalidad en el comportamiento de sus gentes. Como poco, alguna prueba de represión contra los vagabundos y esos canallas salvajes que actúan a su antojo donde y como les place. Por Dios, mientras recorríamos en un carruaje abierto las calles de Port Royal, si a eso se le pueden llamar calles, un individuo vulgar y borracho ha insultado a mi mujer, asustándola enormemente.

—Ya —dijo Almont, suspirando.

Emily Hacklett asintió silenciosamente. A su manera era

una mujer bonita, con el tipo de físico que solía atraer al rey Carlos. Sir James podía imaginar cómo el señor Hacklett había llegado a ser el favorito de la corte hasta el punto de que le nombraran para el puesto potencialmente lucrativo de secretario del gobernador de Jamaica. Sin duda Emily Hacklett había sentido la presión del abdomen real más de una vez.

Sir James suspiró.

—Además —continuó Hacklett—, hemos tenido que soportar, por todas partes, la visión de mujeres procaces y medio desnudas en la calle y gritando desde las ventanas, hombres borrachos y vomitando en la calle, ladrones y piratas peleando y alborotando en las esquinas, y...

—¿Piratas? —preguntó Almont bruscamente.

—Pues sí, piratas. Al menos así es como llamaría yo a esos marineros asesinos.

—En Port Royal no hay piratas —afirmó Almont. Su voz era dura. Miró enfadado a su nuevo secretario y maldijo las bajas pasiones del Alegre Monarca, por culpa de las cuales él tendría que soportar a aquel idiota pedante como secretario. Estaba claro que Hacklett no le sería de ninguna utilidad—. No hay piratas en esta colonia —repitió Almont—. Y si hallara pruebas de que alguno de los hombres es un pirata, se le juzgaría como es debido y se le ahorcaría. Así lo dicta la ley de la Corona y aquí se observa con absoluto rigor.

Hacklett le miró con incredulidad.

—Sir James —dijo—, discutís por un detalle de terminología cuando la verdad del asunto está a la vista en todas las calles y todas las casas de la ciudad.

—La verdad del asunto está a la vista en el patíbulo de High Street —replicó Almont—, donde en este momento puede verse a un pirata balanceándose con la brisa. De haber desembarcado antes, lo habríais presenciado vos mismo. —Suspiró de nuevo—. Sentaos —dijo—, y callaos antes de que me confirméis la impresión de que sois un idiota aún mayor de lo que parecéis.

El señor Hacklett palideció. Sin duda no estaba acostumbrado a ser tratado con tanta rudeza. Se sentó rápidamente en una silla junto a su esposa. Ella le tocó la mano para tranquilizarlo, un gesto sincero, de parte de una de las amantes del rey.

Sir James Almont se levantó, haciendo una muca por el dolor que le subía del pie. Se inclinó sobre la mesa.

—Señor Hacklett —dijo—. La Corona me ha encargado expandir la colonia de Jamaica y mantener su prosperidad. Permitid que os explique algunos hechos pertinentes relacionados con el desempeño de vuestra tarea. Somos un puesto avanzado pequeño y débil de Inglaterra en medio de territorio español. Soy consciente —prosiguió pesadamente— de que en la corte se finge que Su Majestad está bien asentada en el Nuevo Mundo. Pero la verdad es muy distinta. Los dominios de la Corona se limitan a tres colonias diminutas: St. Kitts, Barbados y Jamaica. El resto pertenece al rey Felipe de España. Este sigue siendo territorio español. No hay barcos ingleses en estas aguas. No hay guarniciones inglesas en estas tierras. Hay una docena de navíos españoles bien equipados y varios miles de soldados españoles repartidos por más de quince asentamientos importantes. El rey Carlos, en su sabiduría, desea conservar las colonias pero no desea tener que defenderlas de una invasión.

Hacklett le miraba, cada vez más pálido.

—Soy responsable de proteger esta colonia. ¿Cómo debo hacerlo? Sin duda, proveyéndome de hombres para el combate. Los aventureros y los corsarios son los únicos a los que tengo acceso, y me ocupo de que sean bien recibidos aquí. Tal vez a vos os parezcan poco agradables, pero Jamaica estaría indefensa y sería vulnerable sin ellos.

—Sir James…

—Callaos —le interrumpió Almont—. También tengo la

responsabilidad de expandir la colonia de Jamaica. En la corte es habitual proponer que incentivemos el establecimiento de granjas y explotaciones en esta zona. Sin embargo no han mandado a ningún campesino desde hace dos años. La tierra es pantanosa y poco productiva. Los nativos son hostiles. ¿Cómo puedo expandir la colonia y aumentar su población y su riqueza? Con el comercio. El oro y los bienes necesarios para establecer un mercado floreciente nos llegan gracias a los asaltos de los corsarios a los navíos y a los asentamientos españoles. Lo cual enriquece las arcas del rey, y según tengo entendido, esta situación no desagrada del todo a Su Majestad.

—Sir James…

—Y finalmente —prosiguió Almont—, tengo el deber, tácitamente, de privar a la corte de Felipe IV de tanta riqueza como sea posible. Sin duda su majestad considera, aunque en privado, que este es también un objetivo digno de esfuerzo. Sobre todo teniendo en cuenta que gran parte del oro que no llega a Cádiz acaba en Londres. En consecuencia, las iniciativas corsarias se fomentan abiertamente. Pero no la piratería, señor Hacklett. Y no se trata de una cuestión terminológica.

—Pero, sir James…

—La dura realidad de la colonia no admite un debate —sentenció Almont, sentándose de nuevo y apoyando el pie en el cojín—. Podéis reflexionar a placer sobre cuanto os he dicho, pero comprenderéis, estoy seguro de que lo haréis, que hablo con la sabiduría que se deriva de la experiencia en estos asuntos. Tened la amabilidad de acompañarme esta noche en la cena con el capitán Morton. Mientras tanto, estoy seguro de que tenéis mucho de lo que ocuparos para instalaros en vuestro alojamiento.

La entrevista había llegado claramente a su fin. Hacklett y su esposa se levantaron. El secretario hizo una leve y rígida reverencia.

—Sir James.

—Señor Hacklett. Señora Hacklett.

La pareja salió y el ayudante cerró la puerta. Almont se frotó los ojos.

—Santo cielo —dijo, sacudiendo la cabeza.

—¿Deseáis descansar un poco, excelencia? —preguntó John.

—Sí —contestó Almont—. Desearía descansar.

Se levantó de detrás de la mesa y salió al pasillo, para dirigirse a sus habitaciones. Al pasar por una estancia, oyó agua salpicando en una bañera de metal y una risita femenina. Miró a John.

—Están bañando a la nueva criada —dijo John.

Almont gruñó.

—¿Desea examinarla más tarde?

—Sí, más tarde —respondió Almont. Miró a John y sintió cierta diversión.

Estaba claro que John seguía asustado por la acusación de brujería. Los miedos de la gente del pueblo, pensó, cuán necios eran y cuán arraigados estaban.

5

Anne Sharpe se relajó en el agua tibia de la bañera y escuchó la charla de la enorme negra que se afanaba por la habitación. Anne no lograba entender casi nada de lo que decía la mujer, a pesar de que aparentemente hablaba en inglés; su entonación y su rara pronunciación le sonaban muy extrañas. La negra decía algo sobre la bondad del gobernador Almont. Anne Sharpe no estaba preocupada por la benevolencia del gobernador. Desde muy tierna edad había aprendido a tratar a los hombres.

Cerró los ojos y la cantilena de la negra dio paso en su cabeza al tañido de las campanas de la iglesia. En Londres había acabado odiando aquel sonido incesante y monótono.

Anne era la menor de tres hermanos, la hija de un marinero retirado reconvertido en fabricante de velas en Wapping. Cuando estalló la peste, poco antes de Navidad, sus dos hermanos mayores habían empezado a trabajar de vigilantes. Su misión era montar guardia frente a las puertas de las casas infectadas y procurar que sus habitantes no salieran por ningún motivo. Anne, por su parte, trabajaba de enfermera en casa de varias familias acomodadas.

Con el paso de las semanas, los horrores que había visto empezaron a mezclarse en su memoria. Las campanas tocaban de día y de noche. Todos los cementerios estaban llenos a rebosar; pronto no quedaron tumbas individuales, así que los ca- dáveres se echaban por docenas en zanjas profundas y se cu- brían apresuradamente con cal y con tierra. Los carros funera- rios, completamente cargados de cadáveres, recorrían las calles; los sacristanes se paraban frente a todas las casas gritando: «Sa- cad a vuestros muertos». El olor del aire pútrido era omnipre- sente.

Como el miedo. Anne recordaba haber visto a un hombre caer muerto en plena calle, con una bolsa repleta al lado, llena de monedas tintineantes. La gente pasó junto al cadáver, pero nadie se atrevió a recoger la bolsa. Más tarde se llevaron el cuerpo, pero la bolsa siguió allí, intacta.

En todos los mercados, los tenderos y los carniceros tenían cuencos de vinagre junto a sus artículos. Los vendedores echa- ban las monedas en el vinagre; las monedas no pasaban de mano en mano. Todos procuraban pagar con el importe exacto.

Amuletos, baratijas, pociones y hechizos eran los artículos más solicitados. Anne se compró un medallón que contenía una hierba pestilente, de la que se decía que repelía la peste. Lo llevaba siempre puesto.

Aun así la gente seguía muriendo. Su hermano mayor cayó víctima de la peste. Un día, ella lo vio en la calle; tenía el cuello hinchado con grandes bultos y le sangraban las encías. No vol- vió a verlo.

Su otro hermano sufrió una suerte bastante común entre los vigilantes. Una noche, mientras custodiaba una casa, los ha- bitantes encerrados en ella se volvieron locos por la demencia de la enfermedad. Consiguieron salir y mataron a su herma- no de un disparo durante su evasión. A ella se lo contaron, porque nunca volvió a verlo.

Finalmente, Anne también quedó encerrada en una casa perteneciente a la familia de un tal señor Sewell. Estaba cui- dando a la anciana señora Sewell, madre del dueño de la casa, cuando al señor Sewell se le manifestaron los bultos. La casa fue puesta en cuarentena. Anne cuidó a los enfermos lo mejor que pudo. Uno tras otro, todos los miembros de la familia murieron. Los cadáveres se fueron yendo en los carros funerarios. Al final se quedó sola en la casa y, milagrosamente, con buena salud.

Fue entonces cuando robó algunos objetos de oro y las pocas monedas que encontró; aquella noche escapó por una ventana del segundo piso y huyó saltando por los tejados de Londres. Un agente de policía la detuvo al día siguiente y le preguntó de dónde había sacado tanto oro una muchacha tan joven como ella. Le quitó el oro y la encerró en la prisión de Bridewell.

Allí languideció durante semanas hasta que lord Ambritton, un caballero animado por un espíritu cívico, fue de visita a la prisión y se fijó en ella. Anne sabía desde hacía tiempo que los hombres encontraban agradable su aspecto. Lord Ambritton no fue una excepción. Halló la forma de llevársela en su carruaje y tras algunos escarceos amorosos, que ella complació, prometió mandarla al Nuevo Mundo.

Al cabo de poco tiempo, Anne se encontró en Plymouth, y después a bordo del *Godspeed*. Durante la travesía, el capitán Morton, un hombre joven y vigoroso, se encaprichó de ella, y como en la intimidad de su camarote la invitaba a carne fresca y a otras exquisiteces, ella se alegró de conocerle y de renovar su amistad prácticamente cada noche.

Por fin llegó a aquel lugar nuevo, donde todo le pareció raro y desconocido. Sin embargo, no sintió miedo porque estaba segura de que gustaría al gobernador, al igual que había gustado a los otros hombres que habían cuidado de ella.

Terminado el baño, la vistieron con un traje de lana teñida y una blusa de algodón. Era la ropa más refinada que se ponía en más de tres meses, y le produjo un momento de placer sentir la tela sobre la piel. La negra abrió la puerta y le hizo una seña para que la siguiera.

—¿Adónde vamos?

—A ver al gobernador.

La acompañó por un largo y ancho pasillo. El suelo era de madera, pero irregular. A Anne le pareció extraño que un hombre tan importante como el gobernador viviera en una casa tan tosca. Muchos hombres corrientes de Londres tenían viviendas mejor construidas que aquella.

La negra llamó a una puerta y un escocés de expresión maliciosa la abrió. Anne vio un dormitorio y al gobernador de pie junto a la cama, en camisón y bostezando. El escocés indicó a Anne que entrara.

—Ah —dijo el gobernador—. Señorita Sharpe. Debo decir que vuestro aspecto se ha beneficiado en gran manera de las abluciones.

Anne no entendió exactamente qué le decía, pero si él estaba complacido, ella también lo estaba. Hizo una reverencia, como le había enseñado su madre.

—Richards, puedes dejarnos solos.

El escocés asintió y cerró la puerta. Anne se quedó a solas con el gobernador. Lo miró a los ojos.

—No te asustes, querida mía —dijo él en tono amable—. No hay nada que temer. Acércate a la ventana, Anne. Allí hay más luz.

Ella obedeció.

Él la miró en silencio un buen rato y finalmente dijo:

—Sabes que en tu juicio se te acusó de brujería.

—Lo sé, excelencia. Pero no es cierto.

—Estoy seguro de que no lo es, Anne. Pero se dijo que llevabas los estigmas de un pacto con el diablo.

—Lo juro, excelencia —rogó ella, sintiéndose nerviosa por primera vez—. No tengo nada que ver con el diablo.

—Te creo, Anne —dijo, sonriéndole—. Pero es mi deber verificar que no tienes estigmas.

—Os lo juro, excelencia.

—Te creo —dijo él—. Pero debes quitarte la ropa.

—¿Ahora excelencia?

—Sí, ahora.

Ella miró a su alrededor, un poco perpleja.

—Puedes dejar la ropa sobre la cama, Anne.

—Sí, excelencia.

Él la miró mientras se desnudaba. Anne percibió el brillo de sus ojos y dejó de tener miedo. El ambiente era caluroso y se sentía a gusto sin la ropa.

—Eres una muchacha preciosa, Anne.

—Gracias, excelencia.

Se quedó quieta, desnuda, y él se acercó. Se detuvo para ponerse los anteojos y después le examinó los hombros.

—Date la vuelta lentamente.

Ella obedeció. Él la escrutó detenidamente.

—Levanta los brazos por encima de la cabeza.

La joven lo hizo y él le examinó las axilas.

—Normalmente los estigmas se encuentran en las axilas o en los pechos —dijo él—. O en las partes pudendas. —Le sonrió—. No sabes de qué hablo, ¿verdad?

Ella negó con la cabeza.

—Échate en la cama, Anne.

Ella se echó en la cama.

—Ahora completaremos el examen —dijo él con seriedad.

Metió los dedos entre el vello púbico y observó la piel de ella con la nariz a dos centímetros de su vagina. Anne temía ofenderlo, pero la situación le parecía grotesca; además le hacía cosquillas, así que empezó a reír.

Él la miró enfadado un momento, pero después también rió y se quitó el camisón. La tomó sin ni siquiera quitarse los anteojos; ella sintió la montura de metal contra su oreja. Le dejó hacer. No duró mucho y después pareció satisfecho, así que ella también se quedó contenta.

Echados en la cama, él le preguntó por su vida y sus experiencias en Londres y por la travesía a Jamaica. La joven le describió cómo se divertían la mayoría de las mujeres entre ellas o con miembros de la tripulación, pero ella dijo que no lo había hecho. No era exactamente cierto, pero, como solo había estado con el capitán Morton, era casi verdad. Después le habló de la tormenta que se había desatado justo cuando habían avistado la tierra de las Indias, y cómo los había zarandeado durante dos días.

Se dio cuenta de que el gobernador Almont no le prestaba mucha atención; sus ojos tenían otra vez aquella expresión grotesca. Aun así, ella siguió hablando. Le contó que, terminada la tormenta el día amaneció despejado y pudieron ver tierra, con un puerto y una fortaleza, y un gran navío español en el puerto. Y que el capitán Morton temía ser atacado por ese navío de guerra español que sin duda había visto al mercante inglés. Pero el navío español, no salió del puerto.

—¿Qué? —preguntó el gobernador Almont, con voz aguda. Inmediatamente saltó de la cama.

—¿Qué sucede?

—¿Un navío español os vio y no os atacó?

—En efecto, excelencia —dijo ella—. Fue un gran alivio.

—¿Alivio? —gritó Almont. No daba crédito a sus oídos—. ¿Os sentisteis aliviados? ¡Santo cielo! ¿Cuándo sucedió?

Ella se encogió de hombros.

—Hace tres o cuatro días.

—Y era un puerto con una fortaleza, dices.

—Sí.

—¿En qué lado estaba la fortaleza?

Ella, confundida, sacudió la cabeza.

—No lo sé.

—Veamos —dijo Almont, vistiéndose apresuradamente—, ¿mirando hacia la isla y el puerto desde el mar, la fortaleza se encontraba a la derecha o a la izquierda?

—A este lado —dijo ella, señalando con el brazo derecho.

—¿Y la isla tenía un pico alto? ¿Era una isla muy verde y muy pequeña?

—Sí, exactamente, excelencia.

—¡Por la sangre de Cristo! —exclamó Almont—. ¡Richards! ¡Richards! ¡Llama a Hunter!

El gobernador salió corriendo de la estancia, dejándola sola y desnuda en la cama. Convencida de que le había causado algún disgusto, Anne se echó a llorar.

6

Llamaron a la puerta. Hunter se volvió en la cama; vio la ventana abierta y el sol que entraba a raudales.

—Largo —murmuró.

La muchacha que estaba a su lado cambió de posición, pero no se despertó.

Llamaron de nuevo.

—¡Largo, maldita sea!

La puerta se abrió y la señora Denby asomó la cabeza.

—Disculpe, capitán Hunter, pero ha llegado un mensajero de la mansión del gobernador. El gobernador requiere vuestra presencia esta noche para cenar, capitán Hunter. ¿Qué debo decirle?

Hunter se frotó los ojos. Parpadeó, deslumbrado.

—¿Qué hora es?

—Las cinco, capitán.

—Decidle al gobernador que allí estaré.

—Sí, capitán Hunter. Ah, capitán…

—¿Qué sucede?

—El francés de la cicatriz está abajo y pregunta por vos.

Hunter gruñó.

—Entendido, señora Denby.

La puerta se cerró y Hunter saltó de la cama. La muchacha

seguía durmiendo, roncando ruidosamente. El capitán miró alrededor de la estancia, pequeña y atestada; había una cama, un baúl de marinero con sus pertenencias en un rincón, una bacinilla bajo la cama, una jofaina de agua. Tosió y empezó a vestirse, pero se paró para orinar por la ventana, a la calle. Le llegó una maldición. Hunter sonrió y siguió vistiéndose, tras elegir el único jubón bueno del baúl y el último par de mallas sin demasiados rotos. Finalmente se ciñó el cinturón de oro con la daga corta, y después, en una decisión de última hora, cogió una pistola, la cargó, colocó la bala con una baqueta para que no se moviera dentro del cañón y se la metió también en el cinto.

Este es el ritual de cada tarde del capitán Charles Hunter, cuando se despertaba a la puesta de sol. Solo tardaba cinco minutos, porque Hunter no era un hombre quisquilloso. Tampoco era un puritano, se dijo; volvió a mirar a la muchacha dormida, cerró la puerta y bajó la escalera de madera, estrecha y que crujía bajo sus pies, hacia el salón de la posada de la señora Denby.

El salón era un espacio ancho y de techo bajo, con el suelo sucio y varias mesas de madera gruesa dispuestas en hileras. Hunter se detuvo. Como había dicho la señora Denby, Levasseur estaba allí, sentado en un rincón, con una jarra de ponche delante.

Hunter fue hacia la puerta.

—¡Hunter! —gritó Levasseur, con voz de borracho.

Hunter se volvió, fingiendo sorpresa.

—Vaya, Levasseur. No te había visto.

—Hunter, eres el hijo de una perra inglesa.

—Levasseur —contestó él, apartándose de la luz—, tú eres el hijo de un campesino francés con su oveja favorita, ¿qué te trae por aquí?

Levasseur se levantó. Había elegido un rincón oscuro y

Hunter no podía verle bien. Pero los dos hombres estaban a una distancia de unos diez metros, demasiado para un disparo de pistola.

—Hunter, quiero mi dinero.

—No te debo ningún dinero —replicó Hunter.

Y era cierto. Entre los corsarios de Port Royal, las deudas se pagaban por completo y con prontitud. No había nada peor para la reputación que no pagar las deudas o no dividir el botín de forma equitativa. Un corsario que durante una expedición pretendiera ocultar parte de los beneficios acababa muerto. El mismo Hunter había disparado una bala en el corazón a más de un marinero ladrón y había lanzado su cadáver por la borda sin ningún reparo.

—Hiciste trampas en las cartas —dijo Levasseur.

—Estabas demasiado borracho para darte cuenta.

—Hiciste trampas. Me robaste cincuenta libras. Quiero que me las devuelvas.

Hunter echó un vistazo a la sala. No había testigos, por desgracia para él. No quería matar a Levasseur sin testigos. Tenía demasiados enemigos.

—¿Cómo hice trampas? —preguntó. Mientras hablaba, se acercó un poco a Levasseur.

—¿Cómo? ¿Qué más da cómo? Por la sangre de Cristo, hiciste trampas. —Levasseur se llevó la jarra a los labios.

Hunter aprovechó el momento para atacar. Golpeó con la palma de la mano abierta el fondo de la jarra, que chocó violentamente contra la cara de Levasseur y lo estampó contra la pared. Levasseur se atragantó y cayó, con la sangre resbalándole por la boca. Hunter cogió la jarra y la estrelló contra el cráneo de Levasseur. El francés perdió el conocimiento.

Hunter se sacudió el vino de los dedos, se volvió y salió de la posada de la señora Denby. Se hundió hasta el tobillo en el fango de la calle, pero no le prestó atención. Estaba pensando en la borrachera de Levasseur. Había que ser estúpido para emborracharse cuando estabas esperando a alguien.

Ya era hora de emprender una nueva expedición, pensó Hunter. Se estaban volviendo blandos. Él había pasado ya demasiadas noches bebiendo o con las mujeres del puerto. Debían salir al mar otra vez.

Hunter caminó por el barro, sonriendo y saludando a las prostitutas que le gritaban desde las ventanas altas, y se dirigió hacia la mansión del gobernador.

—Todos hablaban del cometa avistado en los cielos de Londres poco antes de que estallara la peste —dijo el capitán Morton, y bebió un sorbo de vino—. También se vio un cometa antes de la peste de 1656.

—Es verdad —coincidió Almont—. Pero ¿qué relevancia tiene? También pasó un cometa en el cincuenta y nueve y no hubo peste, que yo recuerde.

—Ese año hubo una epidemia de viruela en Irlanda —dijo el señor Hacklett.

—En Irlanda siempre hay epidemia de viruela —bromeó Almont—. Todos los años.

Hunter no dijo nada. De hecho, habló poco durante la cena, que le pareció tan aburrida como todas las demás a las que había asistido en casa del gobernador. Durante un rato, había sentido curiosidad por las caras nuevas: Morton, el capitán del *Godspeed*, y Hacklett, el nuevo secretario, un idiota pedante con una expresión inamovible de severidad. Y la señora Hacklett, que parecía tener sangre francesa, con sus rasgos morenos y esbeltos, y cierta lascivia animal.

Para Hunter, lo más interesante de la velada fue descubrir a una nueva criada, una niña rubia y deliciosamente pálida que iba y venía de la cocina. Intentó captar su mirada. Hacklett se dio cuenta y le miró con desaprobación. No era la primera que había tenido que dirigir a Hunter esa noche.

Mientras la muchacha daba la vuelta a la mesa llenando las copas, Hacklett preguntó:

—¿Siente usted alguna predilección por las criadas, capitán Hunter?

—Cuando son bonitas —contestó Hunter con calma—. ¿Por qué sentís predilección vos?

—El cordero es excelente —comentó Hacklett, ruborizándose y mirando su plato.

Con un gruñido, Almont desvió la conversación hacia la travesía por el Atlántico que habían realizado sus invitados. Siguió una descripción de la tormenta tropical, que ofreció Morton con emoción y todo lujo de detalles, como si fuera la primera persona en la historia de la humanidad que se había enfrentado con algunas olas. Hacklett añadió algunos detalles aterradores y la señora Hacklett informó de que se había mareado terriblemente.

Hunter, cada vez más aburrido, apuró su copa de vino.

—En fin —continuó Morton—, tras dos días de tormenta, el tiempo mejoró, y el tercer día amaneció totalmente despejado y con un cielo magnífico. Se podía ver a millas de distancia y el viento del norte nos era favorable. Pero no conocíamos nuestra posición, porque habíamos ido a la deriva durante cuarenta y ocho horas. Avistamos tierra a babor y pusimos rumbo hacia aquella dirección.

Un error, pensó Hunter. Era evidente que Morton carecía de experiencia. En las aguas españolas, un navío inglés nunca ponía rumbo a tierra sin saber exactamente a quién pertenecía aquel territorio. Lo más probable era que fuera del virrey.

—Nos acercamos a la isla y, ante nuestra sorpresa, vimos un navío de guerra anclado en el puerto. Era una isla pequeña, pero había un navío de guerra español, no teníamos ninguna duda. Estábamos convencidos de que se lanzaría en nuestra persecución.

—¿Y qué sucedió? —preguntó Hunter, no demasiado interesado.

—Permaneció en el puerto —dijo Morton, y se rió—. Hubiera preferido una conclusión más emocionante para el relato, pero la verdad es que no salió detrás de nosotros. El navío de guerra permaneció en el puerto.

—Pero los soldados del virrey os vieron, ¿verdad? —dijo Hunter, empezando a interesarse.

—En efecto, deberían habernos visto. Navegábamos con todas las velas desplegadas.

—¿A qué distancia estaban?

—A no más de dos o tres millas de la costa. La isla no figuraba en los mapas. Supongo que porque es demasiado pequeña. Tiene un único puerto con una fortaleza a un lado. Debo decir que todos tuvimos la sensación de que habíamos escapado por los pelos.

Hunter se volvió lentamente y miró a Almont, que le dirigió una ligera sonrisa.

—¿Os divierte el relato, capitán Hunter?

Hunter se volvió a hablar con Morton.

—Decís que había una fortaleza en el puerto, ¿no es cierto?

—Así es, una fortaleza bastante imponente.

—¿En la costa norte o sur del puerto?

—Dejad que lo piense… en la costa norte. ¿Por qué?

—¿Cuántos días hace que visteis esa nave? —preguntó Hunter.

—Hará tres o cuatro días. Pongamos tres. En cuanto nos situamos, pusimos rumbo a Port Royal.

Hunter tamborileó con los dedos sobre la mesa. Frunció el ceño mirando su copa vacía. Hubo un breve silencio.

Almont se aclaró la garganta.

—Capitán Hunter, parece que este relato os ha preocupado.

—Intrigado —dijo Hunter—. Al igual que a vos, gobernador.

—Creo que sería justo decir que los intereses de la Corona están en juego.

Hacklett se irguió rígidamente en su silla.

—Sir James —dijo—, ¿querríais iluminar al resto de comensales sobre la cuestión de la que discutís?

—Esperad un momento —dijo Almont, con un gesto de impaciencia de la mano. Miraba fijamente a Hunter—. ¿Cuáles son vuestras condiciones?

—En primer lugar, a partes iguales —dijo Hunter.

—Mi querido Hunter, las partes iguales no son nada atractivas para la Corona.

—Mi querido gobernador, por menos de esto la expedición no sería nada atractiva para los marineros.

Almont sonrió.

—Por supuesto, reconoceréis que el botín es enorme.

—Lo reconozco. Y también reconozco que la isla es inexpugnable. El año pasado mandasteis a Edmunds con trescientos hombres. Tan solo regresó uno.

—Vos mismo expresasteis la opinión de que Edmunds no era un hombre preparado.

—Pero sin duda Cazalla sí lo es.

—¡Por supuesto! Y opino que Cazalla es un hombre al que deberíais conocer.

—No a menos que el reparto sea a partes iguales.

—Pero —objetó sir James, sonriendo con despreocupación—, si esperáis que la Corona financie la expedición, ese coste debe devolverse antes de dividir los beneficios. ¿Os parece justo?

—¡No puedo creerlo! —exclamó Hacklett—. Sir James, ¿estáis negociando con este hombre?

—En absoluto. Estoy cerrando con él un acuerdo entre caballeros.

—¿Con qué propósito?

—Con el propósito de organizar una expedición corsaria contra el puesto avanzado español de Matanceros.

—¿Matanceros? —preguntó Morton.

—Así es como se llama la isla por la que pasasteis, capitán Morton. Matanceros. El virrey construyó una fortaleza hace dos años y la dejó al mando de un caballero repugnante llamado Cazalla. Quizá habéis oído hablar de él. ¿No? Bien, goza de una considerable reputación aquí, en las Indias. Se dice que los gritos de sus víctimas agonizantes le parecen relajantes. —Almont miró las caras de sus invitados. La señora Hacklett estaba muy pálida—. Cazalla está al mando de la fortaleza de Matanceros, construida con el único propósito de ser el puesto avanzado más al este del dominio español en la ruta que sigue la flota de Indias para volver a la patria.

Hubo un largo silencio. Los invitados parecían nerviosos.

—Veo que no comprendéis el mecanismo que rige la economía de esta región —dijo Almont—. Cada año, el rey Felipe manda una flota de galeones desde Cádiz. Cruzan hacia Nueva España y atracan un poco más al sur de Jamaica. Allí la flota se dispersa, para viajar a varios puertos —Cartagena, Veracruz, Portobello— y recoger los tesoros. La flota se reagrupa en La Habana y de allí vuelve a España. La intención es viajar todas juntas para protegerse de los ataques de los corsarios. ¿Me explico?

Todos asintieron.

—Veamos —siguió Almont—, la flota zarpa a finales de verano, que es cuando empieza la estación de los huracanes. De vez en cuando, alguno de los navíos se separaba del convoy al principio del viaje. El virrey quería un puerto fuerte para proteger esas naves, así que construyeron Matanceros con este único objetivo.

—No me parece una razón suficiente —dijo Hacklett—. No puedo imaginar…

—Es una razón más que suficiente —le interrumpió Almont bruscamente—. En fin. La fortuna hizo que dos navíos cargados de tesoros se perdieran en la tormenta hace algunas semanas. Lo sabemos porque un navío corsario los avistó y los atacó, aunque sin éxito. Se los vio por última vez huyendo hacia el sur, rumbo a Matanceros. Uno de ellos estaba muy dañado. Lo que vos, capitán Morton, habéis denominado navío de guerra español era obviamente uno de esos galeones del tesoro. De haber sido un auténtico navío de guerra, sin duda os habría dado caza, teniendo en cuenta la poca distancia que os separaba; os habría capturado y ahora estaríais gritando de dolor para diversión de Cazalla. Aquella nave no os persiguió porque no se atrevió a abandonar la protección del puerto.

—¿Cuánto tiempo permanecerá allí? —preguntó Morton.

—Puede zarpar en cualquier momento. O tal vez espere a que parta la siguiente flota, el año próximo. O quizá espera a que llegue un navío de guerra español para escoltarla a casa.

—¿Se podría capturar? —preguntó Morton.

—Deseamos pensar que sí. Además, seguramente el cargamento de ese navío tiene un valor de quinientas mil libras.

Los invitados se mantuvieron en un silencio atónito.

—He considerado que esta información podía interesar al capitán Hunter —dijo Almont, divertido.

—¿Queréis decir que este hombre es un vulgar corsario? —preguntó Hacklett.

—No es vulgar, ni mucho menos —insistió Almont, chasqueando la lengua—. ¿Capitán Hunter?

—No soy vulgar, diría yo.

—¡Tanta frivolidad es ofensiva!

—Cuidad vuestros modales —le amonestó Almont—. El capitán Hunter es el segundo hijo del comandante Edward

Hunter de la colonia de la bahía de Massachusetts. De hecho, nació en el Nuevo Mundo y se educó en esa institución que se denomina…

—Harvard —intervino Hunter.

—Así es, Harvard. El capitán Hunter lleva cuatro años con nosotros y, como corsario, ocupa una posición relevante en nuestra comunidad. ¿Os parece un resumen adecuado, capitán Hunter?

—Totalmente adecuado —corroboró Hunter, sonriendo.

—Este hombre es un granuja —dijo Hacklett, pero su esposa estaba mirando a Hunter con interés—. Un vulgar granuja.

—Deberíais medir vuestras palabras —le advirtió Almont con calma—. Los duelos son ilegales en esta isla, pero se producen con monótona regularidad. Temo que es poco lo que puedo hacer para poner fin a esta práctica.

—He oído hablar de este hombre —insistió Hacklett, más agitado si cabe—. No es hijo del comandante Edward Hunter, al menos no un hijo legítimo.

Hunter se rascó la barba.

—¿De veras?

—He oído decirlo —contestó Hacklett—. Además, se cuenta que es un asesino, un canalla, un putero y un pirata.

Al oír la palabra «pirata», el brazo de Hunter cayó sobre la mesa a una velocidad extraordinaria. Su mano agarró los cabellos de Hacklett y le hundió la cara en el plato de cordero a medio comer. Hunter lo sostuvo en esta posición un buen rato.

—¡Cielo santo! —exclamó Almont—. Os advertí específicamente sobre esto. Debéis entenderlo, señor Hacklett, ser corsario es una profesión honorable. Los piratas, en cambio, están fuera de la ley. ¿Pretendéis insinuar realmente que el capitán Hunter es un fuera de la ley?

Hacklett emitió un sonido ahogado, con la cara enterrada en la comida.

—No os he oído, señor Hacklett —dijo Almont.

—He dicho que no —insistió Hacklett.

—Entonces, ¿no creéis que como caballero debéis una disculpa al capitán Hunter?

—Mis disculpas, capitán Hunter. No pretendía ofenderos.

Hunter soltó la cabeza del hombre. Hacklett se incorporó y se limpió la salsa de la cara con la servilleta.

—Bien —dijo Almont—. Hemos superado un momento desagradable. ¿Tomamos los postres?

Hunter miró a los invitados. Hacklett todavía se limpiaba la cara. Morton lo observaba totalmente estupefacto. La señora Hacklett miraba a Hunter y, cuando sus ojos se cruzaron, se pasó la lengua por los labios.

Después de cenar, Hunter y Almont se retiraron a la biblioteca para tomar un brandy. Hunter manifestó su conmiseración al gobernador por el nombramiento del nuevo secretario.

—No me hará más fácil la vida —aceptó Almont—, y me temo que será lo mismo para vos.

—¿Creéis que mandará informes desfavorables a Londres?

—Creo que lo intentará.

—Sin duda el rey sabe lo que sucede en su colonia.

—Yo no estaría tan seguro —dijo Almont, con un gesto amplio—. Pero una cosa es cierta: el apoyo a los corsarios seguirá mientras el rey reciba una compensación generosa.

—Nada menos que un reparto a partes iguales —puntualizó Hunter rápidamente—. Os lo aseguro, no puede ser de otro modo.

—Pero si la Corona equipa vuestros navíos, arma a vuestros marineros…

—No —dijo Hunter—. No será necesario.

—¿No será necesario? Mi querido Hunter, ya conocéis

Matanceros. Una guarnición española al completo está estacionada en la fortaleza.

Hunter sacudió la cabeza.

—Un ataque frontal jamás tendría éxito. Lo sabemos desde la expedición de Edmunds.

—Pero ¿qué alternativa tenemos? La fortaleza de Matanceros domina la entrada al puerto. Es imposible escapar con el navío del tesoro sin apoderarse primero de la fortaleza.

—No hay duda.

—Entonces, ¿en qué pensáis?

—Propongo un asalto reducido desde el lado de tierra de la fortaleza.

—¿Contra una guarnición entera? ¿De al menos trescientos soldados? No lo lograréis.

—Al contrario —dijo Hunter—. Si no lo logramos, Cazalla dirigirá sus cañones contra el galeón del tesoro y lo hundirá en el puerto, donde está anclado.

—No se me había ocurrido —reflexionó Almont. Tomó un poco de brandy—. Contadme algo más de vuestro plan.

7

Más tarde, cuando Hunter salía de la casa del gobernador, la señora Hacklett apareció en el vestíbulo y lo abordó.

—Capitán Hunter.

—Sí, señora Hacklett.

—Quería disculparme por el inexcusable comportamiento de mi esposo.

—No son necesarias vuestras disculpas.

—Al contrario, capitán. Creo que son muy necesarias. Se ha comportado como un palurdo y como un villano.

—Señora, su esposo se ha disculpado personalmente como un caballero, así que doy el asunto por concluido. —La saludó con la cabeza—. Buenas noches.

—Capitán Hunter.

Él se detuvo en la puerta y se volvió.

—¿Sí, señora?

—Es usted un hombre muy atractivo, capitán.

—Señora, me siento halagado. Espero que volvamos a vernos pronto.

—Yo también, capitán.

Hunter se marchó pensando que el señor Hacklett haría bien vigilando a su esposa. El capitán lo había visto en otras ocasiones: una mujer bien educada, crecida en un ambiente rural noble de Inglaterra, que encontraba la forma de divertirse en la corte, como sin duda había encontrado la señora Hacklett, en cuanto su esposo miraba hacia otro lado, como sin duda había hecho el señor Hacklett. Por lo que parecía, al encontrarse en las Indias, lejos de casa y de las restricciones de clase y moral… Hunter lo había visto en otras ocasiones.

Caminó por la calle empedrada alejándose de la mansión y pasó frente a la cocina, todavía iluminada, donde los criados trabajaban. Debido al clima caluroso, todas las casas de Port Royal tenían las cocinas separadas del edificio principal. A través de las ventanas abiertas, vio la silueta de la muchacha rubia que les había servido la cena. La saludó con la mano.

Ella le devolvió el saludo y siguió con su trabajo.

Frente a la posada de la señora Denby, una multitud estaba atormentando a un oso. Hunter miró a los niños que fastidiaban al indefenso animal lanzándole piedras; se reían y gritaban mientras el oso rugía y tiraba de la cadena a la que estaba atado. Un par de prostitutas pinchaban al oso con ramas. Hunter pasó por su lado y entró en la posada.

Trencher estaba en un rincón, bebiendo con su brazo bueno. Hunter lo llamó y se lo llevó aparte.

—¿Qué pasa, capitán? —preguntó Trencher ansiosamente.

—Quiero que consigas algunos hombres.

—Decidme a quién queréis, capitán.

—A Lazue, al señor Enders, a Sanson. Y al Moro.

Trencher sonrió.

—¿Los queréis aquí?

—No. Descubre dónde están y yo iré a buscarlos. ¿Dónde está Susurro?

—En la Cabra Azul —contestó Trencher—. En la parte de atrás.

—¿Y Ojo Negro está en Farrow Street?

—Creo que sí. ¿Queréis también al Judío?

—Confío en tu discreción —dijo Hunter—. Guárdame el secreto por ahora.

—¿Me llevaréis a mí también, capitán?

—Si haces lo que te ordene.

—Lo juro por las llagas de Cristo, capitán.

—Pues mantente alerta —dijo Hunter, y salió de la posada a la calle embarrada.

El ambiente nocturno era cálido y quieto, como lo había sido durante el día. Oyó los acordes suaves de una guitarra y, en algún lugar, risotadas de borrachos y un solitario disparo. Entró en Ridge Street para ir a la Cabra Azul.

La ciudad de Port Royal estaba dividida en barrios improvisados y distribuidos alrededor del puerto. Cerca de los muelles se encontraban las tabernas, los burdeles y las casas de juego. Más allá, apartadas de la actividad tumultuosa del litoral, las calles eran más tranquilas. Las abacerías y las panaderías, los artesanos de los muebles y los fabricantes de velas, los herreros y los orfebres estaban allí. Más lejos aún, en el lado sur de la bahía, había un puñado de viviendas privadas y posadas respetables. La Cabra Azul era una de estas últimas.

Hunter entró y saludó a los hombres que bebían en las mesas. Reconoció al mejor médico de la isla, el doctor Perkins; a uno de los concejales, el señor Pickering; al alguacil de la prisión de Bridewell, y a algunos otros caballeros respetables.

Normalmente, los corsarios no eran bien recibidos en la Cabra Azul, pero Hunter era una excepción y se le aceptaba de buen grado. Era una forma de reconocer que el comercio del puerto dependía del flujo constante de los botines que conseguían los corsarios. Hunter era un capitán hábil y valiente y, por consiguiente, un importante miembro de la comunidad. El año anterior, sus tres expediciones habían significado más de dos cientos mil *pistoles* y doblones para Port Royal. Gran parte de ese dinero había ido a parar a los bolsillos de esos caballeros y por eso lo saludaron como se merecía.

La señora Wickham, que regentaba la Cabra Azul, fue menos afable. Era viuda y hacía unos años que se había juntado con Susurro. Al ver llegar a Hunter, supo que había ido a verle. Señaló con el dedo una puerta del fondo.

—Allí, capitán.

—Gracias, señora Wickham.

Hunter se dirigió a la habitación de atrás, llamó y abrió la puerta sin esperar respuesta; sabía que no contestaría nadie. La habitación estaba oscura, iluminada solo por una vela. Hunter pestañeó para adaptarse a la penumbra. Oyó un chirrido rítmico. Finalmente, vio a Susurro, sentado en un rincón, en una mecedora. Susurro empuñaba una pistola cargada y apuntaba a la barriga de Hunter.

—Buenas noches, Susurro.

La respuesta fue un siseo bajo y áspero.

—Buenas noches, capitán Hunter. ¿Venís solo?

—Sí.

—Entonces entrad —siseó de nuevo la voz—. ¿Un trago de matalotodo? —Susurro apuntó a un tonel que tenía a su lado y le servía de mesa. Había unos vasos y una pequeña garrafa de ron encima.

—Con gusto, Susurro.

Hunter observó a Susurro mientras servía los dos vasos de líquido oscuro. Sus ojos se adaptaron a la penumbra y pudo ver mejor a su compañero.

Susurro, de quien nadie conocía su nombre auténtico, era un hombre grande y robusto, con unas manos desproporcionadas y pálidas. Antaño había sido un capitán corsario próspero que trabajaba por su cuenta. Pero entonces fue a Matanceros con Edmunds. Susurro fue el único superviviente, después de que Cazalla lo capturara, le cortara la garganta y lo diera por muerto. De algún modo Susurro había logrado sobrevivir, pero había perdido la voz. Esto y la gran cicatriz blanca en forma arqueada bajo el mentón eran un recordatorio de su pasado.

Desde su regreso a Port Royal, Susurro se había escondido en aquel cuarto trasero; todavía era grande y vigoroso pero había perdido el coraje, el temple. Vivía asustado; nunca soltaba la pistola y siempre tenía otra al lado. Hunter vio que brillaba en el suelo, al alcance, junto a la mecedora.

—¿Qué os trae por aquí, capitán? ¿Matanceros?

Hunter debió de parecer sorprendido porque Susurro se echó a reír. La risa de Susurro era un sonido horripilante, un resuello muy agudo, como una olla hirviendo. Al reír echó hacia atrás la cabeza, mostrando la cicatriz blanca en toda su longitud.

—¿Os he sobresaltado, capitán? ¿Os sorprende que lo sepa?

—Susurro —dijo Hunter—, ¿lo sabe alguien más?

—Algunos —siseó Susurro—. O lo sospechan. Pero no lo comprenden. Me he enterado de la aventura de Morton durante su travesía.

—Ah.

—¿Vais a ir, capitán?

—Háblame de Matanceros, Susurro.

—¿Queréis un mapa?

—Sí.

—Quince chelines.

—Hecho —dijo Hunter.

Sin embargo, pensaba pagarle veinte, para asegurarse de su amistad y comprar su silencio. Por su parte, Susurro comprendería la obligación que comportaban los cinco chelines adicionales. Y sabría que Hunter le mataría si hablaba con alguien de Matanceros.

Susurro sacó un pedazo de tela encerada y un poco de carbón. Con la tela sobre las rodillas, dibujó un esbozo rápido.

—La isla de Matanceros, que en la lengua del virrey significa literalmente matarife —susurró—. Tiene forma de «U», así. La boca del puerto —golpeó el lado izquierdo de la «U»— es punta Matanceros. Ahí es donde Cazalla ha construido la fortaleza. En esta zona el terreno es bajo. La fortaleza no está a más de cincuenta pasos sobre el nivel del mar.

Hunter asintió y esperó mientras Susurro tragaba un poco de ron.

—La fortaleza es octogonal. Los muros son de piedra, de diez metros de altura. Dentro hay una guarnición del ejército español.

—¿De cuántos hombres?

—Unos dicen que doscientos. Otros dicen que trescientos. He oído incluso que cuatrocientos, pero no lo creo.

Hunter asintió. Debía contar que fueran trescientos soldados.

—¿Y la artillería?

—Solo en dos lados de la fortaleza —dijo Susurro con su voz rasposa—. Una batería de cañones apuntando al mar, al este. Y otra batería hacia el otro lado del puerto, al sur.

—¿De qué cañones se trata?

Susurro soltó su horripilante risa.

—Qué interesante, capitán Hunter. Son culebrinas, cañones de veinticuatro libras, fundidos en bronce.

—¿Cuántos?

—Diez, tal vez doce.

Era interesante, pensó Hunter. Las culebrinas no eran un armamento muy potente y ya no solían utilizarse a bordo de los barcos. En su lugar, casi todas las flotas de guerra habían adoptado los cañones cortos.

La culebrina era un arma que había quedado anticuada. Las

culebrinas pesaban más de dos toneladas, y sus cañones de hasta cinco metros de largo las hacían mortalmente precisas a larga distancia. Podían disparar proyectiles pesados y se cargaban rápidamente. En manos de artilleros bien adiestrados, las culebrinas podían disparar a razón de una vez por minuto.

—Veo que está bien armada —dijo Hunter—. ¿Quién es el encargado de la artillería?

—Bosquet.

—He oído hablar de él —dijo Hunter—. ¿Es el hombre que hundió el *Renown*?

—El mismo —siseó Susurro.

Así que los artilleros serían hombres expertos. Hunter frunció el ceño.

—Susurro —dijo—, ¿sabes si las culebrinas están fijas en tierra?

El antiguo corsario se meció un buen rato.

—Estáis loco, capitán Hunter.

—¿Por qué?

—Estáis pensando en atacar por tierra.

Hunter asintió.

—No lo lograréis —dijo Susurro. Golpeó el mapa que tenía sobre las rodillas—. Edmunds ya lo pensó, pero cuando vio la isla, se olvidó de ello. Mirad, si os acercáis por el oeste —señaló la curva de la «U»— hay un pequeño puerto que podéis utilizar. Pero para cruzar hasta el puerto principal de Matanceros por tierra, deberéis escalar el monte Leres, y pasar al otro lado.

Hunter hizo un gesto de impaciencia.

—¿Es difícil escalar ese monte?

—Es imposible —aseguró Susurro—. Un hombre normal no podría hacerlo. A partir de aquí, de la cala occidental, el terreno asciende suavemente unos ciento cincuenta metros. Pero está cubierto de una selva densa y calurosa, repleta de pantanos. No hay agua potable. Habrá patrullas. Si ellas no os descubren y no morís a causa de las fiebres, llegaréis al pie del peñasco. La ladera occidental de Leres es una pared de roca vertical de unos cien metros. Ni siquiera un pájaro podría posarse en ella. El viento es incesante y tiene la fuerza de un huracán.

—Si lograra escalarla —dijo Hunter—, ¿después qué encontraría?

—La ladera oriental es muy suave y no presenta ninguna dificultad —explicó Susurro—. Pero nunca alcanzaréis la vertiente del este, os lo aseguro.

—Pero si la alcanzara —dijo Hunter— ¿debo temer las baterías de Matanceros?

Susurro se encogió de hombros.

—Apuntan al agua, capitán Hunter. Cazalla no es tonto. Sabe que no puede ser atacado por tierra.

—Siempre hay una forma.

Susurro se meció, en silencio, un largo rato.

—No siempre —dijo finalmente—. No siempre.

Don Diego de Ramano, conocido también como Ojo Negro o simplemente como el Judío, estaba encogido en su banco de trabajo del taller de Farrow Street. Entornaba los ojos a la manera de los miopes mientras miraba la perla que sujetaba entre el pulgar y el índice de la mano izquierda. Eran los únicos dedos que le quedaban en esa mano.

—Es de una calidad excelente —dijo. Le devolvió la perla a Hunter—. Os recomiendo conservarla.

Ojo Negro pestañeó rápidamente. Tenía la vista débil y los ojos rosados como los de un conejo. Le lagrimeaban casi constantemente; de vez en cuando se los secaba. En el ojo derecho tenía una gran mancha negra cerca de la pupila, de ahí su apodo.

—No me necesitabais para que os dijera esto, Hunter.

—No, don Diego.

El Judío asintió y se levantó del banco. Cruzó el estrecho taller y cerró la puerta de la calle. Después cerró las persianas de la ventana y volvió con Hunter.

—¿Y bien?

—¿Cómo estáis de salud, don Diego?

—Mi salud, mi salud —repitió don Diego, hundiendo las manos en las profundidades de los bolsillos de su ancho blusón. Era susceptible con su mano izquierda mutilada—. Mi salud es indiferente, como siempre. Tampoco me necesitabais para que os dijera esto.

—¿El taller marcha bien? —preguntó Hunter, mirando por la habitación. Sobre las mesas toscas había joyas de oro a la vista. El Judío llevaba casi dos años vendiendo en esa tienda.

Don Diego se sentó. Miró a Hunter, se acarició la barba y se secó los ojos.

—Hunter —dijo—, me estáis poniendo nervioso. Hablad con claridad.

—Me preguntaba si todavía trabajabais con pólvora —aventuró Hunter.

—¿Pólvora? ¿Pólvora? —El Judío miró por la habitación, frunciendo el ceño como si no entendiera el significado de la palabra—. No —dijo—. No trabajo con pólvora. Después de esto no. —Señaló su ojo ennegrecido—. Y tampoco después de esto. —Levantó la mano izquierda casi sin dedos—. Ya no trabajo con pólvora.

—¿Creéis que podría haceros cambiar de opinión?

—Jamás.

—Jamás es mucho tiempo.

—Jamás es lo que quiero decir, Hunter.

—¿Ni siquiera para atacar a Cazalla?

El Judío gruñó.

—Cazalla —repitió en tono grave—. Cazalla está en Matanceros y no se le puede atacar.

—Yo pienso hacerlo —dijo Hunter en voz baja.

—Como el capitán Edmunds, el año pasado. —Don Diego hizo una mueca al recordarlo. Había participado en la financiación de la expedición y había perdido su inversión de cincuenta libras—. Matanceros es invulnerable, Hunter. Que la vanidad no enturbie vuestros sentidos. La fortaleza no puede tomarse. —Se secó las lágrimas de la mejilla—. Además, allí no hay nada.

—En la fortaleza no hay nada —dijo Hunter—. Pero en el puerto sí.

—¿El puerto? ¿El puerto? —Ojo Negro volvió a mirar al vacío—. ¿Qué hay en el puerto? Ah. Deben de ser las *naos* del tesoro perdidas en la tormenta de agosto, ¿me equivoco?

—Una de ellas.

—¿Cómo lo sabéis?

—Lo sé.

—¿Una *nao*? —El Judío pestañeó más rápidamente aún. Se rascó la nariz con el índice de la mano izquierda mutilada, signo inequívoco de que estaba reflexionando—. Seguramente está llena de tabaco y canela —dijo lúgubremente.

—Seguramente está llena de oro y perlas —le rectificó Hunter—. De otro modo habría intentado volver a España aun a riesgo de ser capturada. Si fue a Matanceros fue solo porque el tesoro es demasiado valioso para correr riesgos.

—Tal vez, tal vez…

Hunter observó al Judío cuidadosamente. El comerciante era un gran actor.

—Supongamos que tenéis razón —aceptó finalmente—. A mí no me interesa. Una *nao* en el puerto de Matanceros está tan segura como si estuviera atracada en Cádiz. Está protegida por la fortaleza y la fortaleza no puede tomarse.

—Es cierto —dijo Hunter—. Pero las baterías de cañones que custodian el puerto pueden destruirse, si vuestra salud es buena y os avenís a trabajar con pólvora otra vez.

—Me halagáis.

—Nada más lejos de mi intención.

—¿Qué tiene que ver mi salud con esto?

—Mi plan —dijo Hunter— tiene sus inconvenientes.

Don Diego frunció el ceño.

—¿Estáis diciendo que deberé ir con vos?

—Por supuesto. ¿Qué esperabais?

—Creía que queríais dinero. ¿Queréis que vaya?

—Es esencial, don Diego.

El Judío se levantó bruscamente.

—Para atacar a Cazalla —dijo, repentinamente emocionado.

Se puso a caminar arriba y abajo.

—He soñado con su muerte cada noche durante diez años, Hunter. He soñado… —Paró de pasear y miró a Hunter—. Vos también tenéis vuestras razones.

—Las tengo —dijo Hunter.

—Pero ¿puede hacerse? ¿De verdad?

—De verdad, don Diego.

—Entonces estoy deseando oír el plan —dijo el Judío, entusiasmado—. Y estoy deseando saber qué pólvora necesitáis.

—Necesito un invento —dijo Hunter—. Debéis fabricar algo que todavía no existe.

El Judío se secó las lágrimas de los ojos.

—Contadme —dijo—. Contádmelo todo.

El señor Enders, el cirujano barbero y artista del mar, aplicó con delicadeza la sanguijuela al cuello de su paciente. El hombre, echado hacia atrás en la silla, con la cara tapada con un paño, gimió cuando la bestia viscosa le tocó la carne. Inmediatamente, la sanguijuela empezó a hincharse de sangre.

El señor Enders tarareó en voz baja.

—Ya está —dijo—. Solo un momento y os sentiréis mucho mejor. Confiad en mí, respiraréis mejor y las damas también quedarán más contentas. —Dio unos golpecitos a la mejilla tapada con el paño—. Salgo un momento a respirar aire fresco y vuelvo enseguida.

Sin más, el señor Enders salió de la tienda porque había visto a Hunter, que desde fuera le hacía una seña para que se acercara. El señor Enders era un hombre bajo, de movimientos rápidos y delicados; parecía que bailara en vez de caminar. Tenía un modesto negocio en el puerto, porque muchos de sus pacientes sobrevivían a sus cuidados, a diferencia de los de otros cirujanos. Pero su mayor habilidad, y su auténtica pasión, era pilotar naves con las velas desplegadas. Enders, un verdadero artista del mar, era un espécimen raro, un timonero perfecto, un hombre que parecía entrar en comunión con el barco que gobernaba.

—¿Necesitáis un afeitado, capitán? —preguntó a Hunter.

—Una tripulación.

—Pues ya tenéis a un cirujano —dijo Enders—. ¿Y de qué tipo de viaje se trata?

—Vamos a talar madera —contestó Hunter sonriendo.

—Siempre es agradable talar madera —dijo Enders—. ¿Y de quién es la madera?

—De Cazalla.

Inmediatamente, Enders abandonó su buen humor.

—¿Cazalla? ¿Pretendéis ir a Matanceros?

—Hablad más bajo —dijo Hunter, mirando hacia la calle.

—Capitán, capitán, el suicidio es una ofensa a Dios.

—Sabéis que os necesito —dijo Hunter.

—Pero la vida es bella, capitán —replicó Enders.

—El oro también.

Enders se calló, enfurruñado. Sabía, como lo sabía el Judío, como lo sabían todos en Port Royal, que no había oro en la fortaleza de Matanceros.

—¿Podríais explicaros?

—Es mejor que no.

—¿Cuándo zarpáis?

—Dentro de dos días.

—¿Y nos enteraremos de las razones en la bahía del Toro?

—Tenéis mi palabra.

Enders extendió silenciosamente la mano y Hunter se la estrechó. Dentro de la tienda, el paciente se retorcía y gruñía.

—¡Cielos, pobre hombre! —exclamó Enders y entró corriendo. La sanguijuela estaba hinchada de sangre y algunas gotas rojas caían en el suelo de madera. Enders arrancó la sanguijuela y el paciente chilló—. Calma, calma, no os pongáis nervioso, excelencia.

—Eres un maldito pirata y un canalla —escupió sir James Almont, apartando el paño de la cara y taponándose con él el cuello mordido.

Lazue estaba en un llamativo burdel de Lime Road, rodeado de mujeres risueñas. Lazue era francés; el nombre era una contracción de Les Yeux, porque sus ojos de marinero eran grandes, brillantes y legendarios. Podía ver mejor que nadie en la oscuridad de la noche; muchas veces Hunter había logrado maniobrar sus navíos entre arrecifes y bancos de arena con la ayuda del francés en el castillo de proa. También era cierto que ese hombre esbelto y felino era un extraordinario tirador.

—Hunter —gruñó Lazue, con un brazo alrededor de una muchacha tetuda—. Hunter, uníos a nosotros.

Las muchachas rieron, jugando con sus cabellos.

—Hablemos en privado, Lazue.

—Qué aburrido sois —dijo el francés, y besó a todas las muchachas una por una—. Volveré, preciosas —se despidió, y fue con Hunter a un rincón alejado.

Una muchacha les llevó una vasija de barro llena de ron y un vaso para cada uno.

Hunter miró la cara lampiña y los cabellos largos y enmarañados de Lazue.

—¿Has bebido, Lazue?

—No demasiado, capitán —contestó él, con una risa ronca—. Hablad.

—Salgo en una expedición en dos días.

—¿Sí? —Lazue recuperó la sobriedad de golpe. Sus grandes ojos vigilantes se concentraron en Hunter—. ¿Una expedición adónde?

—A Matanceros.

Lazue rió, con un gruñido profundo y resonante. Era insólito que un sonido así saliera de un cuerpo tan flaco.

—Matanceros significa matarifes, y, por lo que he oído, decir el nombre le va como anillo al dedo.

—No importa —dijo Hunter.

—Vuestras razones deben de ser muy buenas.

—Lo son.

Lazue asintió, sin esperar a oír más. Un capitán experto no solía revelar demasiado de una expedición hasta que la tripulación estaba en alta mar.

—¿Las razones son tan buenas como grandes los peligros?

—Lo son.

Lazue escrutó la cara de Hunter.

—¿Queréis a una mujer en la expedición?

—Por eso estoy aquí.

Lazue rió de nuevo. Se rascó los pequeños pechos distraídamente. Aunque se vestía, se comportaba y luchaba como un hombre, Lazue era una mujer. Pocos conocían su historia, pero Hunter era uno de ellos.

Lazue era la hija de la esposa de un marinero bretón. Su marido estaba en el mar cuando ella descubrió que estaba embarazada y poco después tuvo un hijo. Sin embargo, el esposo no regresó —de hecho no se supo nunca más de él— y unos meses después la mujer quedó embarazada de nuevo. Temiendo el escándalo, se trasladó a otro pueblo de la provincia, donde tuvo a su hija, Lazue.

Al cabo de un año el hijo murió. En ese tiempo, la madre se había quedado sin dinero, así que tuvo que volver a su pueblo natal a vivir con sus padres. Para evitar la deshonra, vistió a su hija de niño; el engaño fue tan completo que en el pueblo nadie, ni siquiera los abuelos de la niña, sospecharon jamás la verdad. Lazue creció como un varón, y a los trece años entró a trabajar de cochero para un noble de la zona; más tarde se alistó en el ejército francés y vivió varios años entre las tropas sin que nadie la descubriera. Finalmente —al menos tal como ella contaba la historia— se enamoró de un joven y guapo oficial de caballería y le reveló su secreto. Vivieron un amor apasionado pero él nunca se casó con ella, y cuando todo acabó, ella decidió emigrar a las Indias Occidentales, donde asumió de nuevo su papel masculino.

Sin embargo, en una ciudad como Port Royal, era imposible mantener un secreto así, de forma que todos sabían que Lazue era una mujer. En cualquier caso, durante las expediciones corsarias, tenía la costumbre de descubrir sus pechos para confundir y aterrar a los enemigos. Sin embargo, en el puerto, todos la trataban como a un hombre y nadie daba más importancia a la cuestión.

Lazue rió.

—Estáis loco, Hunter, si queréis atacar Matanceros.

—¿Vendrás?

Ella rió otra vez.

—Solo porque no tengo nada mejor que hacer.

Y volvió con las risueñas prostitutas a la mesa del otro extremo.

Hunter encontró al Moro de madrugada; estaba jugando una partida de cartas con dos corsarios holandeses en una casa de juegos llamada El Bribón Amarillo.

El Moro, también llamado Bassa, era un hombre corpulento, con una cabeza enorme, unos músculos como piedras en los hombros y el pecho, unos brazos gruesos y unas manos descomunales, que agarraban las cartas de la baraja haciendo que parecieran minúsculas. Le llamaban Moro por razones que se habían olvidado hacía mucho tiempo, y aunque él hubiera deseado dar explicaciones sobre sus orígenes, no habría podido hacerlo, porque el dueño español de una plantación le había cortado la lengua en La Hispaniola. Sin embargo todos estaban de acuerdo en que el Moro no era moro en absoluto sino que procedía de la región africana de Nubia, una tierra desértica junto al Nilo, poblada por negros enormes.

Su otro nombre, Bassa, era el de un puerto de la costa de Guinea, donde a menudo se detenían los barcos negreros, pero todos coincidían en que el Moro no podía proceder de aquella tierra, porque los nativos del lugar eran enfermizos y mucho más claros de piel que él.

El hecho de que el Moro fuera mudo y tuviera que comunicarse con gestos aumentaba la impresión que producía su físico. A veces, los recién llegados al puerto presuponían que Bassa era estúpido además de mudo. Mientras Hunter observaba la partida en marcha, tuvo la impresión de que precisamente esto era lo que sucedía. Se llevó una jarra de vino a una mesita y se sentó a disfrutar del espectáculo.

Los holandeses eran unos caballeros, elegantemente vestidos con medias finas y camisas de seda bordadas, y estaban bebiendo abundantemente. El Moro no bebía; en realidad, no bebía nunca. Se decía que no toleraba el alcohol, y que en una ocasión se emborrachó y mató a cinco hombres con las manos antes de recuperar la sensatez. Tanto si esto era cierto como si no, lo que sí era verdadero era que el Moro había matado al dueño de la plantación que le había cortado la lengua y después había matado a su esposa y a la mitad de los residentes de la casa antes de huir a los puertos piratas del lado occidental de La Hispaniola, y desde allí, a Port Royal.

Hunter observó las apuestas de los holandeses. Jugaban descuidadamente, bromeando y riendo, eufóricos. El Moro estaba impasible, con una pila de monedas de oro frente a él. Era un juego que no permitía apuestas irreflexivas, y por supuesto, mientras Hunter observaba, el Moro sacó tres cartas iguales, las mostró y se llevó el dinero de los holandeses.

Ellos lo miraron en silencio un momento y después gritaron a la vez: «¡Trampa!», en varios idiomas. El Moro sacudió su enorme cabezota con calma y se guardó el dinero en el bolsillo.

Los holandeses insistieron para que jugara otra partida, pero con un gesto el Moro les indicó que no tenían dinero para apostar.

Después de esto, los holandeses se volvieron beligerantes, gritando y señalando al Moro. Bassa continuó impasible, pero mandó a un mozo del local que se acercara y le entregó un doblón de oro.

Los holandeses no sabían que el Moro estaba pagando por adelantado, por cualquier posible daño causado a la casa de juego. El mozo cogió la moneda y se apartó a una distancia prudencial.

Los holandeses estaban de pie, gritando maldiciones al

Moro, que seguía sentado a la mesa. La expresión de su cara era mansa, pero sus ojos iban de un hombre al otro. Los holandeses, cada vez más furiosos, gesticulaban y exigían que les devolviera su dinero.

El Moro sacudió la cabeza.

Entonces, uno de los holandeses sacó un puñal del cinto y lo blandió frente al Moro, a pocos centímetros de su nariz. Aun así, el Moro siguió impasible. Permaneció quieto, con las manos entrecruzadas frente a él, sobre la mesa.

Cuando el otro holandés se llevó una mano a la pistola, el Moro pasó a la acción. Levantó bruscamente su gran mano negra, agarró el puñal de la mano del holandés y hundió la hoja casi diez centímetros en la mesa. Después golpeó al segundo holandés en el estómago; el hombre soltó la pistola y se dobló, tosiendo. El Moro le pegó una patada en la cara y lo mandó al otro extremo de la sala. Entonces se volvió hacia el primer holandés, que lo miraba con ojos aterrorizados. El Moro lo levantó, lo sostuvo por encima de su cabeza y lo llevó hasta la puerta, desde donde lo lanzó por los aires a la calle; el hombre cayó de cara contra el barro.

El Moro volvió a entrar, arrancó el puñal de la mesa, se lo guardó en el cinto y cruzó la habitación para sentarse al lado de Hunter. Solo entonces se permitió sonreír.

—Nuevos —dijo Hunter.

El Moro asintió, sonriendo. Después frunció el ceño y señaló a Hunter, con expresión interrogante.

—He venido a verte.

El Moro encogió los hombros.

—Zarpamos en dos días.

El Moro apretó los labios, y dibujó una palabra: *Où?*

—Matanceros —dijo Hunter.

El Moro hizo una mueca de disgusto.

—¿No te interesa?

El Moro sonrió y se pasó un dedo por la garganta.

—Te lo aseguro, puede hacerse —dijo Hunter—. ¿Te asustan las alturas?

El Moro hizo un gesto posando una mano sobre la otra y sacudió la cabeza.

—No me refiero a los mástiles de un barco —dijo Hunter—. Me refiero a un acantilado de más de cien metros.

El Moro se rascó la cabeza. Miró al techo, como si intentara imaginarse la altura del acantilado. Por fin, asintió.

—¿Puedes hacerlo?

Él volvió a asentir.

—¿Incluso con un viento fuerte? Bien. Entonces vienes con nosotros.

Hunter se puso de pie, pero el Moro lo obligó a sentarse otra vez. El Moro hizo tintinear las monedas en su bolsillo y señaló interrogativamente a Hunter con el dedo.

—No te preocupes —dijo Hunter—. Merece la pena.

El Moro sonrió y Hunter se fue.

Encontró a Sanson en una habitación del segundo piso del Blasón de la Reina. Hunter llamó a la puerta y esperó. Oyó una risa y un suspiro, y volvió a llamar.

Una voz sorprendentemente aguda gritó.

—Vete al infierno y desaparece.

Hunter dudó, pero volvió a llamar.

—¡Por la sangre de Cristo! ¿Quién diablos es ahora? —preguntó la voz desde dentro.

—Hunter.

—Maldición. Pasa, Hunter.

Hunter abrió la puerta completamente, pero no se acercó al umbral; un momento después, el orinal y su contenido atravesaron volando la puerta abierta.

Hunter oyó una risita en la habitación.

—Tan cauteloso como siempre, Hunter. Nos sobrevivirás a todos. Pasa.

Hunter entró en la habitación. A la luz de una sola vela, vio a Sanson sentado en la cama, junto a una muchacha rubia.

—Nos has interrumpido, hijo —dijo Sanson—. Espero que tengas una buena razón.

—La tengo —dijo Hunter.

Hubo un momento de silencio incómodo en el que los dos hombres se miraron. Sanson se rascó la poblada barba negra.

—¿Debo adivinar la razón de tu visita?

—No —dijo Hunter, mirando a la muchacha.

—Ah —dijo Sanson. Se dirigió a ella—. Mi delicado melocotón… —Le besó las puntas de los dedos y señaló con la mano el pasillo.

La muchacha saltó inmediatamente de la cama, desnuda, recogió apresuradamente su ropa y salió de la habitación.

—Una delicia de muchacha —comentó Sanson.

Hunter cerró la puerta.

—Es francesa —dijo Sanson—. Las francesas son las mejores amantes, ¿no te parece?

—Sin duda son las mejores prostitutas.

Sanson se rió. Era un hombre corpulento y alto, que provocaba una sensación tenebrosa y amenazadora: cabellos oscuros, cejas oscuras que se unían sobre la nariz, barba oscura, piel oscura. Pero su voz era sorprendentemente aguda, sobre todo cuando se reía.

—¿No puedo convencerte de que las francesas son superiores a las inglesas?

—Solo en su capacidad para transmitir enfermedades.

Sanson se rió con ganas.

—Hunter, tu sentido del humor es único. ¿Tomarás un vaso de vino conmigo?

—Con placer.

Sanson le sirvió de la botella de la mesita. Hunter cogió el vaso y lo levantó para brindar.

—A tu salud.

—A la tuya —dijo Sanson, y ambos bebieron.

Ninguno de los dos apartó la mirada del otro.

Por su parte, Hunter no confiaba en absoluto en Sanson. En realidad, no deseaba llevarse a Sanson a la expedición, pero el francés era necesario para el éxito de la empresa. Porque Sanson, a pesar de su orgullo, su vanidad y sus fanfarronerías, era el asesino más despiadado del Caribe; procedía de una familia de verdugos franceses.

Incluso su nombre —Sanson, que significa «sin sonido»— era una definición satírica de la manera silenciosa en la que solían acabar sus víctimas. Era conocido y temido en todas partes. Se decía que su padre, Charles Sanson, era el verdugo del rey en Dieppe. Se rumoreaba que el propio Sanson había sido sacerdote en Lieja durante un tiempo breve, hasta que sus indiscreciones con las monjas de un convento cercano hicieron más conveniente que abandonara el país.

Pero Port Royal no era una ciudad donde se prestara mucha atención a las historias del pasado. Allí Sanson era conocido por su habilidad con el sable, la pistola y su arma favorita, la ballesta.

Sanson volvió a reír.

—Bien, hijo. Cuéntame qué te preocupa.

—Zarpo dentro de dos días. Hacia Matanceros.

Sanson no rió.

—¿Quieres que vaya contigo a Matanceros?

—Sí.

Sanson sirvió más vino.

—No quiero ir allí —dijo—. Ningún hombre cuerdo quiere ir a Matanceros. ¿Por qué quieres ir?

Hunter no dijo nada.

Con el ceño fruncido, Sanson se miró los pies sobre la cama. Meneó los dedos de los pies, todavía con el ceño fruncido.

—Tiene que ser por los galeones —dijo finalmente—. Los galeones perdidos durante la tormenta se han refugiado en Matanceros, ¿verdad?

Hunter se encogió de hombros.

—Cauto, cauto —bromeó Sanson—. Muy bien, ¿y qué condiciones propones para esta expedición de locos?

—Te daré cuatro partes sobre cien.

—¿Cuatro partes? Eres un hombre avaro, capitán Hunter. Has herido mi orgullo, si crees que solo valgo cuatro partes…

—Cinco partes —dijo Hunter, con la expresión de un hombre que se rinde.

—¿Cinco? Pongamos ocho y cerramos el trato.

—Pongamos cinco y cerramos el trato.

—Hunter. Es tarde y no tengo paciencia. ¿Quedamos en siete?

—Seis.

—Por la sangre de Cristo, qué avaro eres.

—Seis —repitió Hunter.

—Siete. Toma otro vaso de vino.

Hunter le miró y decidió que no merecía la pena seguir discutiendo. Sanson sería más fácil de controlar si creía que había negociado bien; en cambio, estaría intratable y de mal humor si consideraba que el acuerdo era injusto.

—Está bien, siete —aceptó Hunter.

—Amigo mío, eres una persona sensata. —Sanson alargó la mano—. Cuéntame cómo piensas atacar.

Sansón escuchó el plan sin decir una sola palabra. Finalmente, cuando Hunter terminó, se dio una palmada en el muslo.

—Es cierto eso que dicen de que el español es perezoso, el francés elegante y el inglés ingenioso.

—Creo que funcionará —dijo Hunter.

—No tengo la menor duda —dijo Sanson.

Cuando Hunter salió de la pequeña habitación, el día estaba rompiendo sobre las calles de Port Royal.

8

Por supuesto, fue imposible mantener en secreto la expedición. Había demasiados marineros buscando un puesto en cualquier buque corsario, y se necesitaban demasiados mercaderes y granjeros para aprovisionar el *Cassandra*, el balandro de Hunter. A primera hora de la mañana, todo Port Royal estaba hablando de la inminente empresa del capitán.

Se decía que Hunter atacaría Campeche. También se decía que saquearía Maracaibo. Incluso se decía que osaría atacar Panamá, como había hecho Drake hacía setenta años. Pero un viaje tan largo por mar exigía un fuerte aprovisionamiento, y Hunter estaba reuniendo tan pocos suministros que los rumores se inclinaban mayoritariamente porque el objetivo de la expedición fuera la propia La Habana, que nunca había sido atacada por los corsarios. La mera idea era considerada una locura por casi todos.

Salieron a la luz otras informaciones desconcertantes. Ojo Negro, el Judío, estaba comprando ratas a los niños y a los bribones de los muelles. Para qué querría ratas el Judío era algo que estaba fuera del alcance de la imaginación de los marineros. También se sabía que Ojo Negro había comprado las entrañas de un cerdo, que podían utilizarse para la adivinación, pero sin duda no le serían de utilidad a un judío.

Mientras tanto, la tienda de oro del Judío estaba cerrada y atrancada.

El Judío se había ido a alguna parte de las colinas del interior. Había salido antes del alba, con cierta cantidad de azufre, salitre y carbón.

El aprovisionamiento del *Cassandra* también era extraño. Solo se había solicitado una cantidad limitada de cerdo salado, pero en cambio habían pedido mucha agua, incluidos varios barriletes, encargados especialmente al señor Longley, el tonelero. La tienda de cáñamo del señor Whitstall había pedido un encargo de más de trescientos metros de cuerda robusta, demasiado gruesa para usarla como jarcias en un velero. Al señor Nedley, el fabricante de velas, le habían pedido que cosiera varias bolsas grandes de lona con ojales para cerrarlas por arriba. Y Carver, el herrero, estaba forjando rezones con un diseño peculiar: los brazos llevaban bisagras para poder doblarlos y aplanarlos.

Hubo también un presagio: por la mañana, los pescadores atraparon un gigantesco tiburón martillo, y lo arrastraron hasta el muelle cercano a Chocolate Hole, donde las tortugas hacían sus madrigueras. El tiburón, que medía más de cuatro metros y tenía un hocico muy largo y plano, y los ojos a uno y otro lado de una protuberancia, era anormalmente feo. Pescadores y transeúntes dispararon sus pistolas contra el animal, sin aparentes consecuencias. La enorme bestia siguió contorsionándose y agitándose sobre la madera del muelle hasta pasado mediodía.

Luego, abrieron el vientre del tiburón, de donde salieron unos viscosos y retorcidos intestinos. Cuando miraron en las entrañas vieron un destello de metal; posteriormente se comprobó que se trataba de la armadura completa de un soldado español: el pectoral, el yelmo con cresta y las rodilleras. De ahí se dedujo que el tiburón martillo había devorado al soldado y se había comido su carne, pero no había sido capaz de digerir la armadura. Algunos interpretaron lo sucedido como un presagio de un inminente ataque español a Port Royal; otros, como una prueba de que Hunter atacaría a los españoles.

Sir James Almont no tenía tiempo para presagios. Aquella mañana estaba ocupado interrogando a un granuja francés llamado L'Olonnais, que había llegado a puerto hacía unas horas con un bergantín español como botín. L'Olonnais no tenía patente de corso y, de todos modos, se suponía que Inglaterra y España estaban en paz. Sin embargo, lo peor era que, en el momento de su llegada al puerto, el bergantín no contenía nada particularmente valioso. Algunas pieles y tabaco fue todo lo que se halló en su bodega.

A pesar de su fama como corsario, L'Olonnais era un hombre estúpido y brutal, aunque tampoco se necesitaba una gran inteligencia para ser corsario. Solo había que esperar en las latitudes adecuadas hasta que pasara un barco y entonces atacarlo. En el despacho del gobernador, L'Olonnais, de pie y con el sombrero en la mano, recitaba su inverosímil historia con inocencia infantil. Había abordado el barco, dijo, pero lo había encontrado desierto. No había pasajeros a bordo, y la nave iba a la deriva.

—A fe que alguna plaga o calamidad debió de caer sobre ese barco —contó L'Olonnais—. Pero me pareció un buen barco, excelencia, y consideré un servicio a la Corona traerlo a puerto.

—¿No encontrasteis ningún pasajero?

—Ni un alma.

—¿Ningún muerto a bordo del barco?

—No, excelencia.

—¿Y ninguna pista de la desgracia que había ocurrido?

—Ni una sola.

—Y la carga…

—Tal como la han encontrado vuestros inspectores, excelencia. No habríamos osado tocarla. Lo sabéis.

Sir James se preguntó a cuántas personas inocentes habría matado L'Olonnais para vaciar el puente de aquel barco mercante. Y dónde habría atracado el pirata para esconder los objetos de valor de la carga. Había innumerables islas y pequeños islotes por todo el Caribe que podía haber utilizado con ese propósito.

Sir James tamborileó con los dedos sobre la mesa. Era evidente que el hombre mentía, pero necesitaba pruebas. Incluso en el rudo ambiente de Port Royal, la ley inglesa debía cumplirse.

—Muy bien —dijo al fin—. Os anuncio oficialmente que la Corona está muy contrariada con esta captura. Por consiguiente, el rey se quedará con una quinta parte…

—¡Una quinta!

Normalmente, el rey se quedaba con una décima o incluso menos, una quinceava.

—No hay discusión —dijo sir James con calma—. Su Majestad tendrá una quinta parte de la carga. De todos modos, os advierto que si llega a mis oídos que vuestra conducta es deshonesta, seréis juzgado y colgado como pirata y asesino.

—Excelencia, os juro que…

—Es suficiente —atajó sir James, levantando una mano—. Sois libre de marcharos por el momento, pero no olvidéis mis palabras.

L'Olonnais inclinó la cabeza ceremoniosamente y salió de la estancia. Almont llamó a su ayudante.

—John —dijo—, busca a algunos de los marineros de L'Olonnais y encárgate de darles suficiente vino para que se les suelte la lengua. Quiero saber cómo se apoderó de esa nave y quiero pruebas consistentes contra él.

—Así se hará, excelencia.

—Y John… Aparta una décima para el rey y una décima para el gobernador.

—Sí, excelencia.

—Es todo.

John hizo una reverencia.

—Excelencia, el capitán Hunter ha venido a buscar sus documentos.

—Hazle pasar.

Hunter entró poco después. Almont se levantó y le estrechó la mano.

—Parecéis de buen humor, capitán.

—Lo estoy, sir James.

—¿Los preparativos marchan bien?

—Marchan bien, sir James.

—¿A qué precio?

—Quinientos doblones, sir James.

Almont había previsto la suma. Buscó un saco de monedas en su escritorio.

—Esto será suficiente.

Hunter hizo una reverencia mientras cogía el dinero.

—Veamos —dijo sir James—, he ordenado que os entreguen una patente de corso que os autorice a talar madera en cualquier lugar que consideréis oportuno y adecuado. —Entregó el documento a Hunter.

En 1665, los ingleses consideraban un comercio legítimo la tala de madera, aunque los españoles reivindicaban el monopolio de esta industria. La madera, *Hematoxylin campaechium*, se utilizaba para elaborar tinte rojo, así como ciertas medicinas. Era una sustancia tan valiosa como el tabaco.

—Debo avisaros —prosiguió sir James lentamente— de que no podemos de ningún modo legitimar ataques contra asentamientos españoles sin que medie una provocación.

—Lo comprendo —dijo Hunter.

—¿Prevéis que habrá provocaciones?

—Lo dudo, sir James.

—Entonces, vuestro ataque contra Matanceros será un acto de piratería.

—Sir James, nuestro miserable balandro *Cassandra*, escasamente armado y como prueban vuestros documentos dedicado a la actividad comercial, podría ser blanco de los cañones de Matanceros. En tal caso, ¿no estaríamos obligados a responder? Una agresión sin motivo a un navío inocente no puede ser tolerada.

—Por supuesto que no —coincidió sir James—. Estoy seguro de que puedo confiar en que actuaréis como un soldado y un caballero.

—No traicionaré vuestra confianza.

Hunter se volvió para marcharse.

—Una última cosa —dijo sir James—. Cazalla es uno de los favoritos de Felipe. La hija de Cazalla está casada con el vicecanciller del rey. Un mensaje de Cazalla en el que describiera los sucesos de Matanceros de forma muy distinta de vuestro relato sería causa de gran turbación para Su Majestad el rey Carlos.

—Dudo que ningún informe de Cazalla llegue a España —dijo Hunter.

—Es importante que no los haya.

—No se reciben mensajes de las profundidades del mar.

—Por supuesto que no —afirmó sir James.

Los dos hombres se estrecharon la mano.

Cuando Hunter se disponía a abandonar la mansión del gobernador, una criada negra le entregó una carta y después se retiró sin decir palabra. Hunter bajó la escalera de la mansión leyendo la misiva escrita por una mano femenina.

Mi querido capitán:

Acabo de saber que en el interior de la isla hay un lugar, llamado Crawford's Valley, donde se encuentra un hermoso manantial de agua dulce. Para conocer la belleza de mi nuevo lugar de residencia, haré una excursión a esa fuente a última hora del día y espero que sea tan excepcional como me han inducido a creer.

Afectuosamente suya,

EMILY HACKLETT

Hunter guardó la carta en el bolsillo. En circunstancias normales, no habría prestado atención a la invitación implícita en las palabras de la señora Hacklett. Tenía mucho que hacer en su último día antes de que el *Cassandra* zarpara. Pero de todos modos debía ir al interior para ver a Ojo Negro. Si le sobraba tiempo… Se encogió de hombros y se dirigió a los establos a buscar su caballo.

9

El Judío se había retirado a Sutter's Bay, al este del puerto. Incluso desde lejos, Hunter pudo determinar con precisión dónde se había escondido, por el humo acre que se elevaba sobre los árboles y la detonación ocasional de cargas explosivas.

Guió el caballo hasta un pequeño claro y encontró al Judío en un escenario grotesco: había animales muertos por todas partes, pudriéndose al sol de mediodía. Tres barriles de madera, que contenían salitre, carbón y azufre, esperaban a un lado. Fragmentos de cristal roto relucían entre la hierba alta. El Judío trabajaba febrilmente, con la ropa y la cara manchadas de sangre y de pólvora de las explosiones.

Hunter desmontó y miró alrededor.

—¿Se puede saber qué habéis estado haciendo, en el nombre de Dios?

—Lo que me pedisteis —contestó Ojo Negro sonriendo—. No quedaréis decepcionado. Venid, os lo mostraré. Primero, me encargasteis una mecha larga y de combustión lenta, ¿verdad?

Hunter asintió.

—Las mechas normales no sirven —sentenció el Judío—. Se podría utilizar un rastro de pólvora, pero arde a una gran velocidad. O por el contrario se podría utilizar un fósforo lento. —Un fósforo lento era un fragmento de cuerda o cáñamo empapado de salitre—. Pero es demasiado lento y a menudo la llama es tan débil que no consigue encender los materiales finales. ¿Me explico?

—Sí.

—Bien. En cuanto a la intensidad de la llama y la velocidad de combustión de la mecha se puede hallar una vía intermedia aumentando la proporción de azufre que contiene la mezcla inflamable. Pero esa mezcla se caracteriza por su baja fiabilidad. Nosotros no queremos que la llama empiece a temblar y se apague.

—No.

—He probado con diversas cuerdas, mechas, e incluso trapos empapados, sin resultado. Ninguno de ellos puede utilizarse. En consecuencia, he buscado un contenedor en el que encerrar la carga. Y he encontrado esto. —Levantó una sustancia blanca, fina y membranosa—. Las vísceras de una rata —dijo, sonriendo encantado—. Ligeramente secadas sobre carbones tibios, para eliminar los humores y los jugos sin que pierda flexibilidad. Así he logrado que cuando se introduce cierta cantidad de pólvora en el intestino, resulte una mecha muy útil. Os lo demostraré.

Cogió un pedazo de intestino, de unos tres metros, blanquecino, en el que se transparentaba la pólvora negra del interior. Lo dejó en el suelo y encendió un extremo.

La mecha ardió silenciosamente, con pocos temblores y lentamente, consumiendo no más de cuatro o cinco centímetros por minuto.

El Judío sonreía feliz.

—¿Lo veis?

—Tenéis motivos para estar orgulloso —dijo Hunter—. ¿Esta mecha se puede transportar?

—Con toda seguridad —afirmó el Judío—. El único problema es el tiempo. Si el intestino se seca demasiado, se vuelve frágil y podría quebrarse. Esto sucede al cabo de uno o dos días.

—Entonces tendremos que llevarnos algunas ratas.

—Es lo que pensaba yo —coincidió el Judío—. Pero tengo otra sorpresa, algo que ni siquiera me pedisteis. Quizá no le encontraréis utilidad, aunque a mí me parece un artilugio realmente admirable. —Se calló un instante—. ¿Habéis oído hablar de esa arma francesa que llaman *grenade*?

—No. —Hunter sacudió la cabeza—. ¿Una fruta envenenada? —*Grenade* era la palabra francesa para la granada, y envenenar estaba a la orden del día en la corte del rey Luis.

—En cierto sentido —dijo el Judío, con una ligera sonrisa—. Se llama así por su similitud con las semillas que contiene la granada. Conocía de la existencia de esa arma, pero también sabía que era peligroso fabricarla. Sin embargo, lo he logrado. El truco es la proporción de salitre. Observad.

El Judío levantó una botella vacía con el cuello corto. Mientras Hunter observaba, el Judío le echó un puñado de perdigones y algunos fragmentos de metal. Mientras trabajaba, el Judío se explicó:

—No querría que pensarais mal de mí. ¿Habéis oído hablar de la *Complicidad Grande*?

—Solo un poco.

—Empezó con mi hijo —dijo el Judío, con una mueca, mientras preparaba la granada—. En agosto del año 1639, mi hijo hacía tiempo que había renunciado a la fe judía. Vivía en Lima, en Perú, en Nueva España. Su familia prosperaba y él se creó enemigos.

»Le arrestaron el 11 de agosto —prosiguió el Judío mientras echaba más perdigones en el recipiente de vidrio— y le acusaron de ser judío clandestinamente. Decían que no había querido cerrar una venta un sábado, y también que no comía tocino para desayunar. Le marcaron como judaizante y lo torturaron. Le metieron los pies dentro de zapatos de hierro al rojo vivo y su carne se abrasó. Confesó.

El Judío terminó de llenar la botella de pólvora y la selló con cera derretida.

—Lo tuvieron seis meses en prisión —continuó—. En 1640, en enero, quemaron a once hombres en la pira. Siete estaban todavía vivos. Uno de ellos era mi hijo. Cazalla era el comandante de la guarnición que supervisó la ejecución del auto de fe. Los bienes de mi hijo fueron requisados. Su esposa y sus hijos… desaparecieron.

El Judío miró brevemente a Hunter y se secó las lágrimas de los ojos.

—No quiero compasión —dijo—. Pero quizá esto os ayudará a comprender.

Levantó la granada e insertó una mecha corta.

—Os aconsejo que os refugiéis tras esos matorrales —dijo el Judío.

Hunter se escondió y miró cómo el Judío dejaba la botella sobre una roca, encendía la mecha y corría a reunirse con él. Los dos hombres se quedaron mirando la botella.

—¿Qué va a pasar? —preguntó Hunter.

—Observad —respondió el Judío, sonriendo por primera vez.

Poco después, la botella explotó. Fragmentos de vidrio y metal salieron despedidos en todas direcciones. Hunter y el Judío se aplastaron contra el suelo, mientra oían los fragmentos que cruzaban el follaje por encima de sus cabezas.

Cuando Hunter levantó de nuevo la cabeza, estaba pálido.

—¡Cielo santo! —exclamó.

—No es un accesorio para caballeros, precisamente —bromeó el Judío—. Causa pocos daños a todo lo que no sea carne viva.

Hunter miró al Judío, intrigado.

—El comandante se ha ganado estas atenciones —dijo el Judío—. ¿Qué opináis de la granada?

Hunter no dijo nada. Su instinto se rebelaba contra un arma tan inhumana. Sin embargo iba a llevarse a sesenta hombre para capturar un galeón con un tesoro en una fortaleza enemiga; sesenta hombres contra una fortaleza dotada con trescientos soldados y la tripulación que se encontraba en tierra, lo que sumaba doscientos o trescientos más.

—Construidme una docena —dijo finalmente—. Empaquetadlas para el viaje y no se lo digáis a nadie. Será nuestro secreto.

El Judío sonrió.

—Tendréis vuestra venganza, don Diego —dijo Hunter. Montó a caballo y, sin añadir nada más, se alejó.

10

Crawford's Valley estaba a una agradable distancia de media hora a caballo hacia el norte, a través del exuberante follaje que crecía a los pies de las Blue Mountains. Hunter llegó a lo alto de una cima sobre el valle y vio los caballos de la señora Hacklett y de sus dos esclavas atados junto al alegre riachuelo, que surgía de una poza en la roca en el extremo oriental del valle. También vio un mantel en el suelo sobre el que se había dispuesto la merienda.

Hunter desmontó cerca de los caballos y ató el suyo. Apenas tardó un momento en convencer a las dos negras, llevándose un dedo a los labios y lanzándoles un chelín. Riéndose silenciosamente, las dos mujeres se esfumaron. No era la primera vez que alguien las sobornaba para que guardaran silencio sobre un encuentro clandestino, así que Hunter no tuvo ningún temor de que contaran a nadie lo que habían visto.

Tampoco dudaba de que se quedarían espiando a los dos blancos desde los arbustos, riendo por lo bajo. Se acercó silenciosamente a las rocas que rodeaban la poza, al pie de la suave cascada. La señora Hacklett estaba chapoteando en el agua del manantial. Todavía no se había percatado de la llegada de Hunter.

—Sarah —dijo la señora Hacklett, hablando con la esclava

que todavía creía tener cerca—, ¿conoces al capitán Hunter, del puerto?

—Humm —contestó él, en tono agudo y se sentó junto a la ropa de ella.

—Robert dice que no es más que un granuja y un pirata —prosiguió ella—. Pero mi esposo me presta tan poca atención… Era la favorita del rey, así que él debería estar contento. Pero el capitán Hunter es tan guapo. ¿Sabes si goza de los favores de muchas mujeres en la ciudad?

Hunter no contestó. Contemplaba a la señora Hacklett mientra chapoteaba.

—Estoy segura de que sí. La expresión de sus ojos podría derretir el corazón más duro. Es evidente que es fuerte y valiente; y esto es algo que a ninguna mujer le pasa inadvertido. Además sus dedos y su nariz son de buen augurio para las que disfruten de sus atenciones. ¿Tiene alguna favorita en la ciudad, Sarah?

Hunter no contestó.

—Su Majestad tiene los dedos largos y está maravillosamente dotado para la cama. —Se rió—. No debería decir estas cosas, Sarah.

El capitán siguió sin decir nada.

—¿Sarah? —dijo, volviéndose, y vio a Hunter, sentado y sonriéndole.

—¿No sabéis que bañarse es poco sano? —dijo Hunter.

Ella le salpicó, enfadada.

—Todo lo que dicen de vos es cierto —se quejó—. Sois un hombre vil, vulgar y absolutamente desagradable, y no sois un caballero.

—¿Esperabais a un caballero hoy?

Ella volvió a salpicarle.

—Sin duda esperaba algo más que un espía deshonesto. ¡Alejaos inmediatamente para que pueda volver a vestirme!

—Este sitio me resulta muy agradable —dijo Hunter.

—¿Os negáis a marcharos?

Estaba muy enfadada. En las aguas transparentes, Hunter podía ver que era demasiado delgada para su gusto, con pechos pequeños; una mujer huesuda con el ceño fruncido. Pero su ira le excitó.

—En efecto, temo no poder complaceros.

—Entonces, señor, os he juzgado mal. Os creía dispuesto a tratar con cortesía y buenos modales a una mujer en desventaja.

—¿Cuál es vuestra desventaja? —preguntó Hunter.

—Estoy desnuda, señor.

—Ya lo veo.

—Y el agua del manantial está fría.

—¿Sí?

—Ya lo creo que sí.

—¿Acabáis de daros cuenta?

—Señor, os pido una vez más que ceséis esta impertinencia y me permitáis un momento de intimidad para secarme y vestirme.

A modo de respuesta, Hunter se acercó al borde del agua, la tomó de la mano y la subió a la roca, donde se quedó goteando y temblando, a pesar del calor del sol. Ella lo miraba, furiosa.

—Pillaréis un mal resfriado —dijo él sonriendo ante la vergüenza de ella.

—Pues que seamos dos —replicó ella, y bruscamente lo empujó al agua, totalmente vestido.

Cuando Hunter se sumergió sintió el impacto del agua helada en el cuerpo. Jadeó, sin respiración. Luchó por mantenerse a flote mientras ella se reía de él desde la roca.

—Señora —dijo él, ahogándose—. Señora, os lo ruego.

Ella seguía riendo.

—Señora —dijo él—. No sé nadar. Os ruego que me ayudéis… —Y su cabeza se sumergió un momento.

—¿Un lobo de mar que no sabe nadar? —preguntó entre carcajadas.

—Señora… —fue todo lo que pudo decir al salir a la superficie antes de volver a hundirse.

Un momento después salió a flote, dando manotazos y patadas frenéticamente. Ella empezó a mirarlo preocupada; luego le alargó una mano y él se acercó agitando pies y manos.

Hunter le cogió la mano y tiró con fuerza, levantándola por encima de su cabeza. Ella gritó y cayó de espaldas, como un peso muerto; volvió a chillar, antes de hundirse. Él todavía reía cuando ella salió a la superficie, pero la ayudó a volver a subir a la roca tibia.

—Sois un canalla —espetó ella escupiendo agua—, sois un bastardo, un bribón, un malvado granuja y un maldito sinvergüenza.

—A vuestro servicio —dijo Hunter, y la besó.

Ella se apartó.

—Y un presuntuoso.

—Y un presuntuoso —aceptó él, y volvió a besarla.

—Supongo que ahora pretendéis forzarme como a una mujer cualquiera.

—Dudo —dijo Hunter, quitándose la ropa mojada— que sea necesario.

Y no lo fue.

—¿A la luz del día? —se escandalizó ella, pero esas fueron sus últimas palabras inteligibles.

11

Hacia mediodía, el secretario Robert Hacklett se presentó ante sir James Almont con noticias preocupantes.

—La ciudad es un hervidero de rumores —dijo—. Se dice que el capitán Hunter, el mismo hombre con quien cenamos anteanoche, está organizando una expedición pirata contra un dominio español, tal vez La Habana.

—¿Y vos dais crédito a esas tonterías? —preguntó Almont tranquilamente.

—Excelencia —insistió Hacklett—, es un hecho probado que el capitán Hunter ha ordenado que se cargaran provisiones para un viaje por mar a bordo de su balandro *Cassandra*.

—Quizá —admitió Almont—. Pero ¿dónde está el delito?

—Excelencia —dijo Hacklett—, con el mayor de los respetos debo informaros de que, según los rumores, vos habéis autorizado la expedición e incluso habéis aportado vuestro apoyo económico.

—¿Estáis diciendo que he financiado la expedición? —preguntó Almont, con cierta irritación.

—En otras palabras, esto es lo que se dice, sir James.

El gobernador suspiró.

—Señor Hacklett —dijo—, cuando llevéis más tiempo residiendo aquí, pongamos una semana, sabréis que siempre corre el rumor de que he autorizado una expedición y de que la he financiado.

—Entonces, ¿los rumores no tienen fundamento?

—Reconozco que he proporcionado al capitán Hunter unos documentos que lo autorizan a talar madera donde le parezca oportuno. Este es el alcance de mi interés en el asunto.

—¿Y dónde se talará esa madera?

—No tengo la menor idea —contestó Almont—. Probablemente en la Costa de los Mosquitos de Honduras. Es un lugar extraordinario.

—Excelencia —insistió Hacklett—, ¿permitís que os recuerde respetuosamente que en esta época de paz entre nuestra nación y España, la tala de madera representaría un motivo de irritación que podría evitarse fácilmente?

—Podéis recordármelo —dijo Almont—, pero considero que os equivocáis. En esta parte del mundo hay muchas tierras que España reclama; sin embargo no están habitadas, no hay ciudades, no hay colonos, no hay ciudadanos en ellas. En ausencia de tales pruebas de dominio, no considero que pueda objetarse nada a la tala de madera.

—Excelencia —rogó Hacklett—, ¿no estáis de acuerdo con que lo que empieza como una expedición de tala de madera, aun y reconociendo el acierto de lo que decís, puede convertirse con suma facilidad en una empresa de piratería?

—¿Con facilidad? Con facilidad no, señor Hacklett.

A Su Excelsa Majestad Carlos, por la gracia de Dios, de la Inglaterra e Irlanda, rey, defensor de la fe, etc.

La humilde petición del vicegobernador de las plantaciones y de los territorios de Su Majestad en Jamaica y en las Indias Occidentales.

Humildemente atesta

Que yo, el más leal de los súbditos de Su Majestad, habiendo sido encargado por Su Majestad siguiendo los sentimientos y deseos de la corte en la cuestión de la piratería en las Indias Occidentales; y habiendo notificado epistolarmente y, después, personalmente a sir James Almont, gobernador del susodicho territorio de Jamaica, los ya mencionados sentimientos y deseos, debo comunicar que muy poca atención se dedica, en estas latitudes, a poner fin o reprimir la piratería. Al contrario, debo informar sinceramente de que el mismo sir James se relaciona con todo tipo de canallas y delincuentes; de que alienta con palabras, actos y dinero la ejecución de viles y sangrientas expediciones contra territorios españoles; de que permite que Port Royal sea lugar de reunión para matones y truhanes, y para el disfrute de sus beneficios deshonestos; de que no muestra remordimiento por esas actividades y ninguna prueba de que hayan de cesar en el futuro; de que él no es persona idónea para el alto cargo que ostenta por la mala salud que padece y por su laxa moral; de que permite todo tipo de corrupción y vicio en nombre de Su Majestad. Por todas estas razones y pruebas, suplico humildemente y solicito a Su Majestad ser eximido de este cargo, y que Su Majestad nombre, en su grandeza, un sucesor más apto que no haga burla a diario de la Corona. Humildemente imploro la aquiescencia de Su Majestad a esta simple solicitud, y por ello rogaré. Resto entretanto vuestro más fiel, leal y obediente servidor,

ROBERT HACKLETT,
DIOS SALVE AL REY

Hacklett releyó la carta, la consideró satisfactoria y llamó a un criado. Anne Sharpe respondió a su llamada.

—Niña —dijo él—, quiero que te ocupes de que esta carta salga con el próximo barco con destino a Inglaterra —y le dio una moneda.

—Mi señor —dijo ella con una pequeña reverencia.

—Trátala con esmero —añadió Hacklett, frunciendo el ceño.

Ella se guardó la moneda en la blusa.

—¿El señor desea algo más?

—¿Eh? —dijo él, algo sorprendido. La provocativa muchacha se estaba humedeciendo los labios con la lengua y le sonreía—. No —respondió secamente—. Puedes retirarte.

Ella se marchó.

Él soltó un suspiro.

12

A la luz de las antorchas, Hunter supervisaba el cargamento de su barco en plena noche.

El importe del derecho de amarre en Port Royal era elevado; un navío mercante cualquiera no podía permitirse quedarse más de unas horas cargando o descargando, pero el pequeño balandro de Hunter se pasó doce horas largas anclado, y a Hunter no le costó un solo penique. Al contrario, Cyrus Pitkin, que era el dueño del muelle, se mostró encantado de cederle el amarre, y para animar al capitán a aceptar tan generosa oferta le obsequió además con cinco barriles de agua.

Hunter los aceptó educadamente. Sabía que Pitkin no lo hacía por magnanimidad; esperaba algo a cambio cuando regresara el *Cassandra*, y lo obtendría.

Del mismo modo, aceptó un tonel de cerdo salado del señor Oates, un agricultor de la isla. Y aceptó un barrilete de pólvora del señor Renfrew, el armero. Todo se realizó con ceremoniosa cortesía, pero con el ojo muy atento a la relación entre lo recibido y lo esperado.

Entre estos intercambios corteses, Hunter interrogó a todos los miembros de su tripulación y pidió al señor Enders que los examinara, para asegurarse de que estaban sanos antes de subir a bordo. Hunter también revisó todas las provisiones:

abrió todos los toneles de cerdo y de agua, olió el contenido y metió la mano hasta el fondo, para comprobar que realmente estaban llenos. Probó el agua de todos los barriles y verificó que todas las galletas fueran frescas y no tuvieran gorgojo.

En una larga travesía oceánica, no era posible que el capitán efectuara estas comprobaciones personalmente. Este tipo de travesía exigía toneladas de agua y comida para la tripulación, y gran parte de la carne se transportaba viva, mugiendo y graznando.

Pero los corsarios viajaban de un modo diferente. Sus pequeños barcos iban cargados de hombres y las provisiones eran escasas. Un corsario no esperaba comer bien durante un viaje; a veces ni siquiera llevaban comida, y las naves zarpaban esperando obtener provisiones cuando abordaran otro barco o invadieran una ciudad.

Los corsarios tampoco iban exageradamente armados. El *Cassandra*, un balandro de poco más de veinte metros, estaba dotado solo con cuatro cañones medianos, unos cañones giratorios más pequeños que las culebrinas, colocados a proa y a popa. Este era su único armamento, así que no podía hacer nada contra un buque de guerra, aunque fuera de quinta o sexta categoría. En contrapartida, los corsarios contaban con la velocidad y la maniobrabilidad —además de una quilla poco profunda— para esquivar a sus adversarios más peligrosos. Podían aprovechar el viento mucho mejor que un gran navío de guerra, y podían entrar en puertos y canales poco profundos donde un barco mayor no podía perseguirlos.

En el mar Caribe, donde raramente se navegaba sin avistar alguna isla rodeada de arrecifes de coral cercanos a la superficie, se sentían bastante a salvo.

Hunter supervisó la carga del barco hasta casi el amanecer. De vez en cuando, los curiosos se amontonaban, y él se apresuraba a echarlos. Port Royal estaba repleto de espías; los asentamientos españoles pagaban bien los chivatazos de expediciones como aquella. De todos modos, Hunter no deseaba que nadie viera los extraños suministros que estaba cargando a bordo: las numerosas cuerdas, los garfios plegables y las extrañas botellas que el Judío había embalado en cajas de madera.

De hecho, las cajas del Judío estaban envueltas en tela encerada y se colocaron bajo la cubierta, fuera de la vista de los marineros. Como había dicho Hunter a don Diego, aquel era su «pequeño secreto».

Al romper el día, el señor Enders, todavía lleno de energía y con su incansable paso oscilante, se acercó a él y le dijo:

—Disculpad, capitán, pero hay un pordiosero con una pata de palo que ha estado casi toda la noche dando vueltas por el almacén.

Hunter miró hacia el edificio, todavía en tinieblas a la luz tenue del alba. Los muelles no eran un buen lugar para pedir limosna.

—¿Le conocéis?

—No, capitán.

Hunter frunció el ceño. En otras circunstancias, habría ordenado que llevaran al hombre ante el gobernador y le habría pedido que encerrara al mendigo en la prisión de Marshallsea algunas semanas. Pero era tarde; el gobernador aún estaría durmiendo y no le complacería que le despertaran.

—Bassa.

El Moro apareció a su lado con todo su corpachón.

—¿Ves a ese mendigo de la pata de palo?

Bassa asintió.

—Mátalo.

Bassa se alejó. Hunter miró a Enders, y este suspiró.

—Es mejor así, capitán. —Citó un viejo proverbio—: Mejor un viaje que comienza con sangre que un viaje que termina con sangre.

—Me temo que tendremos mucha, tanto al comienzo como al final —sentenció Hunter, y siguió con su trabajo.

Cuando el *Cassandra* desplegó las velas media hora más tarde, con Lazue a proa para avistar los bancos de arena de Pelican Point a la débil luz de la aurora, el capitán echó una última mirada al puerto. La ciudad dormía pacíficamente. Los faroleros estaban apagando las antorchas en el muelle. Las pocas personas que habían ido a despedirse ya se marchaban.

Entonces, flotando boca abajo en el agua, vio el cuerpo del mendigo con una sola pierna. El cadáver se balanceaba arriba y abajo con la marea, y la pata de palo golpeaba suavemente contra una columna de amarre.

Pensó si aquello sería un buen presagio o un mal presagio. No se decidió por ninguno de los dos.

13

«Se relaciona con todo tipo de canallas y delincuentes», farfulló sir James. «Alienta … la ejecución de viles y sangrientas expediciones contra territorios españoles», cielo santo, «viles y sangrientas»… ¡Ese hombre está loco! «Permite que Port Royal sea lugar de reunión para matones y truhanes … no es persona idónea para el alto cargo … permite todo tipo de corrupción…» Maldito sea.

Sir James Almont, todavía con ropa de cama, agitaba la carta en la mano.

—¡Maldito canalla! —espetó—. ¿Cuándo te la ha dado?

—Ayer, excelencia —contestó Anne Sharpe—. Pensé que querríais leerla, excelencia.

—Desde luego que sí —dijo Almont, dándole una moneda por las molestias—. Y si hay más como esta, habrá más recompensas, Anne. —Pensó para sus adentros que había resultado ser una muchacha extraordinariamente lista—. ¿Se te ha insinuado?

—No, excelencia.

—Lo suponía —dijo Almont—. Bien, deberemos pensar en la forma de poner fin a las intrigas del señor Hacklett, de una vez por todas.

Se acercó a la ventana de su dormitorio y miró al exterior.

A la primera luz del día, el *Cassandra* ya doblaba la punta de Lime Cay, con la vela maestra izada y rumbo al este adquiriendo velocidad.

El *Cassandra*, como todos los barcos corsarios, puso primero rumbo a bahía del Toro, una pequeña ensenada a pocas millas al este de Port Royal. Allí, el señor Enders situó la nave con la proa al viento y el capitán Hunter, entre las velas que batían y se agitaban con la brisa, arengó a la tripulación.

Aquellas formalidades eran conocidas por todos los que estaban a bordo. Primero, Hunter pidió a todos que le votaran como capitán del barco y un coro lo aclamó entusiasmado. A continuación, enumeró las reglas de la expedición: ni alcohol ni fornicación, ni saqueo sin su permiso; pena de muerte por romper las reglas. Eran las normas habituales, y la aceptación también se daba por sentada.

Después, habló de la división del botín. Hunter, como capitán, se quedaría con trece partes sobre cien. A Sanson le corresponderían siete —esta cifra desencadenó algunos gruñidos— y el señor Enders tendría una y media. Lazue se llevaría una y cuarto. Ojo Negro también una y cuarto. El resto se distribuiría equitativamente entre la tripulación.

Uno de los marineros se puso de pie y dijo:

—Capitán, ¿nos lleváis a Matanceros? Es peligroso.

—Sin duda lo es —admitió Hunter—, pero el botín bien lo vale. Habrá mucho para todos. Si alguno considera que el riesgo es excesivo podrá desembarcar en esta bahía, y no por eso perderá ni un ápice de mi estima. Pero debe decidirse antes de que os hable del tesoro que nos espera.

Esperó, pero nadie se movió ni habló.

—Bien —prosiguió Hunter—. En el puerto de Matanceros está anclada una *nao* española cargada de riquezas. Vamos a apoderarnos de ella. —Sus palabras desencadenaron un enorme griterío. Hunter tardó varios minutos en hacerlos callar otra vez. Y cuando los marineros volvieron a prestarle atención, sus ojos relucían con visiones de oro—. ¿Estáis conmigo? —gritó Hunter.

Todos respondieron a gritos.

—Entonces, rumbo a Matanceros.

SEGUNDA PARTE

El navío negro

14

Desde lejos, el *Cassandra* ofrecía una bella imagen. Con las velas hinchadas al viento matinal, escorada algunos grados, veloz y sibilante, surcaba el agua azul y clara.

Sin embargo, a bordo, estaban incómodos y estrechos. Sesenta combatientes, hirsutos y apestosos, se peleaban por sentarse, jugar o dormir al sol. Se aliviaban por la borda, sin ceremonias, y su capitán a menudo asistía al espectáculo de media docena de culos desnudos sobresaliendo por la regala de sotavento.

No se distribuyó comida ni agua. Durante el primer día no se les ofreció nada, pero la tripulación, que ya se lo esperaba, había comido y bebido hasta saciarse en su última noche en el puerto.

Aquella primera noche Hunter no echó el ancla. Entre los corsarios era habitual fondear en alguna bahía protegida para que la tripulación pudiera dormir en tierra, pero Hunter decidió seguir el viaje sin detenerse. Tenía dos motivos para apresurarse. Primero: temía que algún espía pudiera llegar a Matanceros para advertir a la guarnición. Segundo: no deseaba correr el riesgo de que la *nao* del tesoro saliera del puerto de Matanceros antes de que llegaran.

Al terminar el segundo día, ya se dirigían al nordeste a toda velocidad por el peligroso pasaje entre La Hispaniola y Cuba.

La tripulación conocía bien la zona, porque estaban a menos de una jornada de navegación de la isla Tortuga, conocida por ser un bastión pirata.

Siguieron navegando todo el tercer día, pero por la noche Hunter mandó anclar, para dar descanso a la agotada tripulación. Al día siguiente sabía que empezaría la larga travesía que, una vez superada Inagua, los conduciría a Matanceros. A partir de ahí, no habría más refugios seguros. En cuanto cruzaran la latitud 20, entrarían en las peligrosas aguas españolas.

La tripulación estaba de excelente humor, riendo y bromeando alrededor de las hogueras. Durante los tres últimos días, solo un hombre había tenido las visiones de demonios acechantes que a veces acompañaban la abstinencia de ron, pero ya se había calmado y no temblaba ni se estremecía.

Satisfecho, Hunter contemplaba la hoguera. Sanson se le acercó y se sentó a su lado.

—¿En qué piensas?

—En nada en particular.

—¿Te preocupa Cazalla?

—No. —Hunter sacudió la cabeza.

—Sé que mató a tu hermano —dijo Sanson.

—Fue la causa de que lo mataran, sí.

—¿Y eso no te enfurece?

Hunter suspiró.

—Ya no.

Sanson lo miró a la luz crepitante de la hoguera.

—¿Cómo murió?

—No es importante —dijo Hunter con serenidad.

Sanson se quedó callado un momento.

—He oído decir —prosiguió— que a tu hermano lo capturaron en un mercante de Cazalla. He oído decir que Cazalla lo colgó por los brazos, le cortó los testículos y se los metió en la boca hasta que murió ahogado.

Hunter tardó un poco en contestar.

—Es lo que se dice —respondió finalmente.

—¿Y tú te lo crees?

—Sí.

Sanson lo miró atentamente.

—La astucia de los ingleses. ¿Dónde está tu rabia, Hunter?

—Te aseguro que la tengo —dijo Hunter.

Sanson asintió y se levantó.

—Cuando encuentres a Cazalla, mátalo enseguida. No dejes que el odio ofusque tu juicio.

—Mi juicio no está ofuscado.

—No, ya lo veo.

Sanson se marchó. Hunter se quedó mirando la hoguera un buen rato.

Por la mañana entraron en el peligroso Paso de los Vientos entre Cuba y La Hispaniola. Los vientos eran imprevisibles y el mar estaba agitado, pero el *Cassandra* avanzaba a buena velocidad. En algún momento de la noche pasaron junto al oscuro promontorio de Le Mole, la punta más occidental de La Hispaniola, a estribor. Y al acercarse la aurora, vieron el perfil de la isla Tortuga separándose de la costa norte.

Siguieron avanzando.

Pasaron todo el quinto día en mar abierto, pero el tiempo fue bueno, y el mar solo estaba un poco picado. A última hora de la tarde avistaron la isla de Inagua por babor, y poco después, Lazue distinguió en el horizonte la mancha que dibujaban las Caicos frente a ellos. Era un momento importante, porque al sur de las Caicos había varias millas de bancos de arena poco profundos y traicioneros.

Hunter dio la orden de poner rumbo al este, hacia las islas Turcas todavía invisibles. El buen tiempo persistía. La tripulación cantaba y dormitaba.

El sol estaba bajando en el horizonte cuando Lazue alertó a la adormilada tripulación con un grito.

—¡Barco a la vista!

Hunter se puso en pie de un salto. Escrutó el horizonte pero no vio nada. Enders, el artista del mar, hizo lo mismo con el catalejo, buscando en todas direcciones.

—¡Maldición! —exclamó, y pasó el catalejo a Hunter—. Navega de través, capitán.

Hunter miró por el catalejo. Entre los anillos de color del arco iris, vio un rectángulo blanco en el horizonte. Al poco tiempo, el rectángulo blanco se inclinó y se transformó en una pareja de rectángulos parcialmente solapados.

—¿Qué os parece? —preguntó Enders.

Hunter sacudió la cabeza.

—Lo sabéis tan bien como yo.

Desde aquella distancia, no había forma de determinar la nacionalidad del navío que se aproximaba, pero aquellas aguas eran indudablemente españolas. Hunter dio una ojeada panorámica al horizonte. Habían dejado atrás Inagua; tardarían cinco horas en llegar, y aquella isla ofrecía poca protección. Al norte, las Caicos eran tentadoras, pero el viento soplaba del nordeste, y tendrían que navegar demasiado ceñido al viento para desplazarse a una velocidad suficiente. Al este, las islas Turcas todavía no eran visibles y estaban en el rumbo de las embarcaciones que se aproximaban.

Debía tomar una decisión, pero ninguna de las alternativas era satisfactoria.

—Cambio de rumbo —dijo por fin—. En dirección a las Caicos.

Enders se mordió el labio y asintió.

—¡Preparados para virar! —gritó, y la tripulación corrió hacia las drizas. El *Cassandra* viró bruscamente hacia el norte.

—¡Ánimo! —dijo Hunter, mirando las velas—. ¡Más rápido!

—A la orden, capitán —acató Enders.

El artista del mar fruncía el ceño con expresión inquieta, y tenía razones para ello porque las velas en el horizonte ya se divisaban a simple vista. El otro barco estaba acortando distancias; el velamen destacaba en el horizonte, y empezaban a distinguirse las velas de trinquete.

Con el catalejo, Hunter vio tres puntas sobre los juanetes. La presencia de tres mástiles significaba casi con total seguridad que se trataba de un galeón, aunque podía ser de cualquier nacionalidad.

—¡Maldita sea!

Mientras miraba, las tres velas se fundieron en un único cuadrado, y luego volvieron a separarse.

—Ha virado —dijo Hunter—. Se dispone a perseguirnos.

Los pies de Enders ejecutaron un baile nervioso mientras su mano apretaba con fuerza la barra del timón.

—No podremos dejarlo atrás con este viento, capitán.

—Ni con ninguno —dijo Hunter lúgubremente—. Recemos para que encalme.

La otra embarcación estaba a menos de cinco millas de distancia. Con aquel viento constante, ganaría terreno inexorablemente al *Cassandra*. Su única esperanza era que el viento disminuyera bruscamente; entonces el menor peso del *Cassandra* le permitiría poner distancia.

A veces, el viento encalmaba con la puesta de sol, pero a menudo se intensificaba. Muy pronto, Hunter sintió que la fuerza de la brisa en sus mejillas aumentaba.

—Hoy no tenemos suerte —se lamentó Enders.

Ya veían las velas maestras del barco perseguidor, teñidas de rosa con la luz del atardecer e hinchadas al máximo con el viento, que arreciaba.

Las Caicos estaban muy lejos todavía, un puerto seguro pero desesperadamente remoto, fuera de su alcance.

—¿Cambiamos de rumbo y huimos, capitán? —preguntó Enders.

Hunter negó con la cabeza. El *Cassandra*, con el viento en popa, probablemente sería más rápido que la otra embarcación, pero eso solo retrasaría lo inevitable. Incapaz de hacer nada, Hunter cerró los puños con rabia e impotencia, mientras las velas del perseguidor se volvían cada vez más grandes. Ya podían ver el extremo del casco.

—Es un buque de guerra, seguro —dijo Enders—. Pero no distingo la proa.

La forma de la proa era el mejor indicio para deducir la nacionalidad de una embarcación. Los buques de guerra españoles solían tener una línea menos pronunciada que los barcos ingleses u holandeses.

Sanson se acercó al timón.

—¿Vamos a combatir? —preguntó.

A modo de respuesta, Hunter se limitó a señalar el navío. El casco ya no estaba sobre el horizonte. Estaba casi cuarenta metros por encima de la línea del mar, y tenía dos puentes de artillería. Las cañoneras estaban abiertas, y los hocicos chatos de los cañones sobresalían. Hunter no se molestó en contarlos; al menos había veinte, quizá treinta, en el lado visible de estribor.

—Creo que es español —dijo Sanson.

—Lo es —aceptó Hunter.

—¿Combatirás?

—¿Combatir contra qué? —preguntó Hunter.

Mientras él hablaba, el navío de guerra soltó una salva de aviso hacia el *Cassandra*. Los cañones todavía estaban demasiado lejos, así que los proyectiles se hundieron en las olas por el lado de babor, pero la advertencia era clara. Cien metros más y estarían a tiro del galeón.

Hunter suspiró.

—Proa al viento —dijo en voz baja.

—¿Cómo, capitán? —preguntó Enders.

—He dicho proa al viento y soltad todas las drizas.

—A la orden, capitán —dijo Enders.

Sanson miró furiosamente a Hunter y se fue pisando fuerte. Hunter no le hizo caso. Estaba observando cómo su pequeño balandro soltaba los cabos y se adentraba en el viento. Las velas se agitaron ruidosamente; el barco se paró. La tripulación de Hunter se alineó en la barandilla de babor, observando cómo se acercaba el buque de guerra. El casco del barco estaba enteramente pintado de negro, con bordes dorados, y se distinguía el escudo de Felipe, los leones rampantes, en el castillo de popa. No había duda de que era español.

—Podemos ofrecerles un buen espectáculo —dijo Enders—, cuando nos aborden para hacernos prisioneros. Basta con que deis la orden, capitán.

—No —rechazó Hunter.

En un navío de aquel tamaño, por lo menos habría doscientos marineros, y otros tantos soldados armados en el puente. ¿Qué podían hacer sesenta hombres en un velero abierto contra cuatrocientos en un navío más grande? Ante la menor resistencia, el galeón sencillamente se apartaría un poco y abriría fuego de costado sobre el *Cassandra* hasta que se hundiera.

—Es mejor morir con una espada en la mano que con una soga papista al cuello, o con las malditas llamas del virrey quemándote los pies —dijo Enders.

—Esperaremos —ordenó Hunter.

—Esperaremos ¿a qué?

Hunter no tenía ninguna respuesta. Observó cómo el buque de guerra se acercaba hasta que la sombra de la vela maestra del *Cassandra* se proyectó sobre el costado del navío. Algunas voces gritaban órdenes en español en la penumbra creciente.

El capitán miró a su alrededor. Sanson estaba cargando a toda prisa unas pistolas, que se colocaba al cinto. Hunter se acercó a él.

—Pienso luchar —dijo Sanson—. Los demás podéis rendiros como mujeres miedosas, pero yo lucharé.

De repente, Hunter tuvo una idea.

—Pues haz esto —dijo, y susurró algo al oído de Sanson.

Poco después, el francés se alejó furtivamente.

Mientras tanto seguían oyéndose gritos en español. Desde el galeón se lanzaron cuerdas al *Cassandra*. Una hilera ininterrumpida de soldados con mosquetes los miraba desde lo alto del puente principal del barco de guerra, apuntando hacia el pequeño velero. Un soldado español saltó a bordo del *Cassandra*. Uno tras otro, Hunter y su tripulación fueron obligados a marchar a punta de mosquetón y forzados a subir por la escalera de cuerda al navío enemigo.

15

Tras pasar tantos días apretujados a bordo del *Cassandra*, el galeón les pareció enorme. El puente principal era tan grande que parecía una llanura que se abriera delante de ellos. La tripulación de Hunter, reunida por los soldados en torno al palo mayor, la misma tripulación que llenaba el balandro hasta los topes, parecía enclenque e insignificante. Hunter observó los rostros de sus hombres; ellos esquivaban su mirada y fijaban los ojos en el suelo; sus expresiones eran de rabia, frustración y decepción.

Muy por encima de ellos, las enormes velas vibraban al viento con tal estruendo que el moreno oficial español tuvo que gritar para dirigirse a Hunter.

—¿Sois el capitán? —preguntó.

Hunter asintió.

—¿Cómo os llamáis?

—Hunter —contestó también a gritos.

—¿Inglés?

—Sí.

—Debéis presentaros al capitán —dijo el hombre, y dos soldados armados empujaron a Hunter abajo.

Por lo visto lo llevaban ante la presencia del capitán del navío de guerra. Hunter miró por encima del hombro, y tuvo una última visión de sus hombres rendida alrededor del mástil. Ya les estaban atando las manos a la espalda. La tripulación de aquel navío de guerra era eficiente.

Hunter bajó a trompicones por una estrecha escalera hasta el puente de artillería. Vio fugazmente la larga fila de cañones, con los soldados en posición de firmes, antes de que le empujaran hacia popa. Al pasar por los portillos abiertos, pudo entrever su pequeño velero, atado al lado del barco de guerra. Estaba lleno de soldados españoles, y de marineros españoles que examinaban su equipamiento y sus jarcias, preparándose para gobernarla.

No le permitieron demorarse; un mosquete clavado en su espalda lo obligó a avanzar. Llegaron a una puerta en la que dos hombres, fuertemente armados y de aspecto malévolo, montaban guardia. Hunter se fijó en que no llevaban uniforme y ostentaban un aire de extraña superioridad; le miraron con compasivo desdén. Uno de ellos llamó a la puerta y dijo unas pocas palabras en español; le respondió un gruñido, y después abrieron la puerta por completo y empujaron dentro a Hunter. Uno de los guardias también entró y cerró la puerta.

El camarote del capitán, insólitamente grande y amueblado con esmero, era espacioso y lujoso. Vio una mesa con un mantel de hilo fino y platos dorados dispuesta para una cena a la luz de las velas. Había una cama cómoda con una colcha de brocado con hilos de oro. En un rincón, sobre un cañón que salía por un ojo de buey abierto, un cuadro al óleo de colores vivos representaba a Cristo en la cruz. En otro rincón, un farol proyectaba una agradable luz dorada en todo el camarote.

Había otra mesa, al fondo del camarote, llena de mapas. Detrás, en un sillón suntuoso de terciopelo rojo estaba sentado el capitán.

Daba la espalda a Hunter mientras se servía vino de un decantador de cristal tallado. Hunter solo podía ver que era un hombre muy corpulento y que su espalda era ancha como el lomo de un toro.

—Bien —dijo el capitán en un excelente inglés—, ¿puedo invitaros a beber conmigo un vaso de este excelente Burdeos?

Antes de que Hunter contestara, el capitán se volvió. Hunter se encontró frente a dos ojos ardientes, una cara de rasgos marcados y pesados, con una nariz fuerte y una barba negra como la tinta. Contra su voluntad, Hunter exclamó:

—¡Cazalla!

El español soltó una carcajada.

—¿Acaso esperabais al rey Carlos?

Hunter estaba sin habla. Era vagamente consciente de que movía los labios, pero no emitía ningún sonido. Las preguntas se agolpaban en su cabeza. ¿Por qué Cazalla estaba allí y no en Matanceros? ¿Significaba eso que el galeón había partido? ¿O había dejado la fortaleza al mando de algún lugarteniente?

O tal vez lo había reclamado alguna autoridad superior. En ese caso era posible que el barco se dirigiera a La Habana.

Al mismo tiempo que estas preguntas se acumulaban en su mente, sintió un gélido miedo. Apenas podía dominarse para no temblar mientras miraba a Cazalla.

—Inglés —dijo Cazalla—, vuestra inquietud me halaga. Me avergüenzo de no conocer vuestro nombre. Sentaos, poneos cómodo.

Hunter no se movió. El soldado le empujó bruscamente contra un sillón frente al de Cazalla.

—Mucho mejor así —dijo Cazalla—. ¿Tomaréis ahora el vino? —Alargó el vaso a Hunter.

Con un enorme esfuerzo de voluntad, Hunter logró que no le temblaran las manos mientras cogía el vaso que le ofrecía. Pero no bebió; lo dejó inmediatamente sobre la mesa. Cazalla sonrió.

—A vuestra salud, inglés —dijo y bebió—. Beberé a vuestra salud mientras sea posible. ¿No me acompañáis? ¿No? Vamos, inglés. Ni siquiera su excelencia el comandante de la guarnición de La Habana tiene un Burdeos tan exquisito. Se llama Haut-Brion. Bebed. —Hizo una pausa—. Bebed.

Hunter cogió el vaso y tomó un sorbo. Estaba como hipnotizado, casi en trance. Pero el sabor del vino rompió el hechizo del momento: el gesto ordinario de llevarse el vaso a los labios y tragar lo devolvió a la realidad. Superado el primer impacto, empezó a fijarse en infinidad de detalles insignificantes. Oyó la respiración del soldado detrás de él; probablemente a dos pasos de distancia, pensó. Vio las irregularidades en la barba de Cazalla y supuso que el hombre llevaba varios días en el mar. Olió el ajo del aliento de este cuando se inclinó y le dijo:

—Veamos, inglés. Decidme, ¿cómo os llamáis?

—Charles Hunter —contestó, con una voz que sonó más fuerte y segura de lo que habría osado esperar.

—¿Sí? Entonces he oído hablar de vos. ¿Sois el mismo Hunter que se apoderó del *Conception* la estación pasada?

—El mismo —dijo Hunter.

—¿El mismo Hunter que dirigió el asalto a Monte Cristo en La Hispaniola y pidió un rescate por Ramona, el dueño de la plantación?

—El mismo.

—Ramona es un cerdo, ¿no os parece? —Cazalla rió—. ¿Y sois el mismo Hunter que capturó el barco negrero de De Ruyters mientras estaba anclado en Guadalupe, y escapó con toda su carga?

—El mismo.

—Entonces me complace en gran manera conoceros, inglés. ¿Tenéis idea de cuánto valéis? ¿No? Bueno, ha ido subiendo cada año, y tal vez haya vuelto a subir. Lo último que sé es que el rey Felipe ofrecía a quien lograra capturaros doscientos doblones de oro por vos y ochocientos más por vuestra tripulación. Puede que ahora sean más. Los decretos cambian, se añaden detalles. Antiguamente mandábamos a los piratas a Sevilla, donde la Inquisición intentaba que os arrepintierais de vuestros pecados y de vuestra herejía. Pero es tan aburrido… Ahora solo mandamos las cabezas y reservamos el espacio de carga para mercancías más valiosas.

Hunter no dijo nada.

—Tal vez estéis pensando —continuó Cazalla— que doscientos doblones son una suma demasiado modesta. Como podéis imaginar, en este momento estoy de acuerdo con vos. Pero gozáis de la distinción de ser el pirata más valioso de estas aguas. ¿Os agrada esto?

—Lo acepto en lo que vale —replicó Hunter.

Cazalla sonrió.

—Veo que sois un caballero —dijo—. Y os garantizo que seréis ahorcado con la dignidad de un caballero. Tenéis mi palabra.

Hunter hizo una pequeña reverencia en su sillón. Observó cómo Cazalla se acercaba al escritorio y cogía un pequeño cuenco de cristal herméticamente cerrado. En su interior había unas grandes hojas verdes. Cazalla sacó una y la masticó reflexivamente.

—Parecéis desconcertado, inglés. ¿No conocéis esta práctica? Los indios de Nueva España llaman coca a esta hoja. Crece en las alturas. Masticarla aporta energía y fortaleza. A las mujeres les provoca un gran ardor —añadió con una risita—. ¿Os gustaría probarla? ¿No? Veo que sois reticente a aceptar mi hospitalidad, inglés.

Siguió masticando en silencio y mirando a Hunter. Por fin, dijo:

—¿No nos habíamos visto antes?

—No.

—Vuestra cara me resulta extrañamente familiar. Tal vez en el pasado, cuando erais más joven.

El corazón de Hunter latía acelerado.

—No lo creo.

—Seguramente tenéis razón —dijo Cazalla. Contempló pensativamente el cuadro de la pared del fondo—. Todos los ingleses me parecen iguales. No distingo unos de otros. —Volvió a mirar a Hunter—. Sin embargo, vos me habéis reconocido. ¿Cómo es posible?

—Vuestro rostro y vuestros modales son muy conocidos en las colonias inglesas.

Cazalla masticó un pedazo de lima junto con las hojas. Sonrió y soltó una risita.

—No lo dudo —dijo—. No lo dudo.

De repente, se giró bruscamente y golpeó la mesa con la mano.

—¡Es suficiente! Debemos hablar de negocios. ¿Cómo se llama vuestro barco?

—*Cassandra* —contestó Hunter.

—¿Y quién es el dueño?

—Soy el dueño y el capitán.

—¿De dónde zarpasteis?

—De Port Royal.

—¿Por qué razón emprendisteis este viaje?

Hunter pensó unos instantes. Si hubiera encontrado una explicación plausible, habría contestado inmediatamente. Pero no era fácil explicar la presencia de su barco en aquellas aguas. Por fin, dijo:

—Nos informaron de que había un barco negrero de Guinea en estas aguas.

Cazalla hizo una especie de cloqueo y sacudió la cabeza.

—Inglés, inglés.

Hunter intentó fingir reticencia y luego dijo:

—Nos dirigíamos a Augustine. —Era la ciudad principal

de la colonia española en Florida. No encontrarían grandes riquezas en ella, pero al menos era concebible que los corsarios ingleses pretendieran atacarla.

—Elegisteis un rumbo algo extraño. Y lento. —Cazalla tamborileó con los dedos sobre la mesa—. ¿Por qué no os dirigisteis hacia el oeste, para rodear Cuba y navegar por el estrecho de las Bahamas?

Hunter se encogió de hombros.

—Teníamos razones para creer que habría navíos españoles de guerra en el estrecho.

—¿Y aquí no?

—Creíamos que aquí el riesgo era menor.

Cazalla se quedó pensativo un buen rato. Masticaba ruidosamente y bebía vino.

—En Augustine no hay más que pantanos y serpientes —dijo—. No hay nada que compense el riesgo de aventurarse por el Paso de los Vientos. Y en estos parajes… —se encogió de hombros— solo hay asentamientos fuertemente protegidos, demasiado protegidos para vuestro pequeño barco y vuestra miserable tripulación. —Frunció el ceño—. Inglés, ¿por qué estáis aquí?

—Os he dicho la verdad —dijo Hunter—. Nos dirigíamos a Augustine.

—Esta verdad no me satisface —dijo Cazalla.

En aquel momento llamaron a la puerta y un marinero asomó la cabeza en el camarote. Habló rápidamente en español. Hunter no sabía español, pero sí algo de francés, y prestando atención pudo deducir que el marinero estaba diciendo a Cazalla que la nueva tripulación había asumido el gobierno del balandro y que ya estaba a punto para navegar. Cazalla asintió y se levantó.

—En marcha —dijo—. Venid a cubierta. Tal vez haya miembros de vuestra tripulación menos reticentes a hablar.

16

Los corsarios estaban alineados en dos filas, con las manos atadas. Cazalla se paseó frente a los hombres. Tenía un cuchillo en una mano y golpeaba la hoja contra la palma de la otra. Por un momento reinó un silencio que solo rompía el rítmico chasquido del acero sobre su mano.

Hunter miró el aparejo del barco de guerra. Había tomado rumbo al este, probablemente para ir a protegerse en el fondeadero de Hawk's Nest, al sur de las islas Turcas. A la media luz, podía ver que el *Cassandra* los seguía a corta distancia.

Cazalla interrumpió sus pensamientos.

—Vuestro capitán —dijo con un tono de voz fuerte— no quiere contarme cuál era vuestro destino. Asegura que os dirigíais a Augustine —continuó con mucho sarcasmo—. Augustine… Hasta un niño mentiría con más convicción. Pero os aseguro que descubriré lo que os proponíais. ¿Cuál de vosotros dará un paso adelante y me lo dirá?

Cazalla miró las dos filas de hombres. Los hombres le devolvieron la mirada con expresión vacía.

—Necesitáis un poco de estímulo, ¿verdad? —Cazalla se acercó a uno de los marineros—. Tú. ¿Hablarás?

El marinero no se movió, no habló, ni siquiera pestañeó. Un momento después, Cazalla volvió a pasear, arriba y abajo.

—Vuestro silencio no tiene ningún sentido —dijo—. Sois todos unos herejes y unos bergantes, y colgaréis del extremo de una soga cuando llegue el momento. Pero hasta ese día, un hombre puede vivir con más comodidad o menos. Los que se decidan a hablar vivirán tranquilamente hasta ese fatídico día, os doy mi palabra solemne.

Nadie se movió. Cazalla dejó de pasear.

—Sois unos imbéciles. Infravaloráis mi determinación.

Estaba situado delante de Trencher, el miembro más joven de la tripulación corsaria con diferencia. El chico temblaba, pero mantenía la cabeza alta.

—Tú, muchacho —dijo Cazalla, con voz más amable—. No deberías estar en compañía de estos granujas. Habla y cuéntame el objetivo de este viaje.

Trencher abrió la boca, pero volvió a cerrarla. Le temblaba el labio.

—Habla —dijo suavemente Cazalla—. Habla, habla…

Pero el momento había pasado. Los labios de Trencher estaban firmes y bien prietos.

Cazalla lo miró con atención un momento, y después, con un solo gesto, le cortó el cuello con el cuchillo que tenía en la mano. Sucedió tan rápidamente que Hunter apenas se dio cuenta. La sangre empezó a resbalar como una ancha sábana roja por la camisa del muchacho. Sus ojos se abrieron horrorizados y sacudió la cabeza con incredulidad. Trencher cayó de rodillas y se quedó inmóvil un momento, con la cabeza gacha, mirando cómo su sangre goteaba sobre la madera de la cubierta y sobre las puntas de las botas de Cazalla. El español retrocedió blasfemando.

Trencher permaneció arrodillado un rato que a todos les pareció una eternidad. Entonces, levantó la cabeza y miró a Hunter a los ojos un largo y atroz instante. Su mirada era suplicante, confusa y atemorizada. Luego sus ojos se pusieron en blanco y su cuerpo cayó sobre la cubierta con un violento espasmo.

Todos los marineros miraron cómo Trencher moría, pero ninguno de ellos se movió. Su cuerpo se contorsionó, sus zapatos golpearon la madera de la cubierta con un ruido rasposo. Se formó un charco de sangre alrededor de su cara. Y por fin se quedó inmóvil.

Cazalla había observado aquellos espasmos mortales con absoluta concentración. Después se acercó, puso el pie sobre el cuello del muchacho muerto y apretó con fuerza. Se oyó un crujido de huesos.

Miró las dos filas de marineros.

—Descubriré la verdad —dijo—. Os lo juro, la descubriré. —Se volvió hacia su primer oficial—. Llevadlos abajo y encerradlos —ordenó. Indicó a Hunter con la cabeza—. Lleváoslo a él también.

Dicho esto, se fue hacia el castillo de popa. Ataron a Hunter y lo llevaron abajo con los demás.

El navío de guerra español tenía cinco puentes. Los dos puentes superiores estaban destinados a la artillería; algunos tripulantes dormían en ellos, en hamacas tendidas entre los cañones. A continuación estaban los aposentos de los soldados. El cuarto puente estaba destinado al almacenaje de munición, víveres, leña y aparejos, accesorios, provisiones y ganado. El quinto y último puente apenas era un puente propiamente dicho: del suelo al techo, reforzado con gruesas vigas, mediría como mucho un metro veinte y, dado que se encontraba por debajo de la línea de flotación, no tenía ventilación. El hedor a heces y sentina era insoportable.

Allí fue donde llevaron a la tripulación del *Cassandra*. Los obligaron a sentarse en el suelo, un poco separados los unos de los otros. En las esquinas se apostaron veinte soldados que montaban guardia; de vez en cuando, uno de ellos hacía la ronda con un farol, examinando las ataduras de cada prisionero, para asegurarse de que no se habían aflojado.

No estaba permitido hablar ni dormir, y si algún hombre lo intentaba recibía las patadas de algún guardia. No podían moverse, y si tenían necesidades fisiológicas debían hacerlas donde estaban. Con sesenta hombres y veinte guardias, el pequeño y cerrado espacio pronto se volvió sofocante, caluroso y fétido. Incluso los guardias estaban bañados de sudor.

No había forma de calcular el paso del tiempo. Los únicos sonidos eran los pesados movimientos del ganado en la cubierta de encima, y el interminable y monótono siseo del agua que el barco surcaba. Hunter estaba en un rincón, intentando concentrarse en el sonido del agua, esperando que cesara. Procuraba no pensar en la situación desesperada en la que se encontraba; él y sus hombres estaban sepultados en las entrañas de un poderoso navío de guerra, rodeados de cientos de soldados enemigos, totalmente a su merced. Si Cazalla no anclaba en algún lugar para pasar la noche, estaban condenados. La única posibilidad de Hunter dependía de que el barco de guerra se detuviera a pasar la noche.

El tiempo pasaba y él seguía esperando.

Por fin percibió un cambio en el gorgoteo de fondo y, por los crujidos de los aparejos, dedujo que el buque había cambiado de rumbo. Se incorporó y escuchó atentamente. No había duda, el barco estaba reduciendo la marcha.

Los soldados, reunidos y hablando en voz baja, también lo percibieron, y lo comentaron entre ellos. Un poco después, el sonido del agua cesó por completo y Hunter oyó el traqueteo de la cadena del ancla al soltarse. El ancla se sumergió ruidosamente en el agua; mentalmente, Hunter tomó nota de que se encontraba cerca de la proa del barco. De otro modo, el ruido del ancla no habría sido tan nítido.

Pasó más tiempo. El navío español se balanceaba suavemente. Debían de haber fondeado en alguna bahía protegida, porque el mar estaba en calma. Sin embargo el barco tenía un gran calado, y Cazalla no lo habría metido de noche en un puerto que no conociera bien.

Se preguntó dónde estarían, y esperó que fuera una cala cercana a la Gran Turca. Había varias calas a sotavento suficientemente profundas para un barco de aquellas dimensiones.

El balanceo del barco de guerra anclado era tranquilizador. Hunter se adormeció en varias ocasiones. Los soldados tenían trabajo pateando a los marineros para que se mantuvieran despiertos. En la tétrica penumbra de la bodega se oían a menudo los gruñidos y los gemidos de los miembros de la tripulación que recibían patadas.

Hunter reflexionó sobre su plan. ¿Qué estaba sucediendo?

Un poco después, un soldado español entró y vociferó:

—¡Todos en pie! ¡Órdenes de Cazalla! ¡Todos en pie!

Espoleados por las botas de los soldados, los marineros se levantaron, uno tras otro, encorvados en el espacio demasiado bajo. Era una postura dolorosa y terriblemente incómoda.

Pasó más tiempo. Cambió la guardia. Los nuevos soldados entraron tapándose la nariz y bromeando sobre el hedor. Hunter los miró sorprendido; hacía mucho que había dejado de percatarse del olor.

Los nuevos guardias eran más jóvenes y menos rígidos con sus obligaciones. Por lo visto los españoles estaban convencidos de que los piratas no podían ocasionarles ningún problema. Enseguida se pusieron a jugar a cartas. Hunter apartó la mirada y observó cómo caían sus gotas de sudor al suelo. Pensó en el pobre Trencher, pero no consiguió sentir ni rabia, ni indignación ni tan siquiera miedo. Estaba entumecido.

Llegó otro soldado. Parecía un oficial y por lo visto le desagradó la relajada actitud de los jóvenes. Gritó algunas órdenes y los hombres dejaron las cartas apresuradamente.

El oficial dio la vuelta a la habitación, examinando las caras de los corsarios. Finalmente, eligió a uno y se lo llevó. En cuanto le ordenó que se moviera al hombre le fallaron las piernas; los soldados lo levantaron y se lo llevaron a rastras.

La puerta se cerró. Los guardias fingieron por un instante que cumplían severamente con sus obligaciones, pero después se relajaron. Sin embargo no volvieron a jugar a cartas. Al poco rato, dos de ellos decidieron competir para ver quién orinaba más lejos. El blanco era un marinero situado en un rincón. Los guardias se tomaban el juego como si fuera un deporte y reían y fingían apostar enormes sumas de dinero al ganador.

Hunter era solo vagamente consciente de lo que sucedía. Estaba muy cansado; las piernas le ardían de fatiga y tenía la espalda dolorida. Empezó a preguntarse por qué se había negado a confesar a Cazalla el propósito de su viaje. Le parecía un gesto sin sentido.

En aquel momento, los pensamientos de Hunter fueron bruscamente interrumpidos por la llegada de otro oficial, que gritó:

—¡Capitán Hunter!

Se llevaron a Hunter fuera de la bodega.

Mientras lo empujaban y pinchaban a través de las cubiertas llenas de marineros dormidos, que se balanceaban en las hamacas, oyó claramente, en algún lugar del barco, un extraño lamento.

Era como el gemido del llanto de una mujer.

17

Hunter no tuvo tiempo para reflexionar sobre el significado de aquel extraño lamento, porque le empujaron apresuradamente hacia la cubierta principal. Allí, bajo las estrellas y con las velas amainadas, observó que la luna estaba baja, lo que significaba que faltaban pocas horas para el amanecer.

Sintió una dolorosa punzada de desesperación.

—¡Inglés, venid aquí!

Hunter buscó con la mirada y vio a Cazalla, de pie cerca del palo mayor, en el centro de un círculo de antorchas. A sus pies, el marinero que se habían llevado antes estaba echado boca arriba con las extremidades extendidas y firmemente atado a cubierta. Algunos soldados españoles lo rodeaban y todos sonreían contentos.

El propio Cazalla parecía muy agitado; respiraba rápida y superficialmente. Hunter vio que mascaba más hoja de coca.

—Inglés, inglés —dijo, hablando ansiosamente—. Llegáis a tiempo para asistir a nuestro pasatiempo preferido. ¿Sabéis que hemos registrado vuestro barco? ¿No? Bien, lo hemos hecho y hemos encontrado muchas cosas interesantes.

Dios mío, no, pensó Hunter.

—Lleváis mucha cuerda, inglés, y tenéis unos curiosos garfios de hierro que se pliegan, además de unos extraños paquetes de tela que no sabemos qué son. Pero sobre todo, inglés, no entendemos qué es esto.

El corazón de Hunter latía aceleradamente. Si habían encontrado las granadas, todo habría acabado para ellos.

Pero Cazalla levantó una jaula con cuatro ratas. Las ratas corrían y chillaban aterrorizadas.

—¿Podéis imaginar, inglés, lo sorprendidos que nos quedamos al descubrir que llevabais ratas en vuestro barco? Nos preguntamos por qué razón. ¿Por qué el inglés lleva ratas a Augustine? Augustine tiene ya suficientes ratas, ratas de Florida, excelentes. ¿Verdad? Así que querría saber cómo lo explicáis.

Hunter vio que uno de los soldados hacía algo en la cara del marinero atado a cubierta. Al principio no distinguió qué era; parecía que estuviese masajeando o frotando la cara del prisionero. Entonces Hunter se dio cuenta: le estaban untando el rostro con queso.

—Bien —continuó Cazalla, blandiendo la jaula—, está claro que no tratáis nada bien a vuestras amigas las ratas. Están hambrientas, inglés. Quieren comer. ¿Veis lo ansiosas que están? Huelen la comida. Por eso están tan nerviosas. Creo que deberíamos darles de comer, ¿no estáis de acuerdo?

Cazalla soltó la jaula a pocos centímetros de la cara del hombre. Las ratas se lanzaron contra los barrotes, intentando llegar al queso.

—¿Veis a qué me refiero, inglés? Vuestras ratas están muy hambrientas. ¿No creéis que deberíamos darles de comer?

Hunter miró las ratas, y los ojos aterrorizados del marinero inmóvil.

—Me pregunto si vuestro amigo hablará —dijo Cazalla.

El marinero no podía apartar los ojos de las ratas.

—O quizá, hablaréis por él, inglés.

—No —dijo Hunter cautelosamente.

Cazalla se inclinó sobre el marinero y le dio un golpecito en el pecho.

—¿Y tú? ¿Hablarás? —Con la otra mano, Cazalla tocó el pestillo de la jaula.

El marinero miró el pestillo con los ojos desorbitados, mientras Cazalla levantaba la barra lentamente, un milímetro tras otro. Finalmente el pestillo se soltó, pero Cazalla mantuvo la puerta cerrada con un dedo.

—Es tu última oportunidad, amigo mío…

—*Non!* —chilló el marinero—. *Je parle! Je parle!*

—Bien —dijo Cazalla, pasándose al francés con desenvoltura.

—A Matanceros —contestó el marinero.

Cazalla palideció de rabia.

—¡Matanceros! Idiota, ¿esperas que me lo crea? ¡Atacar Matanceros! —Y bruscamente soltó la puerta de la jaula.

El marinero chilló aterrorizado mientras las ratas saltaban sobre su cara. Sacudió la cabeza, y los cuatro cuerpos peludos se agarraron a la carne de las mejillas, el cuero cabelludo y la barbilla. Las ratas emitían gruñidos y gritos; una de ellas salió despedida pero volvió inmediatamente, subiendo por el pecho agitado del hombre, y le mordió el cuello. El marinero no dejaba de aullar, con un sonido repetitivo y monótono. Por fin, el hombre se desmayó conmocionado y se quedó inmóvil mientras las ratas, sin dejar de chillar, le devoraban la cara.

Cazalla se incorporó.

—¿Por qué me tomáis todos por estúpido? —preguntó—. Inglés, os lo juro, descubriré la verdad sobre vuestro viaje.

Se volvió hacia los guardias.

—Volved a llevarlo abajo.

Hunter fue conducido otra vez a empujones a la cubierta inferior. Mientras lo bajaban por una angosta escalera, tuvo una breve visión por encima de la borda del *Cassandra*, anclado a pocos metros del buque de guerra.

18

El balandro *Cassandra* era esencialmente un velero abierto, con una única cubierta principal expuesta a los elementos y pequeños compartimientos para almacenaje situados a proa y a popa. Los soldados y la nueva tripulación los habían registrado aquella tarde, después de apoderarse del velero. Los marineros habían hallado las provisiones y el equipo especial que a Cazalla le parecía tan raro.

Los soldados desplegados por el barco lo habían registrado a conciencia. Incluso habían mirado en las escotillas de proa y de popa que daban a la sobrequilla; con la ayuda de faroles habían visto que el agua de sentina llegaba casi a la altura de la cubierta, e hicieron comentarios sarcásticos sobre la pereza de los piratas por no haberla vaciado.

Cuando el *Cassandra* fondeó en la protección de la ensenada, refugiándose a la sombra del navío de guerra, los diez hombres de la tripulación pasaron varias horas bebiendo y riendo a la luz de las antorchas. Cuando al fin se durmieron ya era de madrugada; echados en cubierta sobre mantas en el tibio aire nocturno, el ron los hizo caer en un sueño pesado. A pesar de que tenían la orden de establecer turnos de guardia, no se tomaron la molestia de hacerlo; la proximidad del navío de guerra les ofrecía suficiente protección.

En consecuencia, ningún miembro de la tripulación echado en la cubierta oyó un suave gorgoteo en el compartimiento de la sentina y nadie vio que un hombre con una caña en la boca salía del agua grasienta y apestosa.

Sanson, temblando de frío, había permanecido varias horas con la cabeza junto a la bolsa de piel encerada que contenía las valiosas granadas. Los españoles no le habían visto ni a él ni a la bolsa. Apenas levantó la cabeza por encima del agua de sentina se golpeó contra la madera del puente. Le envolvía la oscuridad y había perdido el sentido de la orientación. Utilizando manos y pies, apretó la espalda contra el casco, sintiendo su curvatura. Dedujo que se encontraba en el lado de babor del barco, así que se movió lentamente, en silencio, hacia el centro del barco. A continuación, con extrema lentitud, avanzó hacia popa, hasta que su cabeza golpeó contra la hendidura rectangular de la escotilla de babor. Miró hacia arriba y vio unas tiras de luz que se filtraban entre las fisuras de la escotilla. El cielo estaba estrellado. No se oía ningún ruido, excepto los ronquidos de un marinero.

Respiró hondo y soltó el aire. La escotilla se levantó unos centímetros. Podía ver la cubierta. Justo delante se encontró con la cara de un marinero dormido, apenas a treinta centímetros de distancia. El hombre roncaba ruidosamente.

Sanson bajó otra vez la escotilla y avanzó un poco más en el compartimiento de sentina. Echado de espaldas y empujándose con las manos, tardó casi un cuarto de hora en cruzar los veinte metros que separaban las escotillas de popa y proa del *Cassandra*. Levantó la tapa de la escotilla y volvió a echar un vistazo. No había ningún marinero dormido en tres metros.

Con suavidad, lentamente, Sanson levantó la tapa de la escotilla y la dejó sobre cubierta. Salió del agua y se quedó un momento respirando el aire fresco nocturno. Su cuerpo empapado se heló con la brisa, pero no le prestó atención. Su mente estaba centrada en la tripulación que dormía en cubierta.

Sanson contó diez hombres. Le pareció un número razonable. En caso de necesidad, tres hombres bastaban para gobernar el *Cassandra*; cinco podían gobernarla con facilidad; diez eran más que suficientes.

Estudió la posición de los hombres sobre el puente, intentando decidir en qué orden matarlos. Era fácil asesinar a un hombre sin hacer mucho ruido, pero matarlo en absoluto silencio no lo era tanto. De los diez hombres, los primeros cuatro o cinco eran los cruciales, porque si uno de ellos hacía algún ruido, provocaría la alarma general.

Sanson se quitó la fina cuerda que usaba como cinturón. La retorció entre las manos y probó a tensarla con los puños cerrados. Satisfecho con su resistencia, recogió un pedazo de madera tallada y se puso en marcha.

El primer soldado no roncaba. Sanson lo levantó, lo sentó y el hombre murmuró algo durmiendo, molesto con la interrupción, antes de que Sanson le propinara un golpe brutal con la madera en el cráneo. El golpe fue terrible, pero solo produjo un ruido sordo. Sanson dejó al marinero en el suelo.

En la oscuridad, palpó el cráneo con las manos y notó una profunda cavidad; era probable que el golpe lo hubiera matado, pero no quería arriesgarse. Pasó la cuerda alrededor de la garganta del hombre y apretó con fuerza. Al mismo tiempo, colocó la otra mano sobre el pecho del soldado para sentir el latido del corazón. Un minuto después, las pulsaciones cesaron.

Sanson pasó al siguiente, cruzando el puente como una sombra. Repitió la operación. Tardó menos de diez minutos en matar a todos los hombres del barco. Dejó a los hombres colocados en cubierta como si durmieran.

El último en morir fue el centinela, que estaba totalmente

borracho sobre el timón. Sanson le cortó la garganta y lo echó al mar. Cayó al agua con un chapoteo muy suave, pero llamó la atención del guardia en la cubierta del barco de guerra. El guardia se asomó y miró hacia el balandro.

—¿Estáis bien? —gritó.

Sanson, colocándose en la posición del centinela en popa, hizo una señal al guardia. Estaba chorreando y no llevaba uniforme, pero sabía que estaba demasiado oscuro para que el guardia del otro barco pudiera darse cuenta.

—Estoy bien —dijo con voz adormilada.

—Buenas noches —contestó el guardia, y se volvió.

Sanson esperó un momento, y después concentró su atención en el barco de guerra. Estaba a unos cien metros, la distancia necesaria para que, si el gran navío se giraba sobre el ancla debido a un cambio de viento o de la marea, no golpeara el *Cassandra*. Sanson observó con alivio que los españoles no habían tenido la precaución de cerrar los portillos de las cañoneras, que seguían abiertos. Si se introducía por uno de los que daban a la cubierta más baja de artillería, podría evitar a los centinelas de la cubierta principal.

Se deslizó por la borda y nadó rápidamente hacia el barco de guerra, esperando que los españoles no hubieran tirado basura a la cala durante la noche. La basura atraería a los tiburones y estos eran uno de los pocos animales a los que Sanson temía. Recorrió la distancia sin dificultad y pronto se encontró chapoteando junto al casco del galeón.

Las cañoneras más bajas estaban a menos de cuatro metros de altura. Oía a los centinelas bromeando en la cubierta principal. De la borda todavía colgaba una escalerilla de cuerda, pero Sanson no se atrevió a usarla. En cuanto se subiera a ella, su peso provocaría que crujiera y se moviera y los centinelas en cubierta lo oirían.

Así que avanzó junto al casco un poco más, hasta la cadena

del ancla, y trepó por ella hasta las guías que venían del bauprés. Aquellas guías sobresalían tan solo unos centímetros de la superficie del casco, pero Sanson las utilizó como puntos de apoyo y maniobró hasta el aparejo de la vela de trinquete. Desde allí, le resultó muy fácil colgarse y echar un vistazo a través de un portillo de proa.

Aguzando el oído, no tardó en percibir el lento y cadencioso paso de la ronda. Parecía que se tratara de un solo centinela que daba vueltas a la zona de cubierta sin cesar. Sanson esperó a que pasara el guardia, se metió por la cañonera y cayó a la sombra de un cañón, jadeando por el cansancio y el nerviosismo. Incluso para Sanson, hallarse entre cuatrocientos enemigos, la mitad de ellos balanceándose suavemente en las hamacas ante sus ojos, era una sensación espeluznante. Esperó y meditó los siguientes movimientos.

Hunter esperaba en el maloliente puente inferior, agachado en un espacio minúsculo. Estaba absolutamente agotado. Si Sanson no llegaba pronto, sus hombres estarían demasiado cansados para intentar la fuga. Los guardias, que bostezaban y jugaban otra vez a cartas, mostraban una indiferencia absoluta por los prisioneros, lo que era al mismo tiempo positivo y enfurecedor. Si conseguía liberar a sus hombres antes de que los españoles despertaran, tendrían una posibilidad. Pero cuando la guardia cambiara —lo que podía suceder en cualquier momento— o cuando la tripulación se levantara al amanecer, no habría ninguna oportunidad.

Entró un soldado español en la bodega y Hunter sintió un profundo desaliento.

Era el cambio de guardia y todo estaba perdido. Un momento después se dio cuenta de que se equivocaba; solo era un hombre, no era un oficial, y los guardias lo saludaron de manera informal. El nuevo se daba muchos aires e inició una vuelta para comprobar las ataduras de los corsarios. Hunter sintió el tirón de los dedos del soldado, que verificaba las ligaduras, pero después notó algo frío, la hoja de un cuchillo, y sus cuerdas se soltaron.

Detrás de él, el hombre susurró en voz baja:

—Esto te costará dos partes más.

Era Sanson.

—Júralo —siseó Sanson.

Hunter asintió, sintiendo rabia y euforia al mismo tiempo. Pero no dijo nada, solo observó a Sanson haciendo la ronda. Finalmente se paró frente a la puerta, bloqueándola.

Sanson miró a los marineros y en inglés, muy bajito, dijo:

—Hacedlo despacio, muy despacio.

Los guardias españoles miraron con expresión sorprendida a los corsarios que se echaban encima de ellos. La proporción era de tres a uno. Los mataron en un santiamén. Inmediatamente, los marineros les despojaron de sus uniformes y se los pusieron. Sanson se acercó a Hunter.

—No te he oído jurarlo.

Hunter asintió, frotándose las muñecas.

—Lo juro. Dos partes para ti.

—Bien —dijo Sanson.

Abrió la puerta, se llevó un dedo a los labios y guió a los marineros fuera del espacio de carga.

19

Cazalla bebía vino y meditaba frente al Señor agonizante, pensando en el sufrimiento y la agonía del cuerpo. Desde su temprana juventud, Cazalla había visto imágenes de esa agonía, el tormento de la carne, los músculos flácidos y los ojos vacíos, la sangre que salía del costado y la que se escurría de las espinas en las manos y en los pies.

Aquella pintura, colgada en su camarote, había sido un regalo del rey Felipe. Era obra del pintor favorito de la corte de Su Majestad, un tal Velázquez, ya fallecido. El regalo había sido una muestra de gran estima y Cazalla lo había aceptado con abrumado agradecimiento; nunca viajaba sin él. Era su posesión más preciada.

El tal Velázquez no había pintado un halo en torno al rostro del Señor. Y el color del cuerpo era de una palidez mortal, en tonos grisáceos. Era muy realista, pero a menudo Cazalla echaba de menos un halo. Le sorprendía que un rey tan piadoso como Felipe no hubiera exigido al pintor que lo añadiera. Quizá al monarca no le gustaba el cuadro; quizá era por eso por lo que lo había enviado a uno de sus capitanes militares en Nueva España.

En los momentos de desánimo, otra idea ocupaba la mente de Cazalla. Era muy consciente del abismo que separaba los placeres de la vida en la corte de Felipe de la dureza de la de los hombres que le mandaban el oro y la plata de las colonias para costear esos lujos. Algún día volvería a la corte, y viviría sus últimos años en la abundancia. A veces pensaba que los cortesanos se reirían de él. A veces, en sus sueños, los mataba en sanguinarios y furiosos duelos.

El ensueño de Cazalla fue interrumpido por el balanceo del barco. Pensó que estaría bajando la marea; lo que significaba que no faltaba mucho para el amanecer. Pronto se pondrían en marcha de nuevo. Entonces mataría a otro pirata inglés. Cazalla tenía intención de matarlos, uno por uno, hasta que alguno le contara realmente qué pretendían.

El barco continuó moviéndose, pero había algo anormal en ese balanceo. Cazalla lo supo instintivamente: el barco no se balanceaba alrededor de la cadena del ancla; se movía lateralmente; algo no encajaba. En aquel momento oyó un suave crujido y el navío se estremeció y se inmovilizó.

Con una maldición, Cazalla corrió a la cubierta principal. Allí se encontró, a pocos centímetros de la cara, las frondas de una palmera. Varias palmeras, todas alineadas en el litoral de la isla. El barco había varado. Gritó rabioso. La tripulación, presa del pánico, se reunió en torno a él.

El primer oficial llegó corriendo, temblando.

—Capitán, han cortado el ancla.

—¿Quiénes? —gritó Cazalla. Cuando estaba enfadado, su voz se volvía aguda como la de una mujer. Corrió a la otra borda y vio el *Cassandra*, escorado por un viento favorable, dirigiéndose a mar abierto—. ¿Quiénes?

—Los piratas han escapado —informó el oficial, pálido.

—¡Escapado! ¿Cómo pueden haber escapado?

—No lo sé, mi capitán. Los guardias están todos muertos.

Cazalla golpeó al hombre en la cara; este cayó con los brazos y las piernas extendidos sobre el puente. Estaba tan furioso que no podía pensar con claridad. Miró fijamente el mar hacia el balandro que huía.

—¿Cómo han podido escapar? —repitió—. Por los clavos de Cristo, ¿cómo han podido escapar?

El capitán de infantería se acercó.

—Señor, estamos embarrancados. ¿Mando desembarcar a algunos hombres para que empujen?

—La marea está descendiendo —dijo Cazalla.

—Sí, mi capitán.

—Entonces, imbécil, ¡no podremos reflotar hasta que la marea vuelva a subir! —gritó Cazalla, blasfemando.

Eso significaba doce vueltas de reloj. Pasarían seis horas antes de que el enorme buque pudiera empezar a liberarse. E incluso entonces, si estaba muy varado, podría ser que no lo consiguieran. Estaban en fase de luna menguante; cada marea era menos intensa que la anterior. Si no se liberaban en la siguiente marea, o como mucho la siguiente a esta, permanecerían varados al menos tres semanas.

—¡Imbéciles! —chilló.

En la distancia, el *Cassandra* viró ágilmente hacia el sur y desapareció de su vista. ¿Rumbo al sur?

—Van a Matanceros —dijo Cazalla. Y tembló, presa de una rabia incontrolable.

A bordo del *Cassandra*, Hunter estaba sentado a popa planificando la ruta. Le sorprendía no sentir fatiga en absoluto, a pesar de no haber dormido durante dos días. Alrededor, los miembros de su tripulación estaban echados sobre cubierta, desperdigados; prácticamente todos estaban profundamente dormidos.

—Son buenos marineros —dijo Sanson, mirándolos.

—Sin ninguna duda —coincidió Hunter.

—¿Alguno de ellos ha hablado?

—Uno.

—¿Y Cazalla le creyó?

—Ni por asomo —contestó Hunter—, pero tal vez ahora haya cambiado de opinión.

—Al menos les llevamos seis horas de ventaja —dijo Sanson—. O dieciocho, si tenemos suerte.

Hunter asintió. Matanceros estaba a dos días de navegación contra el viento; con aquella ventaja probablemente llegarían a la fortaleza antes que el barco de guerra.

—Navegaremos también de noche —dijo Hunter.

Sanson asintió.

—¡Tensad ese foque! —gritó Enders—. ¡No os durmáis!

La vela se tensó, y con la fresca brisa del este, el *Cassandra* surcó las aguas hacia la luz del alba.

TERCERA PARTE

Matanceros

20

Por la tarde, el cielo estaba estriado de nubes que se volvieron oscuras y grises al caer el sol. El aire era húmedo y tempestuoso. Fue entonces cuando Lazue avistó el primer madero.

El *Cassandra* navegó entre docenas de ejes rotos de madera y restos de un naufragio. Los marineros lanzaron cuerdas y subieron algunos fragmentos a bordo.

—Parece inglés —dijo Sanson, cuando izaron a cubierta una pieza del espejo de popa pintado de rojo y azul.

Hunter asintió. El navío que se había hundido era de proporciones considerables.

—No hace mucho —dijo. Escrutó el horizonte buscando signos de supervivientes, pero no halló ninguno—. Nuestros amigos españoles han salido de caza.

Durante los siguientes quince minutos las piezas de madera no dejaron de golpear el casco del barco. La tripulación estaba inquieta; a los marineros no les gustaba ser testigos de tanta destrucción. Rescataron otro travesaño y a partir de él Enders dedujo que el barco era un mercante, probablemente un bergantín o una fragata, de al menos cincuenta metros.

Sin embargo no encontraron ni rastro de la tripulación.

Al caer la noche, el aire se volvió más tenebroso y se levantó un viento de borrasca. En la oscuridad, gotas calientes de lluvia empezaron a golpear la madera de la cubierta del *Cassandra*. Los hombres pasaron la noche empapados e incómodos. Sin embargo, el día amaneció despejado, y con la luz vieron su lugar de destino en el horizonte.

En la lontananza, la cara occidental de la isla de Matanceros parecía muy inhóspita. Su contorno volcánico era áspero y dentado, y exceptuando la vegetación baja de la costa, la isla parecía árida, marrón y yerma, con retazos de formaciones rocosas de un gris rojizo aquí y allá. Solía llover poco en la isla y por su situación en la parte más oriental del Caribe, los vientos del Atlántico azotaban su única cima incesantemente.

La tripulación del *Cassandra* asistía sin el menor entusiasmo a su aproximación a Matanceros. Enders, al timón, frunció el ceño.

—Estamos en septiembre —dijo—. En esta época, la isla está todo lo verde y hospitalaria que puede llegar a ser.

—Sí —coincidió Hunter—. No es un paraíso. Pero hay un bosque en la costa oriental y agua en abundancia.

—Y mosquetes papistas en abundancia —dijo Enders.

—Pero también oro papista en abundancia —añadió Hunter—. ¿Cuánto falta para atracar, según vuestros cálculos?

—Con viento favorable a mediodía como muy tarde, os lo garantizo.

—Dirigíos a la cala —ordenó Hunter, señalando con la mano.

Ya podían ver la única entrada de la costa occidental, una estrecha ensenada llamada cala del Ciego.

Hunter empezó a reunir los suministros que se llevaría la pequeña partida de marineros que desembarcaría. Encontró a don Diego, el Judío, trasladando el material a cubierta. El Judío miró a Hunter con sus ojos apagados.

—Un detalle por parte de los españoles —dijo—. Registraron, pero no se llevaron nada.

—Excepto las ratas.

—Nos las arreglaremos con cualquier otro animal pequeño, Hunter. Zarigüeyas o algo por el estilo.

—Qué remedio —dijo Hunter.

Sanson estaba de pie a proa, contemplando la cresta del monte Leres. Desde lejos, parecía muy escarpado, un semicírculo curvo de roca rojiza y yerma.

—¿No se puede rodear? —preguntó Sanson.

—Los únicos pasos que la rodean estarán vigilados —respondió Hunter—. Debemos escalarlo.

Sanson esbozó una sonrisa; Hunter fue a popa a hablar con Enders. Dio órdenes para que el grupo de hombres bajara a tierra y el *Cassandra* se dirigiera a la siguiente isla al sur, Ramonas. Allí había una pequeña cala con agua potable, y el balandro estaría a salvo de posibles ataques.

—¿Conocéis el lugar?

—Sí —dijo Enders—. Lo conozco. Estuve oculto en aquella cala una semana hace años con el capitán Lewishan, el que solo tiene un ojo. Es un buen lugar. ¿Cuánto tiempo esperaremos allí?

—Cuatro días. La tarde del cuarto día, salid de la cala y anclad en mar abierto. A medianoche zarparéis y os dirigiréis a Matanceros justo antes del amanecer del quinto día.

—¿Y entonces?

—Entraréis en el puerto al amanecer y abordaréis el galeón español con los hombres que queden en el barco.

—¿Pasando por delante de los cañones del fuerte?

—Para entonces no os darán problemas.

—No soy un hombre religioso —dijo Enders—. Pero rezaré.

Hunter le dio una palmada en el hombro.

—No hay nada que temer.

Enders miró hacia la isla con semblante serio.

A mediodía, con un calor sofocante, Hunter, Sanson, Lazue, el Moro y don Diego ya estaban en tierra, en una estrecha franja de arena blanca y observaban cómo se alejaba el *Cassandra*. A sus pies tenían sesenta kilos de material diverso: cuerdas, garfios de escalada, arneses de tela, mosquetes, barriletes de agua.

Permanecieron un momento en silencio, respirando bocanadas de aire ardiente, hasta que Hunter se volvió.

—Pongámonos en marcha —dijo.

Se alejaron de la costa hacia el interior.

Al borde de la playa, la hilera de palmeras y la maraña de manglares parecían tan impenetrables como una muralla de roca. Sabían por experiencia que no podían abrirse paso a través de aquella barrera; eso supondría avanzar apenas unos pocos cientos de metros en todo un día de agotador esfuerzo físico. El método habitual para penetrar en el interior de una isla era encontrar un curso de agua y avanzar por él.

Estaban seguros de que había uno, porque la existencia de la cala así lo demostraba. En parte, las calas se formaban por una fractura en las barreras coralinas exteriores, y esa fractura facilitaba que el agua dulce saliera de la tierra hacia el mar. Caminaron por la playa, y una hora después localizaron un pequeño hilo de agua que abría un sendero fangoso a través del follaje que bordeaba la costa. El lecho del torrente era tan estrecho que las plantas casi lo habían invadido convirtiéndolo en un túnel caluroso y angosto. El avance no resultaba fácil en absoluto.

—¿Buscamos otro mejor? —preguntó Sanson.

El Judío sacudió la cabeza.

—Aquí casi no llueve. Dudo que haya uno mejor.

Todos estuvieron de acuerdo, así que se pusieron en marcha; ascendieron por el arroyo, alejándose del mar. Casi inmediatamente, el calor se hizo insoportable; el aire era ardiente y rancio. Era como respirar por un trapo, dijo Lazue.

Después de los primeros minutos, caminaron en silencio, para no malgastar energía. El único sonido era el de los machetes que apartaban la vegetación y la charla de los pájaros y los animales en el dosel que formaban los árboles sobre sus cabezas. Avanzaban con enorme lentitud. Al final del día, cuando miraron por encima del hombro, el océano que quedaba más abajo parecía desalentadoramente cercano.

Siguieron avanzando; pararon solo para conseguir algo de comida. Sanson, que era muy hábil con la ballesta, logró matar varios pájaros. Se animaron al ver los excrementos de un jabalí cerca del lecho del arroyo. Y Lazue recogió plantas comestibles.

La noche los sorprendió a medio camino entre el mar y la roca del monte Leres. Aunque el aire refrescó un poco, estaban atrapados entre la vegetación, que seguía siendo asfixiante. Además habían empezado a salir los mosquitos.

Los insectos eran un serio enemigo, ya que se acercaban en enjambres tan densos que casi podían palparse, y oscurecían la visión hasta el punto de que no podían verse los unos a los otros. Zumbaban y silbaban alrededor de ellos, se les pegaban por todo el cuerpo y se metían en los oídos, la nariz y la boca. Se untaron abundantemente con barro y agua, pero era inútil. No se atrevieron a encender una hoguera, así que comieron la carne cruda y durmieron poco, apoyados en los troncos de los árboles, rodeados por el ensordecedor zumbido de los mosquitos en sus oídos.

Por la mañana, al despertar, cuando el barro seco se desprendió de sus cuerpos, se miraron y rieron. Todos estaban desfigurados, con la cara roja, hinchada y llena de picaduras de mosquito. Hunter comprobó las reservas de agua; habían gastado una cuarta parte. Concluyó que deberían consumir menos. Se pusieron en marcha, esperando encontrarse con algún jabalí, porque estaban hambrientos. No vieron ninguno. Los monos que gritaban en la vegetación parecían burlarse de ellos. Oían animales, pero Sanson no los tenía en ningún momento a tiro.

A última hora del segundo día, empezaron a percibir el sonido del viento. Al principio era débil, un gemido sordo y lejano. Pero al acercarse al límite de la selva, donde los árboles no estaban tan juntos y podían avanzar con más facilidad, el viento aumentó de intensidad. Pronto lo sintieron en sus rostros y, aunque agradecieron el frescor, se miraron con ansiedad. Sabían que la fuerza del viento aumentaría al acercarse a la cara del precipicio del monte Leres.

A última hora de la tarde llegaron a la base de la pared de roca. El viento aullaba como un demonio, tiraba de su ropa y la azotaba contra sus cuerpos, les quemaba la cara y les rompía los tímpanos. Tenían que gritar para oírse.

Hunter miró la pared de roca. Era tan escarpada como le había parecido desde lejos, incluso más alta de lo que creían: ciento veinte metros de roca desnuda batida por un viento tan fuerte que caían constantemente lascas y fragmentos de roca.

Hizo una seña al Moro, que se acercó.

—Bassa —gritó Hunter, inclinándose hacia el hombretón—. ¿El viento aflojará por la noche?

Bassa se encogió de hombros e hizo un gesto uniendo dos dedos, para indicarle que un poco.

—¿Se puede escalar de noche?

El hombre sacudió la cabeza: no. Después unió las manos como un cojín y apoyó la cabeza en ellas, como si durmiera.

—¿Quieres que escalemos por la mañana?

Bassa asintió.

—Tiene razón —dijo Sanson—. Deberíamos esperar a la mañana, cuando estemos descansados.

—No sé si podremos esperar —dijo Hunter.

Miró al norte. A algunas millas de distancia, sobre un mar plácido, vio una ancha línea gris formada por nubes negras y amenazadoras. Era una tormenta, de varios kilómetros de amplitud, que se dirigía lentamente hacia ellos.

—Con más razón todavía —gritó Sanson a Hunter—. Es mejor esperar a que amaine.

Hunter se volvió. Desde su posición al pie de la pared, se encontraban a poco menos de doscientos metros sobre el nivel del mar. Volviendo los ojos hacia el sur, podía ver Ramonas a unas treinta millas de distancia. El *Cassandra* no estaba a la vista; había tenido tiempo suficiente para refugiarse en la cala.

Hunter miró hacia la tormenta. Pasarían la noche allí y quizá por la mañana la tormenta habría pasado. Pero si era muy fuerte e iba despacio, podían perder todo un día y no conseguirían cumplir con el horario que se habían marcado. Dentro de tres días el *Cassandra* entraría en Matanceros conduciendo a cincuenta hombres a una muerte segura.

—Subiremos ahora —decidió Hunter.

Miró al Moro, que asintió y fue a recoger las cuerdas.

Era una sensación extraordinaria, pensó Hunter: sostener la cuerda entre las manos y, de vez en cuando, sentir un tirón y una oscilación mientras el Moro ascendía por la pared. La cuerda que Hunter sujetaba entre los dedos era de cinco centímetros de diámetro, pero a medida que subía se afinaba hasta parecer un hilo, y el corpachón del Moro era una mota que apenas se discernía en la luz menguante.

Sanson se acercó a Hunter y le gritó al oído:

—Estás loco. No sobreviviremos.

—¿Tienes miedo? —gritó Hunter.

—Yo no tengo miedo de nada —aseguró Sanson, golpeándose el pecho—. Pero mira a los demás.

Hunter los miró. Lazue temblaba. Don Diego estaba muy pálido.

—No podrán hacerlo —gritó Sanson—. ¿Cómo te las arreglarás sin ellos?

—Lo conseguirán —dijo Hunter—. Tienen que hacerlo.

Miró en dirección a la tormenta, que ya estaba muy cerca, apenas a dos o tres kilómetros de la isla. Podían sentir la humedad en el viento. Notó un tirón repentino en la cuerda que tenía en las manos y después otro, muy rápido.

—Lo ha conseguido —dijo Hunter. Miró hacia arriba pero no veía al Moro.

Un momento después cayó otra cuerda del cielo.

—Rápido —advirtió Hunter—. Las provisiones.

Ataron los sacos de tela a la cuerda y dieron el tirón acordado. Los sacos iniciaron su ascenso oscilante y a trompicones por la cara de piedra. Un par de veces, la fuerza del viento los alejó un par de metros de la roca.

—¡Por la sangre de Cristo! —exclamó Sanson, al verlo.

Hunter miró a Lazue. Tenía una expresión tensa. Se acercó a ella y le ajustó el arnés de tela alrededor del hombro, y el otro a la cadera.

—Madre de Dios, madre de Dios, madre de Dios —dijo Lazue, con un ritmo monótono.

—Escúchame —gritó Hunter, mientras caía otra vez la cuerda—. Mantén la cuerda larga y deja que Bassa tire de ti. Mira únicamente la roca; no mires abajo.

—Madre de Dios, madre de Dios…

—¿Me has oído? —preguntó Hunter—. ¡No mires abajo!

Ella asintió, sin dejar de murmurar. Poco después, empezó a ascender y a alejarse del suelo atada al arnés. Al principio estaba tensa y se retorcía y se agarraba a la otra cuerda. Después recuperó la calma y concluyó la ascensión sin incidentes.

El Judío era el siguiente. Miró a Hunter con ojos vacíos mientras este le daba instrucciones. No parecía oírle; era como un sonámbulo mientras se colocaba el arnés y se dejaba izar.

Cayeron las primeras gotas de lluvia; la tormenta estaba muy cerca.

—Tú serás el próximo —gritó Sanson.

—No —dijo Hunter—. Yo iré el último.

Ya llovía con cierta intensidad y el viento había aumentado. Cuando el arnés volvió a bajar, la tela estaba empapada. Sanson se lo colocó y dio un tirón a la cuerda; la señal de que estaba preparado. Al empezar a subir, gritó:

—Si mueres, me quedo con tu parte.

Después se rió y sus risotadas se perdieron en el viento.

Con la llegada de la tormenta, una niebla gris había envuelto la cima y Sanson desapareció en ella. Hunter esperó. Pasó un buen rato hasta que oyó que el arnés mojado golpeaba contra el suelo. Se acercó y se lo colocó. La lluvia y el viento le azotaban la cara y el cuerpo mientras tiraba de la cuerda para dar la señal y empezaba a subir.

Recordaría aquella ascensión el resto de su vida. No tenía ningún punto de referencia porque estaba inmerso en una oscuridad gris. Lo único que veía era la pared de piedra a pocos centímetros. El viento tiraba de él; de vez en cuando lo alejaba del precipicio y después lo golpeaba contra la roca. Las cuerdas, la roca, todo estaba mojado y resbaloso. Sujetaba la cuerda con las manos e intentaba no dejar de mirar la pared. Perdió pie varias veces y giró, golpeándose la espalda y los hombros contra la roca.

Le pareció que el ascenso duraba una eternidad. No tenía ni idea de dónde estaba; si había llegado a la mitad del trayecto, si solo había recorrido unos metros o si ya estaba a punto de llegar. Se esforzó por oír las voces de sus compañeros en la cima, pero únicamente oía el gemido enloquecedor del viento y el ruido de la lluvia.

Sentía la vibración de la cuerda mientras le izaban con un ritmo constante y regular. Subía un tramo; después una pausa; después un tramo más. Otra pausa; otro breve ascenso.

De repente, la pauta se alteró. La ascensión se interrumpió. La vibración de la cuerda cambió; podía sentirla en su cuerpo a través del arnés de tela. Al principio creyó que sus sentidos le engañaban, pero después se dio cuenta de qué sucedía: el cáñamo, tras soportar cinco ascensiones contra la roca áspera, se estaba deshilachando y empezaba a afinarse lenta y angustiosamente.

En su mente vio cómo se deshacía; en ese momento se agarró a la cuerda guía instintivamente. En el mismo instante la cuerda del arnés se rompió y cayó retorciéndose y serpenteando sobre su cabeza y sus hombros, pesada y mojada.

Sintió que la cuerda le resbalaba entre las manos y descendió un tramo, aunque no estaba seguro de cuánto. Intentó analizar la situación. Estaba de cara a la pared de roca, con el arnés mojado alrededor de las piernas tirando de él como un peso muerto y tensando sus brazos ya bastante cansados. Agitó las piernas, intentando deshacerse del arnés, pero no lo logró. Era horrible; estaba atrapado. No podía utilizar los pies para apoyarse en la roca; se quedaría allí colgando hasta que por fin la fatiga lo obligara a soltar la cuerda, y entonces se precipitaría al vacío. Las muñecas y los dedos le ardían de dolor. Sintió un ligero tirón en la cuerda guía. Pero no lo estaban subiendo.

Volvió a agitar los pies, con desesperación; de repente una ráfaga de viento lo alejó del precipicio. El maldito arnés hacía de vela: cogía viento y lo alejaba cada vez más. Vio que la pared de roca desaparecía en la niebla mientras él se alejaba varios metros de la roca.

Volvió a agitar los pies y de repente se sintió más ligero; por fin se había deshecho del arnés. Su cuerpo empezó arquearse mientras volvía a la roca. Aunque se preparó para el impacto, cuando se golpeó se quedó sin aliento. Gritó involuntariamente y se quedó colgando, intentando acompasar la respiración.

Y entonces, con un último gran esfuerzo, trepó hasta que

las manos agarradas a la cuerda estuvieron a la altura de su pecho. Enroscó los pies alrededor de la cuerda un momento, para descansar los brazos. Recuperó el aliento. Situó bien los pies sobre la superficie rocosa y trepó por la cuerda con la fuerza de los brazos. Perdió pie; sus rodillas golpearon contra la roca. Pero había logrado subir un buen tramo.

Lo hizo otra vez.

Y otra vez.

Y otra vez.

Su mente dejó de funcionar; el cuerpo trabajaba automáticamente, por voluntad propia. El mundo quedó en silencio a su alrededor; ni sonido de lluvia, ni aullidos del viento, nada de nada, ni siquiera el jadeo de su respiración. El mundo se había vuelto gris y él estaba perdido en la niebla.

Ni siquiera fue consciente de que unas manos fuertes lo agarraban por los hombros, tiraban de él y lo dejaban boca abajo sobre una superficie plana. No oía voces. No veía nada. Más tarde le dijeron que incluso después de dejarlo en el suelo, su cuerpo seguía trepando, encogiéndose y estirándose, encogiéndose y estirándose, con la cara sangrando y apretada contra la roca, hasta que lo inmovilizaron por la fuerza. Pero por el momento, no sabía nada de nada. Ni siquiera sabía que había sobrevivido.

Hunter se despertó con el canto de los pájaros, abrió los ojos y vio las verdes hojas iluminadas por el sol. Se quedó muy quieto, moviendo solo los ojos. Vio una pared de roca. Estaba en una cueva, cerca de la entrada de una cueva. Olía a comida cociéndose, un olor indescriptiblemente delicioso, e intentó sentarse.

Violentas punzadas de dolor se propagaron por todo su cuerpo. Con un jadeo, volvió a caer de espaldas.

—Poco a poco, amigo mío —dijo una voz. Sanson llegó por detrás de él—. Poco a poco. —Se agachó y ayudó a Hunter a sentarse.

Lo primero que vio Hunter fue su ropa. Sus calzas estaban tan hechas trizas que eran casi irreconocibles; a través de los agujeros, vio que su piel estaba en las mismas condiciones. El aspecto de sus brazos y su pecho no era mucho mejor. Observó su cuerpo como si examinara un objeto desconocido y extraño.

—Tu cara tampoco está muy bien, francamente —dijo Sanson, riendo—. ¿Crees que podrás comer algo?

Hunter intentó hablar. Sentía la piel de la cara tensa; como si llevara una máscara. Se tocó la mejilla y palpó una gruesa costra de sangre. Sacudió la cabeza.

—¿Nada de comida? Entonces agua. —Sanson buscó un barrilete y ayudó a Hunter a beber. Le alivió ver que no le costaba tragar, pero observó que su boca estaba entumecida—. No demasiada —dijo Sanson—. No demasiada.

Los demás se acercaron.

El Judío sonreía contento.

—Deberíais contemplar la vista.

Hunter sintió una sacudida de euforia. Quería ver el panorama. Levantó un brazo dolorido hacia Sanson, que le ayudó a ponerse de pie. El primer momento fue agónico. Se sentía mareado y el dolor le recorría las piernas y la espalda en forma de sacudidas. Después mejoró. Apoyándose en Sanson, dio un paso, todavía estremeciéndose. De repente pensó en el gobernador Almont. Recordó la velada que había pasado negociando con él para realizar esta expedición a Matanceros. Entonces estaba tan seguro de sí mismo, tan relajado, que se había comportado como un intrépido aventurero. Sonrió tristemente con el recuerdo. La sonrisa le dolió.

Pero en ese instante vio el panorama e inmediatamente se olvidó de Almont, de sus males y del cuerpo dolorido.

Estaban en la entrada de una pequeña cueva, en la vertiente oriental de la cresta del monte Leres. Debajo de ellos las verdes laderas del volcán descendían suavemente más de trescientos metros, hasta donde comenzaba una espesa selva tropical. En el fondo se veía un ancho río, que corría hacia el puerto, y la fortaleza de Punta Matanceros. El sol resplandecía sobre las aguas quietas del puerto, centelleando alrededor del galeón del tesoro, que estaba anclado al amparo de la fortaleza. Todo estaba frente a él y Hunter pensó que era el panorama más hermoso del mundo.

21

Mientras Sanson ofrecía a Hunter otro sorbo de agua del barrilete, don Diego dijo:

—Deberíais ver otra cosa, capitán.

El reducido grupo subió por la suave pendiente que conducía a la cima del risco que habían escalado la noche anterior. Caminaban despacio, por deferencia a Hunter, que sufría atrozmente con cada paso. Al mirar hacia el cielo despejado y azul, el capitán sintió un dolor de otro tipo. Supo que había cometido un error grave y casi mortal al insistir en escalar la pared durante la tormenta. Deberían haber esperado y emprendido la ascensión por la mañana. Había sido insensato e impaciente y se reprendió a sí mismo por ello.

Al acercarse al borde de la cima, don Diego se acuclilló y escrutó con cautela hacia el oeste. Los demás hicieron lo mismo; Sanson ayudó a Hunter. Este no comprendía por qué eran tan cautelosos, hasta que miró por el borde del abrupto precipicio, hacia la vegetación de la selva y la bahía.

En la bahía estaba fondeado el barco de guerra de Cazalla.

—Maldición —susurró en voz baja.

Sanson, agachado a su lado, asintió.

—La suerte nos acompaña, amigo mío. El barco ha llegado a la bahía al amanecer. No se ha movido desde entonces.

Hunter podía ver una gran barca que transportaba soldados a la costa. En la playa había docenas de españoles con jubones rojos registrando el litoral. Cazalla, vestido con un blusón amarillo, destacaba entre ellos, gesticulando frenéticamente
y dando órdenes.

—Están registrando la playa —dijo Sanson—. Han adivi-
nado nuestro plan.

—Pero la tormenta… —empezó a decir Hunter.

—Sí, la tormenta habrá borrado cualquier rastro de nuestra
presencia.

Hunter pensó en el arnés de tela que le había resbalado de
los pies. Estaría al pie del precipicio. Pero no era probable
que los soldados lo encontraran. Era necesaria una larga jornada de camino entre la vegetación para llegar al risco. No se
aventurarían a menos que tuvieran alguna prueba de que alguien había desembarcado en la playa.

Mientras Hunter observaba, otra barca cargada de soldados
se alejó del barco español.

—Llevan toda la mañana desembarcando soldados —dijo
don Diego—. Debe de haber cien en la playa ahora.

—Por lo tanto tiene intención de dejarlos ahí.

Don Diego asintió.

—Mejor para nosotros —dijo Hunter. Los soldados que
estuvieran en el lado occidental de la isla no podrían combatir
en Matanceros—. Esperemos que deje mil.

De vuelta en la cueva, don Diego preparó unas gachas para
Hunter, mientras Sanson encendía una pequeña hoguera y Lazue miraba a través del catalejo. Iba describiendo lo que veía a
Hunter, que estaba sentado a su lado. Él solo distinguía los
perfiles de las estructuras que surgían del agua. Se fiaba de la
agudeza visual de Lazue para guiarlo.

—Lo primero —dijo—, háblame de la artillería. De los cañones en la fortaleza.

Los labios de Lazue se movían silenciosamente mientras miraba por el catalejo.

—Doce —dijo por fin—. Dos baterías de tres cañones apuntando al este, hacia mar abierto. Seis en una única batería a lo largo de la entrada del puerto.

—¿Son culebrinas?

—Tienen el tubo largo. Creo que en efecto lo son.

—¿Puedes decirme si son viejas?

Ella calló un momento.

—Estamos demasiado lejos —contestó—. Tal vez más tarde, cuando nos acerquemos, vea algo más.

—¿Y los armazones?

—Son cureñas. Creo que de madera, con cuatro ruedas.

Hunter asintió. Serían las habituales cureñas de cañón de barco, trasladadas a las baterías de tierra.

Don Diego llegó con las gachas.

—Me alegro de que sean de madera —dijo—. Temía que tuvieran armazones de piedra. Lo habría hecho más difícil.

—¿Haremos estallar las cureñas? —preguntó Hunter.

—Por supuesto —contestó don Diego.

Las culebrinas pesaban más de dos toneladas cada una. Si destruían los armazones, las inutilizarían; no se podrían apuntar ni disparar. Aunque la fortaleza de Matanceros tuviera más cureñas de cañón, se necesitarían docenas de hombres y varias horas para colocar cada cañón sobre una nueva cureña.

—Pero, primero —dijo don Diego con una sonrisa—, nos ocuparemos de las culatas.

Hunter no lo había pensado, pero enseguida se dio cuenta de que era una gran idea. Como todos los cañones, las culebrinas se cargaban por delante. Primero los artilleros metían en la boca del cañón un saquito de pólvora y después el proyectil.

Entonces introducían en el oído situado en la culata un objeto fino y puntiagudo, para rasgar el saquito que contenía la pólvora, y a continuación una mecha encendida. La mecha se consumía en el interior del oído y encendía la pólvora que, al explotar, expulsaba el proyectil.

Este método de disparo era bastante eficaz, siempre que el oído fuera pequeño. Pero tras repetidos disparos, la mecha encendida y la explosión de pólvora lo corroía y lo ensanchaba, de forma que hacía de válvula de escape de los gases en expansión. Cuando esto sucedía, el alcance del cañón se reducía considerablemente; y finalmente, el proyectil no se disparaba, con lo cual el cañón resultaba muy peligroso para los artilleros.

Para remediar este deterioro inevitable, los fabricantes de cañones habían dotado las culatas de una pieza metálica reemplazable con un agujero perforado en el centro. La pieza se introducía por la boca del cañón, de modo que la expansión de los gases debida a la explosión la empujara a su lugar, ajustándola más con cada disparo. Cuando el oído se ensanchaba demasiado, bastaba retirar la pieza de metal y colocar una nueva.

Pero a veces toda la pieza de metal salía expulsada con la explosión, lo que dejaba un gran agujero en la culata del cañón. A esto se refería el Judío: quería inutilizar los cañones y que tuvieran que colocar una nueva pieza, un proceso que podía llevar varias horas.

—Creedme —aseguró don Diego—, cuando acabemos con los cañones, tan solo servirán de lastre en un barco mercante.

Hunter miró a Lazue.

—¿Qué ves en el interior de la fortaleza?

—Tiendas. Muchas tiendas.

—Serán para la guarnición —dijo Hunter.

Durante casi todo el año, el clima era tan suave en el Nuevo Mundo que los soldados no necesitaban una protección más permanente, y esto era particularmente cierto en islas donde llovía tan poco como en Matanceros. De todos modos, Hunter podía imaginar la consternación de los soldados, que habrían dormido en el barro, debido a la tormenta de la noche anterior.

—¿Y el polvorín?

—Hay una construcción de madera al norte, dentro de la muralla. Podría estar allí.

—Bien —dijo Hunter. No quería perder tiempo buscando el polvorín cuando entraran en la fortaleza—. ¿Ves defensas en el exterior de la muralla?

Lazue observó el terreno circundante.

—No veo nada.

—Bien. Ahora háblame del barco.

—Una tripulación reducida al mínimo —dijo ella—. Veo cinco o seis hombres en los botes varados en tierra, frente al pueblo.

Hunter se había fijado en el pueblo. La había sorprendido ver una serie de construcciones toscas de madera paralelas a la costa, a cierta distancia del fuerte. Obviamente, las habían construido para albergar a la tripulación del galeón en tierra, prueba de que tenían la intención de permanecer una larga temporada en Matanceros, quizá hasta que partiera la siguiente flota del tesoro.

—¿Soldados en el pueblo?

—Veo algunos jubones rojos.

—¿Guardias en los botes?

—Ninguno.

—Nos ponen las cosas bastante fáciles —dijo Hunter.

—Por ahora —replicó Sanson.

El grupo recogió el material y borró cualquier rastro de su paso por la cueva. Emprendieron la larga marcha por la pendiente hacia Matanceros.

En el descenso se enfrentaron con el problema opuesto al

que habían tenido los dos días anteriores. En la vertiente oriental de la cresta del monte Leres había poca vegetación, y por tanto escasa protección. Se vieron obligados a avanzar furtivamente de un grupo de vegetación espinosa al siguiente, así que su avance era lento.

A mediodía se llevaron una sorpresa. El barco de guerra negro de Cazalla apareció en la bocana del puerto, y, con velas amainadas, ancló cerca de tierra. Bajaron una barca; Lazue, con el catalejo, dijo que Cazalla estaba en popa.

—Esto lo echará todo a perder —se lamentó Hunter, observando la posición del buque de guerra. Estaba paralelo a la costa, de modo que los cañones de un lado podían barrer el canal.

—¿Y si se queda ahí? —inquirió Sanson.

Era exactamente lo que se preguntaba Hunter, y solo se le ocurrió una respuesta.

—Le prenderemos fuego —dijo—. Si permanece anclado, tendremos que quemarlo.

—¿Prendiéndole fuego a un bote en la playa y mandándolo a la deriva?

Hunter asintió.

—Necesitaríamos mucha suerte —dijo Sanson.

Entonces Lazue, todavía mirando por el catalejo, intervino:

—Hay una mujer.

—¿Qué? —exclamó Hunter.

—En la lancha. Hay una mujer con Cazalla.

—Déjame mirar. —Hunter cogió el catalejo ansiosamente. Pero solo alcanzó a ver una forma blanca irregular sentada a popa junto a Cazalla, que estaba de pie de cara a la fortaleza. Hunter no distinguía ningún detalle. Devolvió el catalejo a Lazue—. Descríbemela.

—Vestido blanco y sombrilla, o un sombrero grande o algo que le tapa la cabeza. Cara oscura. Podría ser negra.

—¿Su amante?

Lazue sacudió la cabeza. La lancha estaba atracando en el muelle de la fortaleza.

—Está bajando. Se está resistiendo…

—Tal vez haya perdido el equilibrio.

—No —dijo Lazue con firmeza—. Se está resistiendo. Tres hombres la están sujetando y la obligan a entrar en la fortaleza.

—¿Dices que es morena? —preguntó Hunter. Estaba perplejo. Cazalla podía haberla tomado cautiva, pero cualquier mujer que valiera un rescate sin duda tenía que ser blanca.

—Sí, morena —dijo Lazue—. Pero no puedo ver más.

—Esperaremos —decidió Hunter.

Extrañados, siguieron descendiendo.

Tres horas después, en el momento más caluroso de la tarde, se detuvieron en unos matorrales de acacias espinosas para beber un poco de agua. Lazue vio que la barca de Cazalla se alejaba de la fortaleza, esta vez con un hombre a bordo que describió como «severo, muy esbelto, firme y erguido».

—Bosquet —dijo Hunter. Bosquet era el lugarteniente de Cazalla, un francés renegado, famoso por ser terriblemente frío e implacable—. ¿Está Cazalla con él?

—No —contestó Lazue.

El bote se detuvo a un lado del galeón y Bosquet subió a bordo. Poco después la tripulación izó el bote. Aquello solo podía significar una cosa.

—Van a zarpar —informó Sanson—. Tu suerte sigue, amigo mío.

—No cantes victoria —dijo Hunter—. Veamos primero si se dirige a Ramonas.

Se refería a la isla donde el *Cassandra* y su tripulación estaban ocultos. El *Cassandra* estaba en aguas demasiado poco profundas para que el barco de guerra lo atacara, pero Bosquet podía bloquear el balandro en la cala, y sin él no tenía ningún sentido atacar Matanceros. Necesitaban a los hombres del *Cassandra* para gobernar el galeón del tesoro fuera del puerto.

El barco de guerra salió del puerto rumbo al sur, pero esto era necesario para llegar a aguas profundas. Sin embargo, una vez en mar abierto, siguió rumbo al sur.

—Maldición —dijo Sanson.

—No, tan solo está cogiendo velocidad —respondió Hunter—. Espera.

Mientras hablaba, el barco de guerra cogió viento y, virando a estribor, invirtió la ruta poniendo rumbo al norte. Hunter sacudió la cabeza, aliviado.

—Ya siento el oro entre los dedos —dijo Sanson.

Una hora después, el navío negro se había perdido de vista.

Al caer la noche, estaban a menos de medio kilómetro del campamento español. La vegetación era más frondosa, así que decidieron pasar la noche junto a unos grandes cactus. No encendieron fuego, y comieron solo unas plantas crudas antes de echarse sobre la tierra húmeda. Estaban muy cansados, pero también ansiosos, porque desde su posición podían oír vagamente las voces de los españoles y percibir los olores de las hogueras donde estos estaban cocinando. Echados bajo las estrellas, aquellos sonidos y aquellos aromas les recordaron que la batalla era inminente.

22

Hunter se despertó con la convicción de que algo iba mal. Oía voces españolas, pero esta vez estaban cerca, demasiado cerca. También escuchaba pasos, y el crujido del follaje. Se sentó, estremeciéndose de dolor; el cuerpo le dolía incluso más que el día anterior.

Echó una ojeada a su reducido grupo. Sanson ya estaba de pie, espiando entre las frondas de las palmeras en la dirección de donde llegaban las voces. El Moro se estaba levantando en silencio, con el cuerpo en tensión y movimientos perfectamente controlados. Don Diego estaba apoyado sobre un codo, con los ojos muy abiertos.

Solo Lazue seguía echada boca arriba. Y estaba completamente inmóvil. Hunter le hizo un gesto con el pulgar hacia arriba para que se levantara. Ella movió la cabeza casi imperceptiblemente y dibujó un «no» con los labios. No se movía en absoluto. Su cara estaba cubierta por una fina capa de sudor. Hunter hizo un movimiento hacia ella.

—¡Cuidado! —susurró ella, con voz tensa.

Él se detuvo y la miró. Lazue estaba boca arriba con las piernas ligeramente separadas. Sus extremidades estaban extrañamente rígidas. Entonces, el capitán vio una cola con rayas rojas, negras y amarillas que desparecía por una de las perneras de Lazue.

Era una serpiente de coral; el calor del cuerpo de la joven debía de haberla atraído. Hunter la miró a la cara. Estaba rígida, como si estuviera soportando un terrible dolor.

Por detrás, Hunter oyó las voces españolas cada vez más fuertes. Varios hombres pisaban y apartaban la maleza. Hizo un gesto a Lazue para que esperara y se acercó a Sanson.

—Son seis —susurró Sanson.

Hunter vio a un grupo de seis soldados españoles, cargados con mantas, comida y armados con mosquetes, que subían la ladera hacia ellos. Los soldados eran jóvenes y por lo visto se tomaban la expedición como una diversión; se reían y bromeaban.

—No es una patrulla —susurró Sanson.

—Dejemos que pasen —dijo Hunter.

Sanson lo miró severamente. Hunter señaló a Lazue, que seguía rígida en el suelo. Sanson comprendió inmediatamente. Esperaron a que los soldados españoles pasaran de largo y siguieran subiendo. Después fueron junto a Lazue.

—¿Dónde está? —preguntó Hunter.

—Rodilla —dijo ella en voz baja.

—¿Subiendo?

—Sí.

Don Diego interrumpió.

—Árboles altos —dijo, mirando alrededor—. Tenemos que encontrar árboles altos. Allí. —Dio una palmada al Moro—. Ven conmigo.

Los dos hombres se metieron entre la maleza hacia un grupo de guayacos situados a pocos metros de distancia. Hunter miró a Lazue y después a los soldados españoles. Todavía estaban a la vista, cien metros más arriba. Si cualquiera de ellos decidía volverse, los descubriría.

—La temporada de apareamiento ha pasado —dijo Sanson. Miró a Lazue frunciendo el ceño—. Pero quizá tengamos suerte y encontremos algún polluelo. —Se volvió a mirar al Moro, que estaba trepando a un árbol, mientras Diego lo observaba desde abajo.

—¿Dónde está ahora? —preguntó Hunter.

—Más arriba de la rodilla.

—Intenta relajarte.

Ella puso cara de exasperación.

—Malditos vosotros y vuestra expedición —dijo—. Os maldigo, a todos.

Hunter miró la amplia pernera del bombacho. Bajo la tela, veía el ligero movimiento ascendente de la serpiente.

—Madre de Dios —dijo Lazue y cerró los ojos.

Sanson susurró a Hunter.

—Si el Moro no encuentra un polluelo, podemos levantarla y sacudirla.

—La serpiente la morderá.

Ambos sabían lo que esto significaba.

Los corsarios eran hombres duros y curtidos; consideraban la mordedura venenosa de un escorpión, una viuda negra o un mocasín acuático poco más que un pequeño inconveniente. De hecho, una de sus diversiones preferidas consistía en esconder escorpiones en la bota de un compañero. Pero había dos animales venenosos que infundían respeto y temor a todos ellos. El *fer-de-lance* no era cosa de risa, pero la pequeña serpiente coral era lo peor de todo. Nadie sobrevivía a su tímida picadura. Hunter podía imaginar el terror de Lazue mientras esperaba en la pierna la diminuta picadura fatal. Todos sabían lo que ocurriría inevitablemente: primero sudores, después temblores, a continuación un entumecimiento gradual que se extendería por todo su cuerpo. La muerte llegaría antes de la puesta de sol.

—¿Y ahora?

—Arriba, muy arriba. —Su voz era extraordinariamente baja; apenas audible.

Hunter volvió a mirar y vio una ligera ondulación de la tela en la entrepierna.

—Dios santo —gimió Lazue.

De repente se oyó un chillido bajo, casi un gorjeo. Se volvió y vio a Diego y al Moro, que regresaban. Ambos sonreían. El Moro llevaba algo entre las manos. Hunter vio que era un polluelo de aguzanieves que gorjeaba y agitaba el blando y plumoso cuerpecito.

—Rápido, un trozo de cuerda —dijo el Judío.

Hunter buscó un pedazo de cáñamo que ataron a las piernas del polluelo. Colocaron al polluelo en la abertura de los bombachos de Lazue y lo ataron al suelo, donde gorjeó y se agitó inútilmente.

Esperaron.

—¿Sientes algo? —preguntó Hunter.

—No.

Miraron al polluelo de aguzanieves. El animalito se resistía con desesperación, pero empezaba a estar agotado.

Hunter miró a Lazue.

—Nada —dijo ella. De repente, abrió los ojos.

—Se está enroscando…

Todos le miraron las perneras. Había movimiento. Bajo la tela se formó lentamente una curva que luego desapareció.

—Está bajando —dijo Lazue.

Esperaron. Súbitamente, el polluelo se agitó aún más y chilló con más fuerza que antes. Había olido a la serpiente de coral.

El Judío sacó su pistola, quitó la bala y el cebo y la agarró por el cañón, con intención de usar la culata como martillo.

Esperaron. Veían cómo avanzaba la serpiente, que ya había sobrepasado la rodilla y bajaba por la pantorrilla, centímetro a centímetro. Les pareció interminable.

De repente, la cabeza apareció bruscamente fuera de la pernera con la lengua extendida. El polluelo chilló en un paroxismo de terror. La serpiente de coral avanzó. En ese momento, don Diego saltó y le aplastó la cabeza contra el suelo con la culata de la pistola; simultáneamente, Lazue se puso de pie y saltó hacia atrás gritando.

Don Diego golpeó varias veces a la serpiente aplastando su cuerpo en la tierra blanda. Lazue se volvió y vomitó espasmódicamente. Sin embargo, Hunter no le prestó atención. Después de que ella gritara, se había vuelto inmediatamente hacia la ladera de la montaña, hacia los soldados españoles.

Sanson y el Moro habían hecho lo mismo.

—¿Lo han oído? —preguntó Hunter.

—No podemos arriesgarnos —contestó Sanson. Hubo un largo silencio, interrumpido solo por las arcadas de Lazue—. Ya has visto que llevaban víveres y mantas.

Hunter asintió. El significado estaba claro. Cazalla los había mandado para que buscaran a los piratas en tierra, y para que vigilaran si el *Cassandra* se acercaba por el horizonte. Un solo disparo de mosquete del grupo alertaría a los del fuerte. Desde su posición elevada, verían el *Cassandra* a millas de distancia.

—Yo me encargo —dijo Sanson, sonriendo ligeramente.

—Llévate al Moro —ordenó Hunter.

Los dos hombres se marcharon furtivamente tras los pasos de los soldados españoles. Hunter se volvió y miró a Lazue, que estaba pálida y se secaba la boca.

—Estoy a punto para la marcha —dijo.

Hunter, don Diego y Lazue cargaron el material a la espalda y empezaron a descender.

Ahora seguían el río que desembocaba en el puerto. Cuando lo habían encontrado, el río era tan solo un hilo de agua que se podía salvar sin dificultad. Pero enseguida se había ensanchado, y la selva que crecía en las orillas era más densa e intrincada.

Encontraron la primera patrulla española a última hora de la tarde: ocho españoles, todos armados, remontaban el río silenciosamente en una barca. Estaban serios y lúgubres. Eran hombres preparados para la batalla. Al caer la noche, los altos árboles junto al río adquirieron tonos azul verdosos, y la superficie del río se volvió negra, agitada solo de vez en cuando por el paso de un cocodrilo. Pero había patrullas por todas partes, que se movían a paso de marcha a la luz de las antorchas. Tres largas canoas transportaban soldados río arriba, y sus antorchas proyectaban largas y temblorosas estelas de luz.

—Cazalla no es tonto —dijo Sanson—. Nos están esperando.

Se encontraban a tan solo unos cientos de metros de la fortaleza de Matanceros. Los imponentes muros de piedra se alzaban sobre ellos. Había mucha actividad, dentro y fuera del fuerte. Pelotones de veinte soldados armados patrullaban la zona.

—Tanto si nos esperan como si no —dijo Hunter—, debemos ceñirnos al plan. Atacaremos esta noche.

23

Enders, el barbero cirujano y artista del mar, estaba de pie al timón del *Cassandra* y observaba las grandes olas que se volvían plateadas al romper contra el arrecife del cayo de Barton, a cien metros a babor. A lo lejos podía ver la mole negra del monte Leres, imponente en el horizonte.

Un marinero se acercó a popa.

—Han dado la vuelta a la clepsidra —dijo.

Enders asintió. Habían transcurrido quince clepsidras desde el crepúsculo, lo que significaba que eran casi las dos. El viento soplaba del este, con una fuerza de unos diez nudos; su embarcación surcaba veloz el agua, por lo que en una hora llegarían a la isla.

Miró fijamente el perfil del monte Leres. Enders no podía distinguir el puerto de Matanceros. Tendría que doblar la punta meridional de la isla antes de avistar la fortaleza y el galeón, suponiendo que siguiera anclado en el puerto.

Para entonces, también estaría al alcance de los cañones de Matanceros, a menos que Hunter y su grupo los hubieran inutilizado.

Enders miró a su tripulación, de pie en el puente descubierto del *Cassandra*. Ningún hombre hablaba; observaban en silencio el contorno de la isla, que se agrandaba frente a ellos.

Todos sabían lo que estaba en juego y todos conocían los riesgos: dentro de unas horas, o serían inimaginablemente ricos o con toda probabilidad estarían muertos.

Por enésima vez aquella noche, Enders se preguntó qué suerte debían de haber corrido Hunter y los demás y dónde estarían.

A la sombra de los muros de piedra de Matanceros, Sanson mordió el doblón de oro y lo pasó a Lazue. Ella lo mordió y se lo pasó al Moro. Hunter asistió al solemne ritual, que todos los corsarios creían que traía suerte antes de un ataque. Por fin, le llegó el doblón; lo mordió, sintiendo el sabor del metal. Después, a la vista de todos, lanzó la moneda por encima de su hombro derecho.

Sin decir palabra, los cinco hombres salieron en direcciones distintas.

Hunter y don Diego, con cuerdas y garfios al hombro, avanzaron furtivamente en dirección norte rodeando la fortaleza; debían detenerse a menudo para dejar pasar las patrullas. Hunter echó una ojeada a los altos muros de piedra de Matanceros. Las partes más elevadas eran lisas, con un borde redondeado para hacer más difícil la escalada. Pero esas habilidades de construcción no serían suficientes para echar abajo su plan; Hunter estaba seguro de que sus garfios encontrarían los puntos de apoyo que necesitaban.

Cuando alcanzaron la pared norte del fuerte, la más alejada del mar, se detuvieron. Diez minutos después, pasó una patrulla; el ruido metálico de sus armaduras y armas resonó en el sosiego nocturno. Esperaron hasta que los soldados se perdieron de vista.

Entonces Hunter corrió y lanzó el garfio por encima del muro. Oyó un débil chasquido metálico cuando cayó en el interior. Tiró de la cuerda y el hierro volvió a caer en el suelo a su lado. Maldijo y esperó, escuchando.

Todo estaba en silencio; no había ningún indicio de que alguien lo hubiera oído. Lanzó el garfio por segunda vez, y lo vio volar por encima del muro. Volvió a tirar. Y tuvo que apartarse cuando el hierro cayó de nuevo al suelo.

Lo lanzó por tercera vez y esta vez el garfio se agarró a algo, pero casi inmediatamente oyó el ruido de otra patrulla. Rápidamente, Hunter trepó por la pared, jadeando y empujado por las voces cada vez más cercanas de los soldados provistos de armaduras. Alcanzó el parapeto, se agachó y recuperó la cuerda. Don Diego se había ocultado en la maleza.

La patrulla pasó bajo los ojos de Hunter.

Hunter soltó la cuerda y don Diego trepó, murmurando y blasfemando en español. Don Diego no era fuerte, así que su ascenso se hizo interminable. De todos modos, por fin llegó arriba y Hunter lo izó y recogió la cuerda. Los dos hombres, agachados sobre la piedra fría, miraron alrededor.

Matanceros estaba en silencio en la oscuridad; las hileras de tiendas debían de estar ocupadas por cientos de hombres dormidos. Era emocionante estar tan cerca de tantos enemigos.

—¿Guardias? —susurró el Judío.

—No veo ninguno —dijo Hunter—, excepto allí.

En el lado opuesto de la fortaleza había dos figuras armadas de pie. Pero estaban vigilando el mar, escrutando el horizonte en busca de naves que se acercaran.

Don Diego asintió.

—Habrá un guardia en el polvorín.

—Probablemente.

Los dos hombres estaban casi justo encima del cobertizo de madera que Lazue creía que podía ser el polvorín. Desde donde estaban agachados no podían ver la puerta de la barraca.

—Primero deberíamos ir allí —dijo el Judío.

No llevaban explosivos, solo mechas. Pretendían coger los explosivos del polvorín de la fortaleza.

En silencio, rodeados por la oscuridad, Hunter saltó al suelo y don Diego lo siguió, parpadeando para adaptarse a la penumbra. Dieron la vuelta a la barraca buscando la puerta.

No vieron a ningún guardia.

—¿Dentro? —susurró el Judío.

Hunter se encogió de hombros, se dirigió hacia la puerta, escuchó un momento, se quitó las botas y empujó suavemente la puerta. Miró hacia atrás y vio que don Diego también se estaba descalzando. Hunter entró.

El interior del polvorín estaba revestido de cobre por todos los lados y unas pocas velas cuidadosamente protegidas iluminaban la habitación con un brillo cálido y rojizo. Era sorprendentemente acogedor, a pesar de las hileras de barriles de pólvora y los saquitos ya preparados para introducir en los cañones, todos marcados con pintura roja. Hunter se movió silenciosamente por el suelo de cobre. No veía a nadie, pero oía a un hombre que roncaba en algún lugar del polvorín. Avanzando oculto por los barriles, buscó al hombre; finalmente encontró a un soldado dormido, apoyado en un barril de pólvora. Hunter pegó un fuerte golpe al hombre en la cabeza; el soldado gimió y cayó desplomado.

El Judío entró, echó un vistazo a la habitación y susurró:

—Excelente.

Inmediatamente se puso manos a la obra.

Si la fortaleza estaba silenciosa y dormida, el pueblo de barracas improvisadas que alojaba a la tripulación del galeón, en cambio, estaba en plena ebullición. Sanson, el Moro y Lazue atravesaron discretamente el pueblo, pasando junto a ventanas por las que vieron a soldados bebiendo y jugando a la luz amarilla de los faroles. Un soldado borracho salió dando tumbos, tropezó con Sanson, se disculpó y fue a vomitar contra la pared. Los tres siguieron caminando hacia la barca atracada a la orilla del río.

Aunque de día el pequeño muelle no estaba vigilado, en aquel momento tres soldados estaban apostados allí, charlando y bebiendo en la oscuridad. Estaban sentados en un extremo del muelle, con los pies colgando sobre el agua, y el suave sonido de sus voces se fundía con el chapoteo del agua contra las estacas de madera. Daban la espalda a los corsarios, pero los tablones de madera con los que estaba construido el muelle hacían imposible acercarse en silencio.

—Lo haré yo —dijo Lazue, quitándose el blusón. Desnuda hasta la cintura, con el puñal escondido a la espalda, empezó a silbar una melodía mientras echaba a caminar por el muelle.

Uno de los soldados se volvió.

—¿Qué pasa ahí? —preguntó y levantó el farol. Abrió los ojos, estupefacto, al ver lo que debió de parecerle una aparición: una mujer con los pechos al aire caminando tranquilamente hacia él—. ¡Madre de Dios! —exclamó.

La mujer le sonrió.

Él correspondió a la sonrisa en el mismo instante en el que el puñal atravesaba sus costillas hasta el corazón.

Los demás soldados miraron a la mujer con el puñal goteando sangre. Estaban tan atónitos que apenas opusieron resistencia cuando ella les mató; el pecho desnudo de Lazue quedó manchado de sangre.

Sanson y el Moro corrieron, saltando sobre los cadáveres de los tres hombres. Lazue se puso de nuevo el blusón. Sanson subió a uno de los botes e inmediatamente se dirigió a la proa del galeón. El Moro soltó los demás botes y los empujó hacia el puerto, donde flotaron a la deriva. Después, el Moro subió a un bote con Lazue y se dirigieron hacia la popa del galeón. Ninguno de los tres dijo una sola palabra.

Lazue se apretó el blusón contra el cuerpo. La sangre de los soldados le empapó la tela y sintió un escalofrío. Se puso de pie en el bote y miró hacia el galeón mientras el Moro remaba con movimientos fuertes y rápidos.

El galeón era grande, de poco menos de cincuenta metros, pero estaba casi todo a oscuras, con solo unas antorchas que destacaban el perfil. Lazue miró a la derecha, donde vio a Sanson remando en la otra dirección, hacia la proa del galeón. Su cuerpo se recortaba contra el fondo iluminado del animado pueblo de chabolas. La mujer se volvió y miró a la izquierda, a la línea gris de los muros de la fortaleza. Se preguntó si Hunter y el Judío estarían ya dentro.

Hunter observaba mientras el Judío llenaba delicadamente las entrañas de la zarigüeya de pólvora. Parecía un proceso interminable, pero el Judío se negaba a apresurarse. Estaba en cuclillas en el centro del polvorín, con un saco de pólvora abierto a un lado, y canturreaba una melodía mientras trabajaba.

—¿Cuánto falta? —preguntó Hunter.

—No mucho, no mucho —contestó el Judío, imperturbable—. Será estupendo —dijo—. Ya lo veréis. Algo digno de ver.

Una vez llenas las entrañas, las cortó en varios fragmentos y se las guardó en el bolsillo.

—Bien —dijo—. Ya podemos empezar.

Poco después, los dos hombres salieron del polvorín, encorvados por el peso de las cargas de pólvora que llevaban encima. Cruzaron el patio principal de la fortaleza a hurtadillas y se pararon bajo el macizo parapeto de piedra sobre el que descansaban los cañones. Los dos vigías seguían allí.

Mientras el Judío esperaba con la pólvora, Hunter trepó por el parapeto y mató a los vigías. El primero murió en absoluto silencio y el otro únicamente soltó un pequeño gemido al caer al suelo.

—¡Diego! —siseó Hunter.

El Judío apareció en el parapeto y miró los cañones. Metió una baqueta en una de las culatas.

—Qué maravilla —susurró—. Ya están cargados de pólvora. Juguemos un poco. Tomad, ayudadme.

El Judío empujó otro saco de pólvora en el interior de la boca de uno de los cañones.

—Ahora la bala —dijo.

Hunter frunció el ceño.

—Pero ellos introducirán otra bala antes de disparar.

—Por supuesto. Dos cargas, dos balas, estos cañones les explotarán en la cara.

Rápidamente, pasaron de una culebrina a otra. El Judío añadía una carga de pólvora y Hunter introducía la bala. Cada bala emitió un sonido sordo y retumbante al resbalar dentro de la culata del cañón, pero no había nadie cerca para oírlo.

Al terminar, el Judío dijo:

—Ahora tengo cosas que hacer. Vos debéis meter arena en todos los tubos.

Hunter bajó del parapeto. Recogió un poco de tierra del suelo de la fortaleza y echó un puñado dentro de cada boca de las culebrinas. El Judío era listo: aunque los cañones llegaran a disparar, la arena de las culatas impediría que apuntaran bien, y dañaría tan gravemente el interior que nunca más volverían a ser precisos.

Cuando terminó, vio que el Judío estaba agachado sobre una cureña de cañón, trabajando debajo de la culata. Por fin, se incorporó.

—Este ha sido el último.

—¿Qué habéis hecho?

—He metido una mecha bajo la culata. La acumulación de

calor cuando intenten disparar incendiará estas mechas. —Hunter lo vio sonreír en la penumbra—. Será prodigioso.

El viento roló y la popa del galeón viró hacia Sanson. El francés ató el cabo al espejo de popa dorado y empezó a escalar por el mamparo posterior hacia el camarote del capitán. Oyó el vago eco de una canción española. Escuchó las palabras obscenas, pero no llegó a distinguir de dónde procedía la voz; parecía flotar a la deriva, esquiva y débil.

Se introdujo en el camarote del capitán a través del portillo de un cañón. Estaba vacío. Salió al puente de artillería y bajó la escalerilla que llevaba a la zona donde dormían los marineros. Tampoco encontró a nadie allí. Contempló las hamacas vacías, meciéndose suavemente con el movimiento del barco. Docenas de hamacas y ni rastro de marineros.

A Sanson aquello no le gustó nada: un barco sin guardias significaba un barco sin tesoro. Temió lo que todos habían temido pero nadie se había atrevido a pronunciar: que habían descargado el tesoro y lo habían guardado en otra parte, quizá en la fortaleza. Si era así, sus planes serían inútiles.

Por lo menos, Sanson esperaba encontrar una mínima tripulación y algunos guardias. Fue a la cocina de popa y se animó un poco. La cocina estaba vacía, pero había pruebas de que se había cocinado recientemente: un estofado de buey en una gran caldera, algunas verduras, un limón cortado rodando arriba y abajo sobre la superficie de madera.

Salió de la cocina y siguió avanzando. A lo lejos oyó los gritos del centinela en la cubierta saludando la llegada de Lazue y el Moro.

Estos ataron el bote junto a la escalerilla que colgaba en el centro del galeón. El centinela del puente se asomó y saludó.

—¿Qué queréis? —gritó.

—Traemos ron —respondió Lazue en voz baja—. De parte del capitán.

—¿Del capitán?

—Es su cumpleaños.

—Bravo, bravo.

Sonriendo, el centinela se apartó para permitir que Lazue subiera a bordo. La miró y, durante un momento, pareció horrorizado al ver la sangre en su blusón y en sus cabellos. En un abrir y cerrar de ojos el cuchillo centelleó y se hundió en el pecho del hombre. El centinela agarró el mango, sorprendido. Parecía que fuera a decir algo pero cayó hacia delante sobre cubierta.

El Moro subió a bordo y avanzó furtivamente hacia un grupo de cuatro soldados que jugaban a cartas. Lazue no se quedó a mirar lo que hacía; bajó a la cubierta inferior. Encontró a diez soldados durmiendo en un compartimiento de proa; en silencio, cerró la puerta y la atrancó por fuera.

Había cinco soldados más cantando y bebiendo en un camarote contiguo. Se asomó y vio que iban armados. Ella llevaba las pistolas metidas en el cinto; no dispararía a menos que fuera absolutamente necesario. Esperó fuera.

Poco después, el Moro llegó a su lado.

Ella señaló la habitación. Él sacudió la cabeza. Se quedaron los dos junto a la puerta.

Al poco rato, uno de los soldados anunció que su vejiga estaba a punto de estallar y salió de la habitación. En cuanto apareció, el Moro le pegó un golpe en la cabeza con un pedazo de madera; el hombre cayó al suelo con un ruido sordo, a pocos pasos de la puerta.

Los que seguían dentro miraron hacia el origen del ruido. Veían los pies del hombre a la luz de la habitación.

—¿Juan?

El hombre caído no se movió.

—Ha bebido demasiado —dijo alguien y siguieron jugando a cartas.

Pero, al cabo de un rato, uno de los hombres empezó a preocuparse por Juan y salió a investigar. Lazue le cortó la garganta y el Moro entró en la habitación, blandiendo el madero en amplios arcos. Los hombres cayeron al suelo silenciosamente.

En la parte de popa del barco, Sanson salió de la cocina y siguió avanzando hasta que tropezó de cara con un soldado español. El hombre, que estaba borracho y llevaba una jarra de ron en una mano, se rió al ver a Sanson en la oscuridad.

—Qué susto me has dado —dijo el soldado en español—. No esperaba encontrar a nadie.

Pero al acercarse vio la cara lúgubre de Sanson y no la reconoció. Durante un instante se quedó estupefacto antes de que los dedos de Sanson se cerraran sobre su garganta.

Sanson bajó por otra escalerilla, más abajo del puente de camarotes. Llegó a los almacenes de popa y los encontró todos cerrados con candados. Había sellos en los candados; se agachó y los examinó en la oscuridad. No había duda, en la cera amarilla reconoció el sello de la Corona y el ancla de la ceca de Lima. Allí dentro había plata de Nueva España; su corazón se aceleró.

Volvió a la cubierta superior y se dirigió al castillo de popa, cerca del timón. Volvió a oír ecos de una canción. Seguía sin poder localizar el origen del sonido. Se paró para escuchar; de repente, la canción se interrumpió y una voz preocupada preguntó:

—¿Qué sucede? ¿Quién sois?

Sanson miró. ¡Claro! Encaramado entre las vergas del palo mayor, había un hombre mirándolo desde arriba.

—¿Quién va? —preguntó.

Sanson sabía que el hombre no podía verle bien. Se refugió en la sombra.

—¿Quién…? —dijo el hombre, confundido.

En la oscuridad, Sanson desenvainó la ballesta, tensó la cuerda, colocó la flecha y se la acercó a la cara. Miró al español que bajaba por el aparejo, blasfemando con irritación.

Sanson disparó.

El impacto de la flecha hizo que el hombre soltara las cuerdas; su cuerpo voló una docena de metros en la penumbra y cayó al agua con un chapoteo suave. No se oyó ningún otro sonido.

Sanson recorrió el puente de popa desierto y, cuando tuvo la seguridad de que estaba solo, cogió el timón. Un momento después vio que Lazue y el Moro salían a cubierta por la proa del barco. Le miraron y le saludaron con la mano; sonreían.

El barco era suyo.

Hunter y don Diego habían vuelto al polvorín y estaban colocando una larga mecha en los barriles de pólvora. Trabajaban con prisas porque, cuando habían terminado con los cañones, el cielo ya empezaba a clarear.

Don Diego dispuso los barriles en pequeños grupos por toda la estancia.

—Tiene que hacerse así —susurró—. De otro modo solo habría una explosión, y no es lo que deseamos.

Rompió dos barriles y esparció la pólvora sobre el suelo. Satisfecho por fin, encendió la mecha.

En aquel momento se oyó un grito en el interior del patio de la fortaleza y después otro.

—¿Qué ha sido eso? —preguntó Diego.

Hunter frunció el ceño.

—Puede que hayan encontrado al centinela muerto —dijo.

Poco después se oyeron más gritos en el patio, y el sonido de pasos apresurados. Luego, una palabra repetida una y otra vez.

—¡Piratas! ¡Piratas!

—Habrá llegado el *Cassandra* —dijo Hunter. Miró hacia la mecha, que chisporroteaba y siseaba en un rincón de la estancia.

—¿La apago? —preguntó Diego.

—No. Dejadla.

—No podemos quedarnos aquí.

—Dentro de unos minutos habrá una gran confusión en el patio. Entonces podremos escapar.

—Esperemos que sean solo unos minutos —deseó Diego.

Los gritos en el patio eran cada vez más fuertes. Oyeron cientos de pies que corrían, lo que significaba que habían movilizado a toda la guarnición.

—Vendrán a echar un vistazo al polvorín —dijo Diego, muy nervioso.

—Es posible —aceptó Hunter.

En aquel momento se abrió la puerta de golpe y Cazalla entró en la estancia con una espada en la mano. Inmediatamente los vio.

Hunter cogió una espada de las muchas que colgaban de las paredes.

—Marchaos, Diego —susurró.

Diego se escabulló por la puerta mientras Cazalla golpeaba la espada de Hunter. Los dos espadachines se movieron en círculos por la estancia.

Hunter estaba retrocediendo.

—Inglés —dijo Cazalla, riendo—. Os haré pedazos y los daré a mis perros para comer.

Hunter no contestó. Sopesó la espada, intentando familiarizarse con su peso, probando la flexibilidad de la hoja.

—Y mi amante —dijo Cazalla— se comerá tus testículos para cenar.

Giraron cautelosamente por la estancia. Hunter dirigía a

Cazalla fuera del polvorín, lejos de la mecha chisporroteante, que el español no parecía haber visto.

—¿Tenéis miedo, inglés?

Hunter retrocedió y casi llegó a la puerta. Cazalla intentó atacar, pero Hunter lo repelió, sin dejar de retroceder. Cazalla embistió de nuevo. El movimiento lo hizo salir al patio.

—Sois un cobarde apestoso, inglés.

Ya estaban los dos en el patio y Hunter se lanzó al ataque. Cazalla rió encantado. Combatieron un momento en silencio, pero Hunter seguía maniobrando para alejarse del polvorín.

A su alrededor, los hombres de la guarnición corrían y gritaban. Cualquiera de ellos podía matar a Hunter cuando quisiera. El peligro que corría el capitán era enorme; de repente, Cazalla adivinó por qué lo hacía. Se detuvo, dio un paso atrás y miró hacia el polvorín.

—Sois un bastardo inglés, hijo de…

Cazalla corrió hacia el polvorín, justo cuando la primera explosión lo envolvía en una llamarada blanca y un calor abrasador.

La tripulación a bordo del *Cassandra*, que estaba entrando en el estrecho canal, vio explotar el polvorín y gritó entusiasmada. Pero Enders, al timón, tenía el ceño fruncido. Los cañones de Matanceros seguían allí; distinguía los largos tubos sobresaliendo de los portillos en la pared de piedra. A la luz rojiza del incendio del polvorín, podía ver claramente a los artilleros preparándose para disparar los cañones.

—Que Dios nos ayude —dijo Enders. El *Cassandra* estaba completamente a tiro de las baterías—. ¡Todos preparados! —gritó—. ¡Vamos a probar a qué saben las balas de un cañón español!

Lazue y el Moro, en el puente de proa del galeón, también vieron la explosión. Contemplaron cómo el *Cassandra* pasaba velozmente frente a la fortaleza.

—Madre de Dios —dijo Lazue—. No han llegado a los cañones. No han desarmado los cañones.

Diego estaba en el exterior de la fortaleza y corría hacia el agua.
No se paró cuando el polvorín explotó con un rugido aterra-
dor; ni se preguntó si Hunter seguía vivo; no pensó en nada.
Corrió a toda velocidad, con los pulmones a punto de explotar,
hacia el mar.

Hunter estaba atrapado en la fortaleza. Las patrullas españolas apostadas fuera estaban entrando por la puerta occidental; no podía escapar por ahí. No veía a Cazalla por ninguna
parte, pero corrió hacia el este, alejándose del polvorín, hacia
una construcción baja de piedra, con la intención de subir al tejado y, desde allí, saltar sobre el muro.

Cuando llegó al edificio, cuatro soldados lo interceptaron,
lo hicieron retroceder, apuntándole hacia la puerta con la espada y él se encerró dentro. La puerta era de madera gruesa y
ellos la empujaron sin éxito.

Echó una ojeada a la habitación. Eran los aposentos de Cazalla, lujosamente amueblados. Una muchacha de cabellos oscuros estaba en la cama. Lo miró aterrorizada, con las sábanas
hasta la barbilla, mientras Hunter cruzaba la habitación hasta
las ventanas traseras. Estaba a punto de salir por ellas cuando
oyó que ella preguntó, en inglés:

—¿Quién sois?

Hunter se detuvo, estupefacto. Su acento era refinado y
aristocrático.

—¿Y quién diablos sois vos?

—Soy lady Sarah Almont, de Londres —dijo—. Me tienen
prisionera.

Hunter se quedó boquiabierto.

—Entonces vestíos, señora —dijo.

En aquel momento se hizo pedazos otra ventana y Cazalla penetró en la habitación, blandiendo la espada. Estaba gris y cubierto de hollín por la explosión de pólvora. La muchacha gritó.

—Vestíos, señora —dijo Hunter, mientras se enzarzaba en un combate con Cazalla. Vio que la mujer se apresuraba a ponerse un complicado vestido blanco.

Cazalla jadeaba. Combatía con la desesperación de la furia y de algo más, tal vez miedo.

—Inglés —siseó, atacando de nuevo.

En ese momento, Hunter lanzó la espada como si fuera un cuchillo. La hoja atravesó la garganta de Cazalla. El hombre tosió y cayó hacia atrás; quedó sentado en la silla de su mesa ricamente adornada. Se echó hacia delante, tirando de la hoja. En esa postura parecía que estuviera estudiando los mapas desplegados sobre la mesa. La sangre goteaba sobre las cartas. Cazalla emitió una especie de gorgoteo y cayó al suelo.

—Vamos —apremió a la mujer.

Hunter la ayudó a cruzar la ventana, para salir de la habitación. No se volvió a mirar el cadáver de Cazalla.

Se dirigió con la mujer hacia la pared norte del parapeto. El suelo estaba a diez metros de altura y la tierra era dura, con algunos matorrales. Lady Sarah se agarró a él.

—Está muy alto —dijo.

—No tenemos elección —replicó él, y la empujó.

Con un chillido, ella cayó. Hunter miró hacia atrás y vio que el *Cassandra* entraba en la bahía, pasando bajo la batería principal de cañones de la fortaleza. Los artilleros estaban a punto para disparar. Hunter también saltó. La muchacha todavía estaba en el suelo, agarrándose un tobillo.

—¿Os habéis hecho daño?

—No demasiado, creo.

La ayudó a ponerse de pie y le pasó un brazo por el hombro. Sosteniéndola, corrieron hacia el agua. Oyeron que los primeros cañones abrían fuego contra el *Cassandra*.

Los cañones de Matanceros dispararon uno tras otro, con un segundo de diferencia. Pero cada uno de ellos salió despedido hacia atrás con la misma frecuencia, escupiendo pólvora y fragmentos de bronce. Los artilleros huyeron para ponerse a cubierto. Uno tras otro, los grandes cañones retrocedieron y enmudecieron.

Poco a poco los artilleros se levantaron y, perplejos, se acercaron a los cañones. Examinaron los oídos que habían explotado y hablaron con voces alteradas.

Entonces, una por una, las cargas colocadas bajo las cureñas estallaron, haciendo saltar astillas, y los cañones se desplomaron en el suelo. El último cañón rodó por el parapeto aterrorizando a los soldados, que corrían intentando esquivarlo.

A menos de quinientos metros de la costa, el *Cassandra* entró intacto en el puerto.

Don Diego, braceando en el agua, gritó a pleno pulmón al *Cassandra*, que se echaba encima de él. Horrorizado pensó que nadie le vería ni le oiría, pero repentinamente la proa del barco viró hacia babor y unas manos fuertes se asomaron por la borda y lo izaron, chorreando, a cubierta. Le pusieron en la mano un frasco de ron; le dieron una palmadita en la espalda y hubo algunas risas.

Diego paseó la mirada por cubierta.

—¿Dónde está Hunter? —preguntó.

A la luz de la aurora, Hunter corría con la muchacha hacia la orilla del extremo septentrional de Matanceros. Estaban pasando bajo los muros por los que sobresalían, torcidos, los cañones ahora inutilizados.

Se pararon junto al agua para recuperar el aliento.

—¿Sabéis nadar? —preguntó Hunter.

La muchacha negó con la cabeza.

—¿Nada de nada?

—No, lo juro.

Hunter miró la proa del *Cassandra* que surcaba la bahía dirigiéndose hacia el galeón.

—Vamos —dijo, y volvieron a correr hacia el puerto.

Enders, el artista del mar, maniobró delicadamente el *Cassandra* para abordar al galeón. Inmediatamente, casi toda la tripulación saltó a bordo del navío más grande. Incluso Enders pasó al barco español, donde vio a Lazue y al Moro asomados por la borda. Sanson estaba al timón.

—Todo vuestro, señor —dijo este con una reverencia, entregando el timón a Enders.

—Con tu permiso, amigo mío —repuso Enders. Inmediatamente miró hacia lo alto, donde los marineros se afanaban con las jarcias—. ¡Izad la vela mayor! ¡Más rápido con ese foque! —Se desplegaron las velas, y el gran barco empezó a moverse.

A su lado, la reducida tripulación que quedaba en el *Cassandra* ató la proa de este último a la popa del galeón. El balandro giró sobre sí mismo, con las velas agitándose.

Enders no prestaba atención al pequeño velero.

Su atención se concentraba en el galeón. En cuanto empezó a moverse, y la tripulación se puso a trabajar con el cabrestante para subir el ancla, sacudió la cabeza.

—Menuda vieja carraca —se lamentó—. Se mueve como una vaca.

—Pero navegará —dijo Sanson.

—Oh, sí, navegará, por decirlo de algún modo.

El galeón se movía hacia el este, en dirección a la boca del puerto. Enders miró hacia la costa, buscando a Hunter.

—¡Ahí está! —gritó Lazue.

Y en efecto, ahí estaba, de pie en la costa con una mujer.

—¿Puedes parar? —preguntó Lazue.

Enders sacudió la cabeza.

—Embarrancaríamos —contestó—. Lanzadle un cabo.

El Moro ya lo había hecho. La cuerda llegó a la costa y Hunter se agarró a ella con la muchacha; inmediatamente tiraron de ellos y los hicieron caer al agua.

—Será mejor que los icéis rápidamente, antes de que se ahoguen —dijo Enders, pero sonreía.

La muchacha estuvo a punto de ahogarse, y después se pasó horas tosiendo. Pero Hunter estaba de excelente humor cuando tomó el mando de la *nao* del tesoro y puso rumbo, con el *Cassandra* a remolque, hacia mar abierto.

A las ocho de la mañana, las ruinas humeantes de Matanceros quedaban lejos por popa. Hunter, bebiendo copiosamente, pensó que tenía el honor de haber coronado con éxito la expedición corsaria más extraordinaria del siglo desde que Drake atacara Panamá.

24

Todavía en aguas españolas, navegaron hacia el sur a gran velocidad, aprovechando hasta el último centímetro de vela de que disponían. Normalmente, en el galeón viajaban hasta mil personas, con una tripulación de doscientos marineros o más.

Hunter tenía setenta, incluidos los prisioneros. Pero casi todos los cautivos españoles eran soldados, no marineros. No solo no se podía confiar en ellos, sino que además no estaban capacitados. Los marineros de Hunter manejaban incesantamente las velas y las jarcias.

Hunter había interrogado a los prisioneros en su escaso español. A mediodía ya conocía mejor el barco que capitaneaba. Era la *nao Nuestra Señora de los Reyes, San Fernando y San Francisco de Paula*, al mando del capitán José del Villar de Andrade, y propiedad del marqués de Cañada. Pesaba novecientas toneladas y había sido construida en Génova. Como todos los galeones españoles, a los que siempre bautizaban con nombres larguísimos, este tenía un apodo: *El Trinidad*. El origen del nombre no estaba claro.

El Trinidad estaba ideado para llevar cincuenta cañones, pero tras zarpar de La Habana en el mes de agosto anterior, el barco se había detenido en la costa de Cuba y se habían desmontado prácticamente todos los cañones, para poder llevar más carga. Actualmente solo disponía de treinta y dos cañones de doce libras. Enders había registrado el navío a fondo y había concluido que era un buen barco, aunque estaba asqueroso. Un grupo de prisioneros estaba despejando parte de los deshechos de la bodega.

—Además, entra agua —dijo Enders.

—¿Es grave?

—No, pero es una embarcación vieja, así que deberemos tener los ojos abiertos. El mantenimiento deja mucho que desear. —Enders hizo una mueca, como si quisiera aludir a la larga tradición de descuido de la marinería española.

—¿Qué tal navega?

—Como una vaca preñada, pero nos las arreglaremos, si tenemos buen tiempo y no aparecen obstáculos. De todos modos, somos pocos.

Hunter asintió. Se paseó por la cubierta del barco y miró las velas. Con todo el velamen, *El Trinidad* tenía catorce velas independientes. Incluso la tarea más simple, como arrizar una vela de gavia, exigía casi una docena de hombres forzudos.

—Si hay mar gruesa, tendremos que navegar solo con los palos —dijo Enders, sacudiendo la cabeza.

Hunter sabía que estaba en lo cierto. Si encontraban una tormenta, no tendrían más remedio que recoger todas las velas y esperar a que pasara el mal tiempo, pero con un navío tan grande era una maniobra peligrosa.

Sin embargo, aún era más preocupante la posibilidad de un ataque. En ese caso, un barco debía ser muy maniobrable, y Hunter no tenía tripulación suficiente para gobernar bien *El Trinidad*.

También estaba el problema de las armas.

Sus treinta y dos cañones eran de fabricación danesa y reciente, así que estaban en buenas condiciones. En conjunto formaban un sistema de defensa considerable, cuando no formidable. Treinta y dos cañones hacían de *El Trinidad* el equivalente a un buque de batalla inglés de tercera categoría, y por tanto estaba en condiciones de hacer frente a cualquier enemigo, salvo a los buques de guerra más grandes. O al menos lo estaría si Hunter tuviera hombres suficientes para manejar los cañones, algo que no tenía.

Un equipo de artilleros, un grupo capaz de cargar, apuntar y disparar un cañón cada minuto durante una batalla solía estar formado por quince hombres, sin contar al capitán de artilleros. Teniendo en cuenta los heridos y el cansancio propio de una batalla —los hombres se cansaban de mover dos toneladas y media de bronce al rojo— era aconsejable que los equipos fueran de diecisiete a veinte hombres. Suponiendo que únicamente se dispararan la mitad de los cañones a la vez, Hunter necesitaría más de doscientos setenta hombres solo para manejar los cañones. Sin embargo no podía prescindir de ninguno. Ya le faltaban manos para manejar las velas.

La verdad a la que se enfrentaba Hunter era que estaba al mando de una décima parte de la tripulación que necesitaría para librar una batalla en el mar, y un tercio de la que necesitaría para sobrevivir a un fuerte temporal. Las conclusiones eran bastante claras: huir de cualquier combate y buscar refugio en caso de tormenta.

Fue Enders quien puso palabras a sus inquietudes.

—Ojalá pudiéramos navegar a toda vela —dijo. Miró hacia lo alto. En ese momento *El Trinidad* navegaba sin velas de mesana ni tarquinas ni juanetes.

—¿A qué velocidad vamos? —preguntó Hunter.

—A no mucho más de ocho nudos. Deberíamos alcanzar el doble.

—No será fácil huir de un barco —dijo Hunter.

—Ni de una tormenta —añadió Enders—. ¿Estáis pensando en hundir el balandro?

Hunter ya se lo había planteado. Los diez hombres que iban a bordo del *Cassandra* podrían ayudar en el galeón, pero tampoco tanto; *El Trinidad* seguiría escasamente tripulado. Además, el balandro también tenía su valor. Si conservaba su velero, podría subastar el galeón español entre los mercaderes y capitanes de Port Royal, donde alcanzaría una suma considerable. O podía incluirlo en la décima que le correspondía al monarca, y así reducir enormemente la cantidad de oro y otros tesoros que se llevaría el rey Carlos.

—No —dijo por fin—. Quiero conservar mi barco.

—De acuerdo, pero podríamos disminuir la carga —propuso Enders—. Hay mucho peso muerto a bordo. El bronce no sirve de nada, y las chalupas tampoco.

—Lo sé —dijo Hunter—. Pero no me gusta que estemos indefensos.

—Sin embargo lo estamos —repuso Enders.

—Lo sé —reconoció Hunter—. Pero por el momento nos arriesgaremos, y confiaremos en la Providencia para regresar sanos y salvos. La suerte está de nuestra parte, sobre todo ahora que estamos en mares más meridionales.

El plan de Hunter era bajar hasta las Antillas Menores y después poner rumbo al oeste, a la inmensidad del Caribe, entre Venezuela y Santo Domingo. Era improbable que encontraran buques de guerra españoles en aguas tan abiertas.

—No soy de los que confían en la Providencia —farfulló Enders con pesimismo—. Pero que sea como vos queréis.

Lady Sarah Almont estaba en un camarote de popa. Hunter la encontró en compañía de Lazue que, con un aire de elaborada inocencia, la estaba ayudando a peinarse.

Hunter le pidió a Lazue que saliera y ella obedeció.

—¡Con lo bien que lo estábamos pasando! —protestó lady Sarah mientras se cerraba la puerta.

—Señora, me temo que Lazue ha puesto sus ojos en vos.

—Me ha parecido un hombre tan agradable —dijo ella—. Y es tan delicado…

—Bueno —dijo Hunter, sentándose en una silla del camarote—, las cosas no son siempre lo que parecen.

—Hace tiempo que lo sé, creedme —contestó la muchacha—. Viajaba a bordo del mercante *Entrepid*, comandado por el capitán Timothy Warner, de quien Su Majestad el rey Carlos tiene una elevada opinión como combatiente. Imaginaos mi sorpresa al descubrir que las rodillas del capitán Warner temblaban más que las mías cuando nos enfrentamos a un buque de guerra español. Era un cobarde, en definitiva.

—¿Qué fue del barco?

—Lo destruyeron.

—¿Cazalla?

—Sí, el mismo. A mí me llevaron como trofeo, pero hundieron el barco a cañonazos con toda la tripulación, por orden de Cazalla.

—¿Murieron todos? —preguntó Hunter, arqueando las cejas. No era tanto porque le sorprendiera, cuanto porque ese incidente le proporcionaba la provocación que sir James necesitaría para justificar el ataque a Matanceros.

—No lo vi con mis propios ojos —prosiguió lady Sarah—. Pero presumo que sí. Estaba encerrada en un camarote. A continuación, Cazalla capturó otro navío inglés, pero no sé qué suerte corrieron.

—Creo —dijo Hunter, con una ligera reverencia— que lograron huir y salvarse.

—Tal vez sí —dijo ella, sin comprender la alusión de Hunter—. Y ahora, ¿qué haréis conmigo, vosotros, malhechores? Ya que doy por hecho que estoy en manos de piratas.

—Charles Hunter, corsario libre, a vuestro servicio. Nos dirigimos a Port Royal.

Ella suspiró.

—Este Nuevo Mundo es tan confuso… No sé nunca a quién creer, así que me perdonaréis si desconfío de vos.

—Por supuesto, señora —dijo Hunter, sintiendo irritación por aquella mujer altanera a quien había salvado la vida—. Solo había bajado a interesarme por vuestro tobillo…

—Ha mejorado mucho, gracias.

—… y preguntaros si estabais bien, en cuanto a todo lo demás.

—¿Ah, sí? —Sus ojos centellearon—. ¿Por casualidad no querréis saber si el español abusó de mí y vos podéis seguir libremente su ejemplo?

—Señora, yo no…

—Bien, puedo aseguraros que el español no se llevó nada de mí que no estuviera ya ausente. —Soltó una risa amarga—. Pero lo hizo a su manera.

Bruscamente se volvió en la silla. Llevaba un vestido de corte español que había encontrado en el barco, y que tenía un profundo escote en la espalda. Hunter vio en los hombros de la muchacha algunos feos cardenales.

Ella se volvió de nuevo y lo miró a la cara.

—Ahora quizá lo entenderéis —dijo—. Aunque tal vez no. Guardo otros trofeos de mi encuentro con la corte de Felipe en el Nuevo Mundo. —Se bajó un poco el escote del vestido dejando a la vista una marca roja redonda en un pecho.

Lo hizo con tanta rapidez, con tal falta de pudor, que Hunter se sobresaltó. No llegaba a acostumbrarse a las mujeres de buena cuna de la corte del Alegre Monarca que se comportaban como mujeres vulgares. ¿Cómo debía de ser Inglaterra, en los tiempos actuales?

Ella se tocó la herida.

—Esto es una quemadura —dijo—. Tengo otras. Temo que me dejen una cicatriz. Cuando tenga marido no le costará mucho conocer la verdad sobre mi pasado. —Le miró con expresión desafiante.

—Señora —dijo Hunter—, me alegro de haber matado a aquel villano en vuestro honor.

—¡Todos los hombres sois iguales! —se lamentó ella y se echó a llorar.

Sollozó un momento mientras Hunter se levantaba sin saber exactamente qué hacer.

—Mis pechos eran lo mejor que tenía —farfulló entre lágrimas—. Era la envidia de todas las mujeres nobles de Londres. ¿Es que no entendéis nada?

—Señora, os lo ruego…

Hunter buscó un pañuelo pero no encontró ninguno. Todavía llevaba la ropa harapienta del ataque. Miró a su alrededor en el camarote, encontró una servilleta y se la ofreció.

Ella se sonó ruidosamente.

—Estoy marcada como una delincuente vulgar —dijo, todavía llorando—. No podré volver a ponerme los trajes de moda. Estoy acabada.

Hunter encontraba inexplicable su reacción. Estaba viva, a salvo y se reuniría con su tío. ¿Por qué lloraba? Su situación era mejor de lo que había sido en esos últimos días. Pensando que era una mujer desagradecida e inexplicable, le sirvió una copa de vino de un decantador.

—Lady Sarah, por favor, no os atormentéis tanto.

Ella cogió la copa y se bebió el vino de un solo trago. Sorbió por la nariz y suspiró.

—Al fin y al cabo —añadió Hunter—, las modas cambian.

Al oír esto, ella se deshizo en lágrimas.

—Hombres, hombres, hombres —gimió—. Y todo porque decidí venir a visitar a mi tío. ¡Oh, qué desgraciada soy!

Llamaron a la puerta, y un marinero asomó la cabeza.

—Mis disculpas, capitán, pero el señor Enders dice que han avistado tierra y que deberían abrir los cofres.

—Tengo que subir a cubierta —dijo Hunter, y salió del camarote.

Lady Sarah se echó a llorar otra vez. Hunter la oyó sollozar incluso después de cerrar la puerta.

25

Aquella noche, con el galeón anclado en la bahía de Constantina y resguardado por un islote bajo y cubierto de arbustos, la tripulación eligió a los seis hombres que junto con Hunter y Sanson harían el inventario del tesoro. Se trataba de un asunto serio y solemne. El resto de los hombres aprovecharon la oportunidad para emborracharse con ron español, pero los ocho elegidos permanecieron sobrios a la espera de realizar el recuento.

En el galeón había dos bodegas con tesoros; abrieron la primera y en el interior encontraron cinco cofres. El primero contenía perlas, de calidad diversa pero extremadamente valiosas. El segundo rebosaba de escudos de oro, que relucían a la luz mate del farol. Tuvieron dificultades para contar las monedas, así que volvieron a contarlas antes de guardarlas de nuevo en el cofre. En aquellos días el oro era muy raro —solo un barco español de cada cien lo transportaba— y los corsarios estaban eufóricos. Los otros tres cofres estaban llenos de lingotes de plata de México. Hunter calculó que el valor total de los cinco cofres superaba las diez mil libras.

En un estado de gran agitación, el grupo del inventario forzó la puerta de la segunda bodega del tesoro. Allí encontraron diez cofres; el entusiasmo no decayó hasta que abrieron el primero, que contenía lingotes relucientes de plata con el sello de la Corona y el ancla de Perú. Pero la superficie de las barras era irregular y el color no era uniforme.

—Esto no me gusta nada —dijo Sanson.

Abrieron rápidamente el resto de cofres. Eran todos iguales, estaban llenos de lingotes de plata de diversas tonalidades.

—Avisa al Judío —ordenó Hunter.

Don Diego, entornando los ojos en la tenue luz de las cubiertas inferiores e hipando por el abuso de ron español, miró los lingotes frunciendo el ceño.

—Esto no es bueno —sentenció lentamente.

Pidió un juego de pesas y un barrilete de agua, además de un lingote de plata de la primera bodega del tesoro.

Cuando todo estuvo dispuesto, el grupo del inventario observó cómo el Judío ponía un lingote de plata mexicana en un lado de la balanza y probaba con varios lingotes de plata peruana en el otro hasta que encontró uno que pesaba exactamente lo mismo.

—Este servirá —dijo, y colocó todos los lingotes del mismo peso a un lado.

Cuando terminó, se acercó al barrilete de agua y sumergió en primer lugar el lingote de plata mexicana. El nivel del agua subió. El Judío señaló el nuevo nivel con la hoja de su puñal, haciendo una incisión en la madera.

Sacó el lingote mexicano y sumergió la plata peruana. El nivel del agua subió por encima de la marca.

—¿Qué significa esto, don Diego? ¿Es plata?

—En parte —dijo el Judío—. Pero no completamente. Hay algunas impurezas, de otro metal, más pesado que la plata pero del mismo color.

—¿Es *plumbum*?

—Quizá. Pero el plomo es mate en la superficie y este no. Diría que esta plata está mezclada con *platinum*.

La noticia fue recibida con gemidos. El platino era un metal sin valor.

—¿Qué proporción de cada lingote es platino, don Diego?

—No puedo asegurarlo. Para saberlo con exactitud necesito realizar más pruebas. Pero yo diría que la mitad.

—Malditos españoles —gruñó Sanson—. No solo roban a los indios, sino que se roban entre ellos. Felipe debe de ser un rey muy necio si se deja engañar así.

—A todos los reyes los engañan —dijo Hunter—. Forma parte del papel de rey. Pero estos lingotes siguen teniendo algún valor, al menos diez mil libras. Seguimos teniendo un tesoro fabuloso.

—Sí —aceptó Sanson—. Pero piensa en lo que podría haber sido.

Había otro tesoro que añadir al inventario. Las bodegas del barco contenían objetos de uso doméstico: telas, madera, tabaco y especias como chile y clavo. Todo ello podía subastarse en Port Royal, y alcanzaría la considerable suma de unas dos mil libras en total.

El recuento les llevó toda la noche; cuando terminaron, el grupo se reunió con los demás para beber y cantar. Sin embargo, Hunter y Sanson no participaron, sino que se reunieron en el camarote del capitán.

Sanson fue directamente al grano.

—¿Cómo está la mujer?

—Irritable —dijo Hunter—. Y no deja de llorar.

—Pero ¿está ilesa?

—Está viva.

—Inclúyela en la décima del rey —propuso Sanson—. O en la del gobernador.

—Sir James no lo permitirá.

—Seguro que puedes convencerlo.

—Lo dudo.

—Has rescatado a su única sobrina.

—Sir James tiene un sentido de los negocios muy particular. Sus dedos necesitan tocar oro.

—Creo que debes intentarlo; por la tripulación —dijo Sanson—. Debes hacerle entrar en razón.

Hunter se encogió de hombros. En realidad ya había pensado en ello, y no excluía plantear la cuestión al gobernador.

Pero no tenía intención de hacer ninguna promesa a Sanson. El francés se sirvió vino.

—Bien —dijo entusiasmado—. Hemos realizado grandes cosas, amigo mío. ¿Qué planes tienes para el regreso?

Hunter le contó su intención de viajar hacia el sur, para permanecer en mar abierto hasta que pudieran llegar por el norte a Port Royal.

—¿No crees —dijo Sanson— que sería más seguro dividir el tesoro entre los dos barcos, separarnos ahora y regresar por dos rutas distintas?

—Creo que es mejor que permanezcamos juntos. Dos barcos parecen un obstáculo mayor, vistos desde lejos. Solos, podrían atacarnos.

—Sí —admitió Sanson—. Pero hay una docena de barcos españoles de guerra patrullando estas aguas. Si nos separamos, es muy improbable que ambos tropecemos con uno.

—No debemos temer a los barcos españoles. Somos mercaderes españoles legítimos. Solo los franceses o los ingleses podrían atacarnos.

Sanson sonrió.

—No te fías de mí.

—Por supuesto que no —respondió Hunter, sonriendo a su vez—. Te quiero cerca, y quiero tener el tesoro bajo mis pies.

—Como gustes —dijo Sanson, pero sus ojos tenían una mirada torva que Hunter se prometió a sí mismo no olvidar.

26

Cuatro días después avistaron al monstruo.

Habían navegado sin incidentes por el archipiélago de las Antillas Menores. El viento era favorable y el mar estaba en calma; Hunter sabía que se encontraban a un centenar de millas al sur de Matanceros, y cada hora que pasaba respiraba más aliviado.

La tripulación estaba ocupada manteniendo el galeón en condiciones. Los marineros españoles había dejado *El Trinidad* en un estado lamentable. Las jarcias estaban deshilachadas; las velas eran finas en ciertos puntos, y estaban desgarradas en otros; los puentes estaban sucios y las bodegas hedían a causa de los deshechos. Había mucho que hacer mientras navegaban frente a Guadalupe y San Marino.

A mediodía del cuarto día, Enders, siempre atento, percibió un cambio en el mar. Indicó un punto a estribor.

—Mirad allí —dijo a Hunter.

Hunter se volvió. El agua se veía plácida, con solo un ligero oleaje que apenas interrumpía la superficie transparente. Pero a unos cien metros se distinguía una mayor agitación entre las olas: un objeto largo se dirigía hacia ellos a una velocidad increíble.

—¿A qué velocidad navegamos? —preguntó.

—A diez nudos —dijo Enders—. Dios santo…

—Si nosotros vamos a diez, esa cosa debe de ir a veinte —dijo Hunter.

—Como mínimo —corroboró Enders. Echó un vistazo a los marineros. Ninguno de ellos se había percatado.

—Poned rumbo a tierra —dijo Hunter—. Vayamos a aguas menos profundas.

—A los krakens no les gustan las aguas poco profundas —añadió Enders.

—Esperemos que no.

La forma sumergida se acercó y pasó junto al barco a unos cincuenta metros de distancia. Hunter entrevió una masa de luz de color blanco grisáceo y le pareció que estaba dotada de tentáculos, pero desapareció enseguida. Se alejó, pero luego dio la vuelta y volvió.

Enders se abofeteó la mejilla.

—Estoy soñando —dijo—. Tengo que estar soñando. Decidme que no es verdad.

—Es verdad —respondió Hunter.

Desde la cofa del palo mayor, Lazue, la vigía, llamó la atención de Hunter con un silbido. Lo había visto. Hunter la miró y sacudió la cabeza para que no diera la alarma.

—Gracias a Dios que no ha gritado —dijo Enders—, solo nos faltaría eso.

—Aguas menos profundas —dijo Hunter lúgubremente—. Y a toda velocidad.

Contempló las aguas agitadas que se acercaban una vez más.

En lo alto del palo mayor, Lazue estaba a la suficiente altura respecto a la superficie del mar para poder ver claramente al monstruo que avanzaba hacia ellos. Tenía el corazón en un puño; el kraken era una bestia legendaria, el protagonista de canciones de marineros y cuentos para los hijos de los hombres del mar. Pero pocos habían visto a esa criatura y Lazue no se alegraba de ser uno de ellos. Le pareció que su corazón se detenía mientras miraba cómo se acercaba aquella cosa otra vez, a una velocidad espeluznante, surcando la superficie del mar hacia *El Trinidad*.

Cuando estuvo muy cerca, vio al animal claramente en toda su dimensión. La piel era de un gris apagado. Tenía un hocico puntiagudo, un cuerpo bulboso que medía seis o siete metros y en la parte trasera una maraña de largos tentáculos, como la cabeza de Medusa. Pasó por debajo del barco, sin tocar el casco, pero las olas que levantó hicieron que el galeón se balanceara. Luego vieron que emergía por el otro lado y volvió a sumergirse en las profundidades azules del océano. Lazue se secó la frente sudorosa.

Lady Sarah Almont subió a cubierta y vio a Hunter mirando atentamente por la borda.

—Buenos días, capitán —dijo.

Él se volvió y le hizo una pequeña reverencia.

—Señora.

—Capitán, estáis muy pálido. ¿Os encontráis bien?

Sin responder, Hunter corrió al otro lado del puente de popa y siguió escrutando las olas, muy concentrado.

Enders, desde el timón, preguntó:

—¿Lo veis?

—¿Ver qué? —inquirió lady Sarah.

—No —contestó Hunter—. Se ha sumergido.

—Aquí el mar debe de tener una profundidad de cincuenta metros —dijo Enders—, pero para esa cosa es poco profundo.

—¿Qué cosa? —preguntó lady Sarah, con un mohín encantador.

Hunter volvió a su lado.

—Podría regresar —dijo Enders.

—Sí —coincidió Hunter.

Ella miró a Hunter y luego a Enders. Ambos estaban empapados de sudor, y muy pálidos.

—Capitán, no soy marinero. ¿Qué significa esto?

Enders, a punto de estallar, dijo:

—Por la sangre de Cristo, señora, acabamos de ver…

—… un presagio —concluyó Hunter rápidamente, lanzando una mirada de advertencia a Enders—. Un presagio, señora.

—¿Un presagio? ¿Sois supersticioso, capitán?

—Sí, es muy supersticioso, sí —interrumpió Enders, mirando hacia el horizonte.

—Es evidente —dijo lady Sarah, golpeando el suelo con el pie— que no vais a contarme qué sucede.

—Así es —dijo Hunter sonriendo.

A pesar de estar pálido, su sonrisa era encantadora.

Podía llegar a ser realmente exasperante, pensó ella.

—Sé que soy una mujer —empezó—, pero debo insistir…

En ese momento, Lazue gritó:

—¡Barco a la vista!

Con el catalejo, y forzando la vista, Hunter vio unas velas cuadradas a popa, que apenas asomaban por encima de la línea del horizonte. Miró a Enders, pero el artista del mar estaba gritando órdenes para desplegar todas las velas de *El Trinidad*. Se desplegaron los juanetes, así como la vela de cruz, y el galeón ganó velocidad.

Una salva de advertencia pasó cerca del *Cassandra*, a un cuarto de milla delante de ellos. Enseguida, el pequeño balandro también soltó todas las velas.

Hunter volvió a mirar por el catalejo. Las velas en el horizonte no parecían haber aumentado de tamaño, pero tampoco habían disminuido.

—Maldición, de un monstruo a otro —renegó Enders—. ¿Qué tal vamos?

—Nos mantenemos —contestó Hunter.

—Debemos cambiar de rumbo cuanto antes —dijo Enders.

Hunter asintió. *El Trinidad* navegaba con viento del este a favor, pero aquel rumbo los acercaría demasiado a un archipiélago que se encontraba a su derecha. Pronto el agua sería demasiado poco profunda; tendrían que cambiar de dirección. Para cualquier embarcación, un cambio de rumbo representaba, cuanto menos, perder velocidad temporalmente. Pero en el caso del galeón, con tan pocos brazos, iría demasiado lento.

—¿Podemos virar a popa? —preguntó Hunter.

Enders sacudió la cabeza.

—No me atrevo, capitán. Somos demasiado pocos.

—¿Cuál es el problema? —preguntó lady Sarah.

—Silencio —dijo Hunter—. Volved abajo.

—No pienso…

—¡Bajad! —gritó el capitán.

Ella retrocedió, pero no se fue. Desde cierta distancia, observó lo que le pareció un extraño espectáculo. Lazue bajaba del aparejo con agilidad felina, casi con movimientos femeninos. Lady Sarah se quedó estupefacta cuando, bajo la camisa que el viento le adhería al cuerpo, distinguió la forma de un pecho. ¡Así que aquel hombre tan agradable era en realidad una mujer! Sin embargo, lady Sarah no tuvo tiempo para pensar en ello, porque Hunter, Enders y Lazue estaban enzarzados en una animada discusión. Hunter le mostraba a ella el barco perseguidor y el archipiélago a la derecha. Señaló el cielo despejado y el sol, ya en la parte descendente de su parábola. Lazue fruncía el ceño.

—¿A qué isla querríais dirigiros? —preguntó.

—A la del Gato —contestó Enders, señalando una isla grande del archipiélago.

—¿A la bahía del Mono? —preguntó ella.

—Sí —respondió Enders—. A la bahía del Mono.

—¿La conoces? —dijo Hunter.

—Sí, pero de eso hace muchos años. Es un puerto a barlovento. ¿En qué fase está la luna?

—Cuarto menguante —dijo Hunter.

—Y no hay nubes —confirmó Lazue—. Qué lástima.

Tras ese comentario, todos asintieron y sacudieron la cabeza lúgubremente. Entonces, Lazue dijo:

—¿Sois jugador?

—Sabes que sí —contestó Hunter.

—Entonces intentad cambiar de rumbo y despegaros de los perseguidores. Si lo lográis, perfecto. Si no, ya nos las arreglaremos.

—Me fío de tus ojos —dijo Hunter.

—Podéis fiaros —aseguró Lazue, y trepó por el aparejo hasta su puesto de vigilancia.

Lady Sarah no había entendido la conversación, aunque había reconocido claramente la tensión y la preocupación. Permaneció junto a la borda, mirando al horizonte, donde las velas del navío perseguidor ya se distinguían a simple vista, hasta que Hunter se acercó a ella. Una vez conocía la situación, parecía más relajado.

—No he entendido ni una palabra —dijo ella.

—Es bastante sencillo —aclaró Hunter—. ¿Veis ese navío que nos sigue?

—Sí.

—¿Y veis aquella isla a barlovento, la isla del Gato?

—La veo.

—Allí hay un puerto, llamado bahía del Mono. Será nuestro refugio, si conseguimos llegar a él.

Ella miró primero el navío perseguidor y luego la isla.

—Estamos muy cerca de la isla, no parece que tenga que haber problemas.

—¿Veis el sol?

—Sí…

—El sol se está poniendo por el oeste. Dentro de una hora se reflejará en el agua y su brillo nos deslumbrará. No podremos ver los obstáculos de abajo, cuando entremos en la bahía. En estas aguas, un barco no puede navegar hacia el sol sin peligro de que el fondo de coral agujeree el casco.

—Pero Lazue ya ha entrado en el puerto otras veces.

—Sí, pero como todo puerto situado a barlovento está expuesto a las tormentas y a las fuertes corrientes del océano abierto, eso hace que cambien. Un banco de arena puede variar en unos días, en unas semanas. La bahía del Mono podría no ser ahora como Lazue la recuerda.

—Oh. —La mujer se calló un momento—. Entonces, ¿por qué entramos en ese puerto? No os habéis detenido en las últimas tres noches. Seguid navegando de noche y perdeos en la oscuridad. —Parecía encantada con su solución.

—Hay luna —objetó Hunter tristemente—. Cuarto menguante. No saldrá hasta medianoche, pero será suficiente para que un barco pueda perseguirnos. Solo tendremos cuatro horas de absoluta oscuridad. No podremos huir de él en un tiempo tan breve.

—Entonces, ¿qué haremos?

Hunter recogió el catalejo y escrutó el horizonte. El navío perseguidor estaba ganando terreno lentamente.

—Iremos a la bahía del Mono. Hacia el sol.

—¡Todos a sus puestos! —gritó Enders, y el barco puso proa al viento, poco a poco, cambiando pesadamente de rumbo.

Tardó un cuarto de hora antes de volver a surcar el agua, y durante ese tiempo, las velas de la embarcación perseguidora se habían vuelto más grandes.

Mientras Hunter miraba al otro barco por el catalejo, tuvo la sensación de que algo en aquellas velas le resultaba tristemente familiar.

—No puede ser…

—¿Qué, señor?

—¡Lazue! —Hunter gritó y señaló el horizonte.

En lo alto, Lazue se llevó el catalejo al ojo.

—¿Quién te parece que es?

—¡Nuestro viejo amigo! —gritó ella.

Enders gimió.

—¿El barco de guerra de Cazalla? ¿El navío negro?

—El mismo.

—¿Quién está al mando ahora? —preguntó Enders.

—Bosquet, el franchute —contestó Hunter, recordando al hombre esbelto y compuesto que había visto a bordo del barco en Matanceros.

—Lo conozco —dijo Enders—. Es un marinero con nervios de acero y muy competente, conoce su oficio. —Suspiró—. Qué lástima que no haya un español al timón. Tendríamos más posibilidades. —Los españoles eran famosos por ser malos marineros.

—¿Cuánto falta para llegar a tierra?

—Una hora larga —dijo Enders—, incluso más. Si el pasaje es estrecho, tendremos que recoger algunas velas.

Esto reduciría aún más su velocidad, pero no se podía hacer nada por evitarlo. Si querían mantener el control del barco en aguas plácidas tendrían que recoger velas.

Hunter miró hacia el navío de guerra que les perseguía. Estaba cambiando de rumbo, con las velas inclinadas mientras viraba a barlovento. Perdió terreno un momento, pero pronto volvió a avanzar a toda velocidad.

—Si llegamos, será por los pelos —dijo Hunter.

—Sí —reconoció Enders.

En lo alto del palo, Lazue estiró el brazo izquierdo. Enders cambió de rumbo, observando hasta que ella dejó caer el brazo. A partir de entonces siguió en línea recta. Poco después, el brazo derecho se adelantó, medio doblado.

Enders corrigió el rumbo de nuevo, virando ligeramente a estribor.

CUARTA PARTE

La bahía del Mono

27

El Trinidad se dirigió hacia la cueva de la bahía del Mono.
A bordo del *Cassandra*, Sanson observaba cómo maniobraba el galeón.

—¡Sangre de Luis! Se dirigen a tierra —dijo—. ¡Hacia
el sol!

—Es una locura —gimió el timonel.

—Escúchame bien —dijo Sanson, volviéndose hacia él—.
Cambia de ruta inmediatamente y sigue la estela de esa bestia
española, pero síguela exactamente. Ni más ni menos, exactamente. Nuestra proa deberá cortar por la mitad su silueta. Si
no lo haces te degollo.

—¿Cómo piensan arreglárselas navegando de cara al sol?
—gimió el timonel.

—Cuentan con los ojos de Lazue —dijo Sanson—. Podría
ser suficiente.

Lazue observaba el mar con mucha atención. También estaba
muy atenta a lo que hacía con los brazos, porque cualquier
gesto involuntario podría provocar un cambio de rumbo. En
aquel momento miraba hacia el oeste, con el brazo izquierdo
plano debajo de su nariz para tapar el reflejo del sol sobre el

agua justo delante de la proa. Únicamente miraba a tierra, al contorno verde y montañoso de la isla del Gato, que en ese momento era tan solo un perfil plano, sin profundidad.

Sabía que en algún punto delante de ella, cuando estuvieran más cerca, el contorno de la isla empezaría a separarse, a definirse, y podría ver la entrada de la bahía del Mono. Hasta entonces, su trabajo consistía en mantener el curso más rápido para llegar al punto donde ella creía que encontraría la entrada.

Su posición elevada jugaba a su favor; desde su ventajoso punto de observación sobre el palo mayor, podía ver el color del agua a muchas millas de distancia, un patrón intrincado de azules y verdes de diversa intensidad. En su cabeza, los colores se traducían en medidas de profundidad del agua; los interpretaba como si tuviera delante una carta náutica con datos numéricos.

No era una habilidad cualquiera. Un marinero normal que creyera conocer la transparencia de las aguas caribeñas, supondría que el azul oscuro equivalía a aguas profundas y el verde a aguas más profundas todavía. Pero Lazue sabía más que un marinero normal: si el fondo era arenoso, el agua también podía ser azul claro, aunque la profundidad fuera de quince metros. Por otro lado, un color verde oscuro podía significar un fondo de algas y tres metros de profundidad. Además, el movimiento del sol en el transcurso del día jugaba malas pasadas: a primera hora de la mañana o a última hora de la tarde, los colores eran muy densos y oscuros; había que tenerlo en cuenta.

Pero por ahora, la profundidad no era lo que le preocupaba. Escrutaba los colores de la costa, buscando alguna pista de la entrada a la bahía del Mono. Recordaba que la bahía era la desembocadura de un riachuelo de agua dulce, como en tantos casos de calas utilizables. Había muchas otras calas caribeñas que no eran seguras para los barcos grandes, debido a la ausencia de aberturas en el arrecife de coral circundante. Para que hubiera una abertura era necesario que hubiera un curso de agua dulce, porque donde había agua dulce el coral no crecía.

Lazue escrutó el agua cercana a la costa, porque sabía que el paso no estaría en las inmediaciones del riachuelo. Dependiendo de las corrientes que arrastraran el agua dulce hasta el mar, el hueco en el arrecife podía estar a medio kilómetro al norte o al sur. De todos modos, las corrientes a menudo producían una opacidad pardusca en el agua y un cambio en el aspecto superficial.

Lazue lo escrutó todo con atención y por fin lo vio, al sur del rumbo que llevaba el barco. Indicó a Enders las correcciones que debía realizar. Mientras *El Trinidad* se acercaba, Lazue se consoló pensando que el artista del mar no tenía ni idea de qué tenía delante; si supiera lo estrecho que era en realidad el paso en el arrecife se desmayaría. Los corales asomaban a la superficie por ambos lados, y entre ellos el espacio abierto apenas alcanzaba una decena de metros de ancho.

Satisfecha con el nuevo rumbo, Lazue cerró los ojos unos minutos. Percibía el color rosado de los párpados cerrados bajo los rayos de sol, pero se olvidó del movimiento del barco, del viento que hinchaba las velas, de los olores del océano. Estaba completamente concentrada en sus ojos, para que descansaran. Solo importaban sus ojos. Respiró honda y lentamente, preparándose para el próximo esfuerzo, haciendo acopio de energía y afinando su concentración.

Sabía cómo ocurriría; conocía bien el inevitable proceso: al principio, ningún problema; después, los primeros dolores oculares, que enseguida aumentarían de intensidad; a continuación llegaría el lagrimeo irritante y corrosivo. Dentro de una hora estaría exhausta, carecería de la menor energía. Necesitaría dormir, como si llevara despierta una semana, y seguramente caería inconsciente en cuanto bajara a cubierta.

Era para este esfuerzo que le esperaba, para este inmenso

esfuerzo, para lo que se estaba preparando, respirando larga y lentamente, con los ojos cerrados.

En el caso de Enders, que estaba al timón, su concentración era muy distinta. Tenía los ojos abiertos, pero apenas le interesaba lo que veía. Enders sentía el timón en las manos; la presión que ejercía en sus palmas; el canto de la cubierta bajo sus pies; el rugido del agua deslizándose bajo el casco; el viento en sus mejillas; la vibración del aparejo; el conjunto complejo de fuerzas y tensiones que componían el navío. De hecho, Enders estaba tan concentrado que formaba parte del navío, estaba físicamente conectado a él; era el cerebro del cuerpo del barco y conocía su estado hasta el menor detalle.

Podía determinar la velocidad a la que navegaba hasta la fracción de un nudo; presentía cuándo una vela estaba fuera de lugar; sabía si una carga se movía en la bodega, y dónde; sabía cuánta agua había en la sentina; sabía cuándo el barco avanzaba con facilidad; cuándo seguía el mejor rumbo; sabía cuándo se apartaba de este y cuánto podría mantenerlo en estas condiciones y hasta dónde forzarlo.

Podría decir todo esto con los ojos cerrados. Pero no podría explicar cómo lo sabía, solo que lo sabía. Ahora, trabajando con Lazue, estaba preocupado, precisamente porque debía ceder parte de su control a otro. Las señales de la mano de Lazue no significaban nada para él, porque no podía sentirlas directamente; aun así, seguía las instrucciones de la vigía ciegamente, consciente de que debía confiar en ella. Pero estaba nervioso; sudaba ante el timón y sentía el viento más fuerte en sus mejillas mojadas, mientras efectuaba las correcciones que ella le indicaba con los brazos extendidos.

Lazue estaba dirigiendo el barco hacia el sur. Debía de haber avistado la abertura en el arrecife, pensó, y le estaba llevando hacia ella. Pronto la cruzarían. La mera idea le hacía sudar más.

El pensamiento de Hunter estaba ocupado con otras preocupaciones. Corría arriba y abajo, de proa a popa, haciendo caso omiso tanto de Lazue como de Enders. El navío de guerra español se acercaba a cada minuto que pasaba; el borde superior de la vela maestra estaba ya bajo el horizonte. Todavía navegaba con todas las velas desplegadas, mientras que *El Trinidad*, ahora a tan solo una milla de la isla, había recogido muchas de sus velas.

Mientras tanto, el *Cassandra* se había colocado detrás del barco más grande, desviado a babor para observar la trayectoria que seguía Hunter para entrar en la bahía. La maniobra era necesaria, pero las velas del galeón estaban absorbiendo el viento del *Cassandra*, y el velero no alcanzaba una gran velocidad. De hecho, no la conseguiría hasta que estuviera a popa de *El Trinidad*. Una vez allí, sería más vulnerable al navío de guerra español, a menos que se mantuviera junto a Hunter.

El problema llegaría cuando atravesaran la abertura. Los dos barcos pasarían el uno detrás del otro; si *El Trinidad* no la cruzaba limpiamente, el *Cassandra* podría chocar con él, dañando ambos barcos. Pero si eso sucedía en el paso, sería una pesadilla, y ambos barcos se hundirían tras impactar contra las rocas del arrecife. Hunter estaba seguro de que Sanson era consciente del peligro; y estaba igualmente seguro de que Sanson sabía que no podía alejarse mucho.

Sería una maniobra peliaguda. Se dirigió a proa y miró el reflejo tembloroso del agua iluminada por el sol de la bahía del Mono. Ya veía claramente la lengua curva de tierra montañosa que sobresalía de la isla y formaba el gancho protector de la bahía.

El paso en el arrecife seguía invisible para él; estaba en alguna parte de aquel manto de agua reluciente y centelleante que tenía delante.

Alzó la mirada hacia lo alto del palo maestro, donde Lazue estaba indicando algo a Enders: lanzaba con fuerza el puño hacia delante, haciendo que chocara contra la palma de la otra mano abierta.

Enders empezó enseguida a gritar que amainaran otras velas. Hunter sabía que eso solo podía significar una cosa: estaban muy cerca del paso en el arrecife. Entornó los ojos hacia el brillo, pero siguió sin ver nada.

—¡Sondeadores! ¡A babor y a estribor! —gritó Enders. Poco después, dos hombres a cada lado del casco empezaron a gritar alternativamente. El primero de ellos ya puso nervioso a Hunter.

—¡Cinco justos!

Cinco brazos de profundidad, poco menos de diez metros; ya era agua baja. *El Trinidad* tenía un fondeo de tres brazos, así que no sobraba demasiado. En aguas poco profundas, las colonias coralinas podían fácilmente alzarse hasta cuatro metros por encima del fondo marino, en formas y posiciones irregulares. Y el duro coral rasgaría el casco de madera como si fuera papel.

—*Cinq et demi* —fue el siguiente grito. Un poco mejor. Hunter esperó.

—¡Seis largos!

Hunter respiró mejor. Debían de haber pasado el arrecife exterior; la mayor parte de las islas tenían dos, un arrecife interior poco profundo y otro más profundo en el exterior. Tendrían un breve espacio de aguas seguras, antes de llegar al peligroso arrecife interior.

—*Moins six!* —llegó un grito.

La profundidad ya estaba disminuyendo. Hunter se volvió

a mirar a Lazue, en lo alto del palo mayor. Tenía el cuerpo inclinado hacia fuera, estaba relajada, casi indiferente. No podía ver su expresión.

El cuerpo de Lazue estaba, en efecto, relajado; estaba tan flojo que corría el peligro de caer del palo alto. Sus brazos se aferraban a la barandilla de la cofa con ligereza, inclinándose hacia delante; tenía los hombros caídos; todos los músculos sueltos.

Pero su rostro estaba tenso y arrugado, la boca contraída en una mueca agarrotada y los dientes apretados mientras miraba hacia el brillo con los ojos entornados. Tenía los ojos prácticamente cerrados; llevaba tanto rato así que parpadeaba involuntariamente de la tensión. Podría haber sido una fuente de distracción, pero Lazue ni siquiera era consciente de ello, porque ya hacía un buen rato que había caído en una especie de trance.

Su mundo únicamente consistía en dos formas negras: la isla que tenía delante y el casco del barco que tenía debajo. Entre ambos solo había una extensión plana de agua temblorosa y torturadoramente brillante iluminada por el sol, que revoloteaba y burbujeaba de forma hipnótica. Apenas podía ver ningún detalle en aquella superficie.

De vez en cuando distinguía un coral a flor de agua. Aparecían como breves manchas negras en el cegador brillo blanco.

Otras veces, durante los momentos de calma entre las ráfagas de viento, tenía una imagen momentánea de remolinos y corrientes, que hacían girar la pauta uniforme de destellos.

En otros momentos, en cambio, el agua se volvía opaca, de un plateado cegador. Lazue guió el barco a través de la superficie centelleante totalmente de memoria; había grabado en su cabeza la posición del agua poco profunda, las cabezas de coral y los bancos de arena hacía más de media hora, cuando el barco estaba más lejos de la costa y el agua frente a ella era transparente. Se había trazado una imagen mental detallada utilizando puntos de referencia en la costa y en el agua.

Observando el agua transparente en las proximidades de la zona mediana del barco y confrontando sus observaciones con la imagen mental, Lazue podía determinar la posición de *El Trinidad*. En profundidad, en el lado de babor, vio desfilar la cabeza redonda de un coral cerebro, parecido a una gigantesca coliflor. Sabía que en aquel punto debían apuntar al norte, así que sacó el brazo derecho y miró cómo viraba el morro de proa, hasta que se alineó con el tronco de una palmera muerta que se encontraba en la playa. En ese momento dejó caer la mano y Enders siguió el nuevo rumbo.

Lazue entornó los ojos. Vio el coral a flor de agua, marcando los lados del canal. Apuntaban directamente al pasaje. Recordaba que, justo antes de entrar, debían virar ligeramente a estribor para esquivar otra cabeza de coral. Extendió la mano derecha y Enders efectuó la corrección.

Lazue miró directamente abajo. La segunda cabeza de coral pasó, peligrosamente cerca del casco; el barco se estremeció al rozar el afloramiento, pero volvió a calmarse.

Extendió el brazo izquierdo y Enders cambió el curso otra vez. Volvió a alinearse con la palmera muerta y esperó.

Enders se había quedado paralizado tras oír el sonido de la cabeza de coral en el casco; sus nervios, tan tensos que escucharon con toda precisión aquel sonido terrorífico, estaban a flor de piel; se sobresaltó ante el timón, pero mientras el frotamiento continuaba, una ligera vibración de proa a popa le indicó que solo rozarían el coral. Soltó un profundo suspiro.

A popa, sintió la vibración que se acercaba a él por toda la longitud del barco. En el último momento, soltó el timón, sabiendo que la quilla era la parte más vulnerable del barco bajo el agua. Un afloramiento tan grande, capaz apenas de rascar los percebes del casco, podía romper la quilla si el timón estaba tenso; y por esto aflojó. Después, cogió el timón de nuevo y siguió las instrucciones de Lazue.

—Esta mujer podría partirle la espalda a una serpiente —murmuró, mientras *El Trinidad* se retorcía y viraba hacia la bahía del Mono.

—¡Menos de cuatro! —gritó el sondeador.

Hunter, a proa, con los sondeadores a cada lado, observaba el agua brillante frente a ellos. No veía absolutamente nada delante; mirando a un lado, vio formaciones coralinas aterradoramente cercanas a la superficie, pero por suerte *El Trinidad* las esquivó.

—*Trois et demi!*

Apretó los dientes. Seis o siete metros de profundidad. Estaban prácticamente al límite. Mientras formulaba este pensamiento, el barco esquivó otra colonia de corales, esta vez con un ruido seco y breve, y después nada.

—¡Tres y uno!

Habían perdido profundidad. El barco siguió avanzando por aquel mar reluciente.

—*Merde!* —gritó el segundo sondeador, y empezó a correr hacia popa. Hunter sabía qué había sucedido; su sonda se había enredado en el coral, y él intentaba liberarla.

—¡Tres completos!

Hunter frunció el ceño; ya deberían estar embarrancados, según lo que les habían contado los prisioneros españoles. Habían jurado que *El Trinidad* tenía tres brazos de calado. Evidentemente se equivocaban; ya que el barco seguía avanzando suavemente hacia la isla. Maldijo en silencio a los marineros españoles.

De todos modos sabía que el calado del barco no podía ser muy inferior a tres brazos; un barco de ese tamaño debía tener un calado de ese calibre.

—¡Tres completos!

Seguían moviéndose. Y entonces, de forma repentina y aterradora, vio el hueco en el arrecife, un paso angustiosamente estrecho con coral a flor de agua en ambos lados. *El Trinidad* estaba justo en el centro del paso y debían considerarse muy afortunados porque no había más de cinco metros de margen a cada lado.

Miró a popa, hacia Enders, que también había visto el coral. Enders estaba haciendo la señal de la cruz.

—¡Cinco completos! —gritó el sondeador ásperamente.

La tripulación soltó un grito de júbilo. Estaban dentro del arrecife, en aguas más profundas y avanzaban hacia el norte, hacia la cala protegida entre la costa de la isla y el dedo curvo de tierra montañosa que rodeaba el lado de la cala más cercano a mar abierto.

Ahora, Hunter podía ver toda la extensión de la bahía del Mono. A primera vista no parecía un puerto ideal para sus barcos. El agua era profunda en la boca de la bahía, pero se volvía rápidamente menos honda en áreas más protegidas. Tendría que fondear el galeón en unas aguas que estaban expuestas al océano y, por varias razones, esta perspectiva no le hacía muy feliz.

Mirando hacia atrás vio que el *Cassandra* cruzaba el paso sin incidentes, siguiendo el barco de Hunter tan de cerca que el capitán podía ver la expresión preocupada en la cara del sondeador de proa. Detrás del *Cassandra* iba el barco de guerra español, a no más de un par de millas de distancia.

Pero el sol estaba bajando. El barco de guerra no podría entrar en la bahía del Mono antes del anochecer. Y si Bosquet decidía entrar al alba, Hunter estaría preparado para recibirlo.

—¡Lanzad el ancla! —gritó Enders—. ¡Rápido!

El Trinidad se detuvo, estremeciéndose a la media luz. El *Cassandra* se deslizó a su lado, adentrándose más en la cala;

gracias a su menor calado, el velero podía situarse en aguas menos hondas y más alejadas. Poco después, el ancla lanzada por Sanson se hundió en el agua y los dos barcos quedaron asegurados.

Estaban a salvo, al menos por el momento.

28

Tras la tensión del paso por el arrecife, las tripulaciones de ambos barcos estaban jubilosas; gritaron y rieron, se felicitaron y se insultaron jocosamente durante todo el atardecer. Hunter no participó en la celebración general. Permaneció en el castillo de popa de su galeón y observó cómo avanzaba el navío de guerra español hacia ellos, a pesar de la creciente oscuridad.

El barco español estaba a media milla de la bahía; justo a la entrada del arrecife. Bosquet se había arriesgado mucho, pensó, por acercarse tanto con tan escasa visibilidad. Estaba corriendo un peligro considerable e innecesario.

Enders, que también observaba, formuló la pregunta que el capitán no había verbalizado.

—¿Por qué?

Hunter sacudió la cabeza. Vio que el barco de guerra lanzaba el ancla, que cayó levantando mucha agua.

La embarcación enemiga estaba tan cerca que Hunter podía oír las órdenes que se gritaban en español; llegaban por encima del agua. Había mucha actividad en la popa de la nave; lanzaron una segunda ancla.

—No tiene sentido —dijo Enders—. Tiene millas de aguas profundas para pasar la noche, y, en cambio, echa el ancla con tan solo cuatro brazos de profundidad.

Hunter observó. Vio mucho ajetreo en popa y que lanzaban otra ancla al agua. La popa viró hacia la playa.

—Maldita sea —dijo Enders—. ¿No pretenderá…?

—Sí —murmuró Hunter—. Se está preparando para disparar una andanada. Levad el ancla.

—¡Levad el ancla! —gritó Enders a la sorprendida tripulación—. ¡Preparados en el bauprés! ¡Rápido con las jarcias! —Se volvió hacia Hunter—. Embarrancaremos con toda seguridad.

—No tenemos alternativa —dijo Hunter.

La intención de Bosquet era clara. Había anclado en la boca de la cala, justo al otro lado del arrecife, pero podían alcanzarles con su amplia batería de cañones. Pretendía quedarse allí y atacar el galeón durante la noche. A menos que Hunter saliera de su punto de mira, arriesgándose en aguas menos profundas, los barcos estarían hechos pedazos por la mañana.

En efecto, vieron cómo se abrían las cañoneras del barco de guerra español, y las culatas de los cañones empezaban a disparar proyectiles que alcanzaron el aparejo de *El Trinidad* y cayeron al agua alrededor del barco.

—Tenemos que movernos ahora mismo, señor Enders —gritó Hunter.

Como si le hubiera oído, salió una segunda andanada del buque de guerra español. Esta apuntó mejor. Varios proyectiles alcanzaron *El Trinidad*, haciendo saltar astillas y arrancando cuerdas.

—¡Maldición! —gritó Enders, con una voz más dolorida que si le hubieran herido a él personalmente.

Pero el barco de Hunter ya se movía, y se apartaba del alcance de los cañones, de modo que la siguiente andanada cayó en el agua levantando una cortina de salpicaduras sin dar en el blanco. La sincronía era perfecta.

—La artillería está bien comandada —dijo Enders.

—A veces —dudó Hunter— eres demasiado sensible al buen arte de la marinería.

Ya había oscurecido; la cuarta andanada llegó como una serie de fogonazos rojos en los que se recortaba el perfil negro del navío de guerra. Oyeron, pero apenas atisbaron, las salpicaduras de los proyectiles en el agua, a popa de *El Trinidad*.

Entonces la lengua montañosa de tierra tapó la vista del navío enemigo.

—¡Lanzad el ancla! —gritó Enders, pero era demasiado tarde. En ese preciso momento, con un sonido sordo y un crujido, *El Trinidad* embarrancó en el fondo arenoso de la bahía del Mono.

Aquella noche, solo en el camarote, Hunter evaluó la situación. Estar embarrancado no le preocupaba en absoluto; el barco se había hundido en la arena a causa de la marea baja y saldría a flote fácilmente en unas pocas horas.

Por el momento, los dos barcos estaban a salvo. El puerto no era el ideal, pero serviría; disponía de agua potable y provisiones para más de dos semanas, sin tener que hacer sufrir a su tripulación. Si encontraban comida y agua en tierra, que era lo más probable, podrían quedarse meses en la bahía del Mono.

Al menos podrían permanecer allí hasta que llegara una tormenta. Una tormenta podía ser desastrosa. La bahía del Mono estaba en el lado de barlovento de una isla en medio del océano y sus aguas eran poco profundas. Una tormenta fuerte aplastaría sus barcos y los haría astillas en cuestión de horas. Y estaban en la estación de los huracanes; probablemente no pasarían muchos días hasta que llegara alguno, y no podrían quedarse en la bahía del Mono cuando se desatara.

Bosquet lo sabía. Si era un hombre paciente, sencillamente cerraría la salida de la bahía, se alejaría hacia aguas más profundas y esperaría que el tiempo empeorara, lo que obligaría al galeón a salir del puerto y exponerse a su ataque.

Sin embargo, Bosquet no parecía ser un hombre paciente. Más bien lo contrario: daba la impresión de andar sobrado de recursos y de audacia, de ser un hombre que prefería pasar a la ofensiva, si era posible. Y él tenía buenas razones para atacar antes de la llegada de un huracán.

En cualquier batalla naval, el mal tiempo era un factor igualador: deseado por la parte más débil, evitado por la más fuerte. Una tormenta castigaría a ambos barcos, pero reduciría la eficacia de la embarcación superior desproporcionadamente. Bosquet debía de saber que los barcos de Hunter contaban con pocas manos y pocas armas.

Solo en el camarote, Hunter intentó meterse en la cabeza de un hombre al que no conocía, e intentó adivinar sus pensamientos. Decidió que, sin duda, Bosquet atacaría por la mañana.

El ataque llegaría o por tierra o por mar, o por ambos a la vez. Dependía de la cantidad de soldados españoles que tuviera Bosquet a bordo, y de cuánto confiaran ellos en su comandante. Hunter recordaba a los soldados que los habían custodiado en la bodega del barco de guerra; eran hombres jóvenes, sin experiencia y poco disciplinados.

No se podía confiar en ellos.

No, decidió. Bosquet atacaría primero desde el barco. Intentaría entrar en la bahía del Mono y tener el galeón a la vista. Probablemente suponía que los corsarios estaban en aguas poco profundas, lo que les dificultaría maniobrar.

En ese momento daban la popa al enemigo, la parte más vulnerable de la embarcación. Bosquet podía navegar hasta la entrada de la cala y abrir fuego hasta que hundiera ambos barcos. Además, no perdería nada, porque el tesoro del galeón estaría en aguas poco profundas y podrían rescatarlo de la arena buceadores nativos.

Hunter llamó a Enders y ordenó que se encerrara a los prisioneros españoles. Después ordenó que todos los corsarios se armaran con mosquetes y volvieran a bordo sin demora.

El alba llegó suavemente a la bahía del Mono. Solo soplaba un viento ligero; en el cielo, unas nubes deshilachadas captaban el brillo rosado de la primera luz. A bordo del navío de guerra español, las tripulaciones iniciaron sus tareas matinales con pereza y desidia. El sol ya estaba alto en el horizonte antes de que se ordenara desplegar las velas y levar el ancla.

En aquel momento, a lo largo de la playa, desde ambos lados de la entrada a la bahía, los corsarios apostados abrieron fuego con sus mosquetes. La tripulación española reaccionó con desconcierto. En los primeros instantes, los hombres que estaban izando el ancla principal murieron; los que levantaban el ancla de popa también murieron o quedaron heridos; los oficiales que se hallaban en el puente recibieron su parte, y los hombres del aparejo fueron alcanzados con asombrosa puntería y cayeron, gritando, al puente.

Entonces, tan abruptamente como había comenzado, el fuego cesó. Exceptuando una neblina gris áspera que planeaba sobre la playa, no había ninguna señal de movimiento, ni agitación en la vegetación, nada.

Hunter, apostado en el mar, en el extremo de la punta de tierra, observaba con satisfacción el navío de guerra a través del catalejo. Oía gritos confusos y observó cómo las velas medio desplegadas se agitaban con el viento. Pasaron varios minutos antes de que otros marineros treparan al aparejo y se afanaran con los cabrestantes en cubierta. Empezaron tímidamente, pero al ver que no volvían a disparar desde la playa, se envalentonaron.

Hunter esperó.

Sabía que gozaba de una clara ventaja. En una época en la que ni los mosquetes ni los tiradores eran muy precisos, los corsarios podían considerarse unos tiradores excelentes. Los marineros de Hunter eran capaces de acertar a los hombres de la cubierta del barco desde un velero abierto sin que el balanceo les hiciera perder la puntería. Así que disparar desde tierra era un juego de niños para sus hombres.

Ni siquiera les divertía.

Hunter esperó hasta que vio que el ancla empezaba a moverse y entonces dio la señal de volver a disparar. Otra ráfaga cayó sobre el barco de guerra, con el mismo efecto devastador. A continuación, silencio de nuevo.

Bosquet sin duda ya se habría dado cuenta de que entrar en el pasaje coralino, acercarse más a la playa, le costaría muy caro. Probablemente conseguiría salvar el paso y entrar en la cala, pero perdería a docenas sino a cientos de sus hombres. Más grave aún era el riesgo de que los hombres clave en los puntos altos, incluso el timonel, fueran abatidos; el barco quedaría sin gobierno en aquellas aguas peligrosas.

Hunter esperó. Oyó gritar órdenes, y después de nuevo el silencio. A continuación vio que caía al agua la cuerda del ancla principal. La habían cortado. Al cabo de un instante, también cortaron las cuerdas del ancla de popa y el barco empezó a alejarse lentamente de la barrera de coral, a la deriva.

Una vez fuera del alcance de los mosquetes, aparecieron hombres en cubierta y en el aparejo. Desplegaron las velas. Hunter esperó para ver si viraba y se dirigía a la costa. El barco no lo hizo. Por el contrario, se desplazó hacia el norte un centenar de metros y en esta nueva posición lanzó otra ancla. Amainaron las velas; la embarcación se balanceó suavemente frente a las colinas que protegían la cala.

—Bien —dijo Enders—. Estamos empatados. Los españoles no pueden entrar y nosotros no podemos salir.

A mediodía, en la bahía del Mono hacía un calor tan sofocante que apenas se podía respirar. Hunter, paseando arriba y abajo por las cubiertas ardientes de su galeón, sentía cómo se le pegaban las suelas al alquitrán de los tablones. Tomó conciencia de la ironía de su situación. Había realizado la expedición corsaria más osada del siglo, con un éxito absoluto, y había acabado atrapado en una cala sofocante e insalubre por culpa de un solitario navío de guerra español.

La situación era difícil para él, pero lo era más aún para su tripulación. Los corsarios esperaban órdenes y nuevos planes de acción de su capitán, pero era evidente que Hunter no podía ofrecerles nada de eso. Algunos empezaron a darle al ron, y la mayoría de los marineros empezaron a pelearse. Una de las discusiones acabó en un duelo, aunque Enders lo detuvo en el último minuto. Hunter hizo correr la voz de que cualquier hombre que matara a otro sería ejecutado personalmente por él. El capitán quería mantener intacta su tripulación, y los desacuerdos personales deberían esperar a que desembarcaran en Port Royal.

—Dudo que hagan caso de la amenaza —dijo Enders, tan pesimista como siempre.

—Lo harán —aseguró Hunter.

Estaba de pie en el puente a la sombra del palo mayor con lady Sarah cuando sonó otro disparo de pistola en alguna de las cubiertas inferiores.

—¿Qué ha sido eso? —preguntó lady Sarah, alarmada.

—¡Maldición! —exclamó Hunter.

Un momento después, llegó Bassa empujando a un marinero que forcejeaba. Enders los seguía con expresión desconsolada.

Hunter miró al marinero. Era un muchacho de veinticinco años, de cabellos canosos, llamado Lockwood. Hunter apenas lo conocía.

—Ha herido a Perkins en la oreja con esto —informó Enders, tendiéndole una pistola al capitán.

La tripulación se estaba reuniendo poco a poco en la cubierta principal, torvos y lúgubres al calor del sol. Hunter sacó su pistola del cinto y comprobó el cebo.

—¿Qué vais a hacer? —preguntó lady Sarah, que lo observaba todo.

—No es asunto vuestro —contestó Hunter.

—Pero...

—Volveos —dijo Hunter y levantó la pistola.

Bassa, el Moro, soltó al marinero. El hombre se quedó quieto, cabizbajo, borracho.

—Me hizo enfadar —dijo el marinero.

Hunter le disparó en la cabeza. El cerebro del hombre se esparció por encima de la regala.

—¡Cielo santo! —gritó lady Sarah Almont.

—Lanzadlo por la borda —ordenó Hunter.

Bassa cogió el cadáver y lo arrastró; los pies rozaron ruidosamente el suelo en el silencio de aquel tórrido mediodía. Poco después se oyó un peso que caía al agua; el cadáver había desaparecido.

Hunter miró al resto de la tripulación.

—¿Queréis elegir a un nuevo capitán? —preguntó con voz atronadora.

Los hombres de la tripulación gruñeron y bajaron la cabeza. Nadie dijo nada.

Al poco rato la cubierta volvía a estar vacía. Los marineros habían ido abajo para huir del calor del sol.

Hunter miró a lady Sarah. Ella no dijo nada, pero su expresión era acusadora.

—Son hombres rudos —dijo Hunter—, y viven según unas reglas que aquí todos respetamos.

Ella siguió en silencio; luego se volvió y se alejó.

Hunter miró a Enders, quien se encogió de hombros.

Aquella tarde, los vigías informaron a Hunter de que volvía a haber actividad a bordo del navío de guerra; todas las barcas se habían calado por el lado de mar abierto, y no eran visibles desde tierra. Parecía que estaban atadas al barco porque no había aparecido ninguna. Del puente del barco se levantaba una gruesa columna de humo. Habían encendido algún tipo de hoguera, pero no estaba claro con qué objetivo. Esta situación se prolongó hasta el anochecer.

La llegada de la noche fue una bendición. Con la llegada del aire fresco, Hunter paseaba por las cubiertas de *El Trinidad* contemplando las largas hileras de cañones. Iba de uno a otro, parándose para tocarlos, acariciando con los dedos el bronce, que todavía conservaban el calor del día. Examinó el equipo ordenadamente dispuesto junto a cada cañón: la baqueta, los sacos de pólvora, los proyectiles, las plumas de oca para introducir en el oído y las mechas lentas dentro de cubos de agua con muescas.

Estaba todo a punto para ser utilizado: todas aquellas armas, toda aquella potencia de fuego. No faltaba nada, aparte de los hombres necesarios para accionar los cañones. Pero sin artilleros, era como si no estuvieran.

—Parecéis perdido en vuestros pensamientos.

Hunter se volvió, sobresaltado. Vio a lady Sarah vestida con una túnica blanca. En aquella penumbra parecía una prenda de ropa interior.

—No deberíais vestiros así, con tantos hombres rondando por aquí.

—Hacía demasiado calor para dormir —dijo ella—. Además, me sentía inquieta. Lo que he presenciado hoy… —Se le quebró la voz.

—¿Os ha angustiado?

—No había visto cometer tal brutalidad ni a un monarca. Ni siquiera Carlos es tan despiadado, tan arbitrario.

—Carlos tiene otras cosas en la cabeza. Sus placeres.

—No queréis entenderme deliberadamente. —Incluso en la penumbra, los ojos de la mujer brillaban con una especie de rabia.

—Señora —dijo Hunter—. En esta sociedad…

—¿Sociedad? ¿A esto le llamáis… —hizo un gesto con la mano abarcando el barco y a los hombres dormidos en cubierta— …le llamáis sociedad?

—Por supuesto. Siempre que hay hombres conviviendo, existen reglas de conducta. Las de estos hombres tal vez sean distintas de las de la corte de Carlos, o de Luis, o las de la colonia de Massachusetts, sin ir más lejos, donde nací yo. Pero siempre hay reglas que deben respetarse, y castigos cuando se violan.

—Estáis hecho todo un filósofo. —Su voz en la oscuridad sonaba sarcástica.

—Hablo de lo que conozco. En la corte de Carlos, ¿qué os habría sucedido si os hubierais negado a hacer una reverencia al monarca?

Ella soltó una risita burlona viendo el derrotero que tomaba la conversación.

—Aquí sucede lo mismo —dijo Hunter—. Estos hombres son fieros y violentos. Si yo estoy al mando, ellos deben obedecerme. Si van a obedecerme, tienen que respetarme. Si deben respetarme, tienen que reconocer mi autoridad, que es absoluta.

—Habláis como un rey.

—Un capitán es un rey, para su tripulación.

Ella se le acercó.

—¿Y también os concedéis algún placer, como hace un rey?

Él solo tuvo un momento para reflexionar antes de que ella lo rodeara con sus brazos y le besara en la boca, con intensidad. Él le devolvió el beso. Cuando se separaron, ella dijo:

—Estoy aterrada. Es todo tan extraño para mí.

—Señora —dijo Hunter—. Es mi obligación devolveros sana y salva a vuestro tío y amigo mío, el gobernador sir James Almont.

—No es necesario ser tan pomposo. ¿Sois puritano?

—Solo por nacimiento —dijo él y la besó otra vez.

—Tal vez os vea más tarde —comentó ella.

—Tal vez.

La mujer volvió abajo, pero antes le lanzó una última mirada en la oscuridad. Hunter se apoyó en uno de los cañones y observó cómo se marchaba.

—Impetuosa, ¿verdad?

Se volvió. Era Enders sonriendo.

—A algunas mujeres de buena familia les basta con cruzar la línea para perder la cabeza.

—Eso parece —dijo Hunter.

Enders miró la hilera de cañones, y dio un manotazo a uno de ellos con la palma de la mano. Resonó.

—Es desesperante —se lamentó—. Tantas armas y no podemos utilizarlas por falta de hombres.

—Id a dormir un rato —dijo Hunter bruscamente, y se marchó.

Pero lo que había dicho Enders era cierto. Mientras seguía paseando por las cubiertas, Hunter se olvidó de la mujer y sus pensamientos volvieron a los cañones. Una parte de su cerebro, inquieta, no cesaba de darle vueltas al problema, una y otra vez, buscando una solución. Estaba convencido de que había alguna manera de utilizar aquel armamento. Algo que había olvidado, algo que sabía desde hacía tiempo.

Era evidente que la mujer lo consideraba un bárbaro, o peor, un puritano. Sonrió en la oscuridad solo de pensarlo. De hecho, Hunter era un hombre educado. Había recibido lecciones en todos los campos principales del saber, tal como se definían desde la época medieval. Conocía historia clásica, latín y griego, filosofía natural, religión y música. Aunque en aquella época, nada de eso había despertado su interés.

Ya en su juventud le atraía más el conocimiento empírico y práctico que la opinión de unos pensadores que llevaban mucho tiempo muertos. Todos los colegiales sabían que el mundo era mucho mayor de lo que Aristóteles podía haber soñado. El mismo Hunter, sin ir más lejos, había nacido en una tierra que los griegos ni siquiera sabían que existía.

Sin embargo, en ese momento, ciertos elementos de esa formación clásica le rondaban la cabeza. No dejaba de pensar en Grecia, algo sobre Grecia o sobre los griegos, pero no sabía qué ni por qué.

Entonces recordó la pintura al óleo colgada en el camarote de Cazalla, a bordo del navío de guerra español. En aquel momento Hunter apenas se había fijado en ella. Y tampoco la recordaba claramente. Pero había algo en la presencia de un cuadro a bordo de un barco que lo intrigaba. Por algún motivo, era importante.

¿Qué importancia podía tener? No sabía nada de pintura; consideraba que era un arte menor, útil únicamente como elemento decorativo, interesante solo para algunos aristócratas vanidosos y ricos dispuestos a pagar para hacerse un retrato halagador. Además, Hunter estaba convencido de que los pintores eran personas vulgares que vagabundeaban como gitanos de un país a otro en busca de un mecenas que patrocinara su trabajo. No tenían hogar ni raíces, eran hombres frívolos que no sentían ningún apego fuerte y sólido por su tierra natal. Hunter, a pesar de que sus padres habían emigrado de Inglaterra a Massachusetts, se consideraba totalmente inglés y un protestante apasionado. Estaba en guerra contra un enemigo español y católico y no comprendía que alguien no fuera tan patriótico como él. Preocuparse solo de la pintura le parecía un empeño absolutamente vacuo.

Y, sin embargo, los pintores seguían vagabundeando. Había franceses en Londres, griegos en España e italianos por todas partes. Incluso en tiempos de guerra, los pintores se movían libremente, sobre todo los italianos. Abundaban los italianos.

¿Por qué le importaba?

Siguió andando por el barco a oscuras, yendo de cañón en cañón. Tocó uno de ellos. En la culata tenía grabado un lema.

SEMPER VINCIT

Aquellas palabras se burlaban de él. No siempre, pensó. Sin hombres para cargar, apuntar y disparar, no. Tocó las letras, pasando los dedos sobre la inscripción, sintiendo la suave curva de la S, las líneas bien definidas de la E.

SEMPER VINCIT

Había mucha fuerza en la concisión del latín: dos breves palabras, duras, marciales. Los italianos habían perdido esta cualidad; los italianos eran blandos y ceremoniosos, y su lengua había cambiado para reflejar esa blandura. Había pasado mucho tiempo desde que César había dicho secamente: *Veni, vidi, vici.*

VINCIT

Esa palabra parecía sugerirle algo. Miró las líneas nítidas de aquellas letras y, de repente, en su mente aparecieron otras líneas, líneas y ángulos, y volvió a los griegos y a la geometría euclidiana, aquella que tan mal se lo había hecho pasar de niño. No había logrado entender nunca por qué era importante que dos ángulos fueran iguales a otro o que la intersección de dos líneas estuviera en un punto o en otro. ¿Qué diferencia había?

VINCIT

Recordó la pintura de Cazalla, una obra de arte en un navío de guerra, fuera de lugar, completamente inútil. Ese era el defecto del arte: no era práctico. Con el arte no se vencía a nadie.

VINCIT

Vence. Hunter sonrió por la ironía de aquel lema, inscrito en un cañón que no serviría para vencer absolutamente a nadie. Aquella arma, para él, era tan inútil como el cuadro para Cazalla. Inútil como los postulados de Euclides. Se frotó los ojos cansados.

Todos aquellos pensamientos no lo habían llevado a ninguna parte. Estaba girando en círculos sin sentido, sin objetivo, sin destino, solo movido por la persistente inquietud de un hombre frustrado que estaba atrapado y buscaba en vano una salida.

En aquel momento oyó el grito que los marineros temen más que ningún otro.

—¡Fuego!

29

Hunter corrió a la cubierta superior y llegó a tiempo de ver seis botes en llamas que se dirigían hacia el galeón. Eran las largas chalupas del barco revestidas de brea, que ardían con intensidad y avanzaban iluminando las plácidas aguas de la bahía.

Se maldijo por no haber previsto esa maniobra: el humo que había visto en la cubierta del barco era una pista evidente, que Hunter no había sabido leer. Pero no perdió el tiempo en recriminaciones. Los marineros de *El Trinidad* ya saltaban por la borda sobre las barcas del galeón; pronto salió la primera, con los hombres remando furiosamente hacia los botes incendiados.

Hunter se volvió bruscamente.

—¿Dónde están nuestros vigías? —preguntó a Enders—. ¿Cómo ha ocurrido esto?

Enders sacudió la cabeza.

—No lo sé, los vigías estaban apostados en aquella punta arenosa y sobre la playa de atrás.

—¡Maldición!

Los hombres se habrían dormido haciendo guardia o unos españoles habrían nadado hasta la costa en la oscuridad, los habrían sorprendido y los habrían matado. Miró cómo la primera de las lanchas llena de marineros luchaba desesperadamente contra las llamas de un bote. Intentaban con golpes de remos darle la vuelta y desviarlo de su curso. Uno de los marineros empezó a arder y se lanzó por la borda gritando.

Hunter saltó por la borda a una de las lanchas. Mientras los marineros remaban, y antes de acercarse a los botes incendiados, se mojaron con agua de mar. Hunter miró atrás y vio que Sanson estaba al frente de otra lancha del *Cassandra* para unirse a ellos.

—¡Bajad la cabeza, muchachos! —gritó Hunter, cuando entraron en ese infierno.

Incluso a una distancia de cincuenta metros, el calor de las barcas incendiadas era insoportable; las llamas se elevaban agitándose en la noche; grumos de brea ardiente estallaban y salpicaban en todas direcciones, siseando en el agua.

La siguiente hora fue una pesadilla. Uno por uno, embarrancaron los botes incendiados o los desviaron hacia el mar hasta que los cascos se quemaron y se hundieron.

Cuando Hunter volvió finalmente al barco, cubierto de hollín y con la ropa hecha jirones, cayó inmediatamente en un sueño profundo.

Enders lo despertó a la mañana siguiente con la noticia de que Sanson estaba en la bodega de *El Trinidad*.

—Dice que ha encontrado algo —anunció Enders dubitativamente.

Hunter se vistió y bajó las cuatro cubiertas de *El Trinidad* hasta la bodega. En la cubierta inferior, que apestaba a excrementos del ganado situado en el puente de arriba, encontró a Sanson sonriendo con satisfacción.

—Ha sido una casualidad —dijo Sanson—. No puedo atribuirme el mérito. Ven a ver.

Sanson lo acompañó al compartimiento de lastre. El pasaje,

estrecho y bajo, olía a aire caliente y a agua de sentina, que se se movía adelante y atrás con el suave balanceo del barco. Al ver las piedras que hacían de lastre, Hunter frunció el ceño; no eran piedras, tenían una forma demasiado regular. Eran balas de cañón.

Cogió una y la sopesó en una mano. Era de hierro y estaba resbaladiza por el limo y el agua de sentina.

—Unas cinco libras —dijo Sanson—. No tenemos nada a bordo que dispare proyectiles de estas dimensiones.

Sin dejar de sonreír, llevó a Hunter a popa. A la luz de un farol vacilante, el capitán vio otra forma en la bodega, medio sumergida en el agua. La reconoció inmediatamente: era un cañón más pequeño que una culebrina; un modelo que ya no se utilizaba en los barcos. Habían dejado de utilizarse hacía treinta años, superados por cañones rotatorios más pequeños o por otros mucho más grandes.

Hunter se inclinó a mirar el cañón, rozándolo con las manos bajo el agua.

—¿Crees que disparará?

—Es de bronce —afirmó Sanson—. El Judío dice que funcionará.

Hunter tocó el metal. Al ser de bronce, no se había oxidado demasiado. Volvió a mirar a Sanson.

—Entonces daremos a los españoles su misma medicina —dijo.

El cañón, por pequeño que fuera, tenía una culata de dos metros de bronce macizo que pesaba cerca de ochocientos kilos. Tardaron casi toda la mañana en arrastrarlo hasta la cubierta de *El Trinidad*. Después lo bajaron por encima de la borda hasta un bote.

Con aquel calor, el trabajo fue agotador y tuvo que realizarse con suma delicadeza. Enders gritó órdenes y maldiciones hasta que se quedó ronco, pero por fin el cañón se depositó en la barca con tanta delicadeza como si fuera una pluma. El bote se hundió peligrosamente con el peso. La borda apenas asomaba unos centímetros por encima del agua. Pero navegó con estabilidad hasta la playa más alejada.

Hunter pretendía colocar el cañón en lo alto de la colina que sobresalía de la bahía del Mono. Desde aquella posición tendrían a tiro el barco español y podrían disparar contra él. El puesto elegido era seguro; los españoles no alcanzarían esa altura con sus cañones, y los hombres de Hunter podrían lanzar proyectiles sobre el barco hasta que se quedaran sin munición.

La cuestión principal era cuándo abrir fuego. Hunter no se hacía ilusiones sobre la potencia de aquel cañón. Una bala de dos kilos y medio no era precisamente formidable; necesitarían muchos disparos para causar un daño significativo. Pero si abría fuego de noche, con la confusión, quizá el navío de guerra español levaría anclas y se alejaría de su alcance. Y con el agua poco profunda y la escasa visibilidad cabía la posibilidad de que embarrancara o incluso se hundiera.

Esto era lo que esperaba.

Cuando el cañón, colocado en el bote que oscilaba de un modo inquietante, llegó a la costa, treinta hombres lo arrastraron con gran esfuerzo a la playa. Allí lo colocaron sobre unos cilindros y laboriosamente lo arrastraron, centímetro a centímetro, hasta el inicio del sotobosque.

A partir de allí, tenían que empujar el cañón treinta metros hasta la cima de la colina, entre el espeso follaje del manglar y las palmeras. Sin cabrestantes ni poleas para aligerar el peso, era una tarea que parecía imposible, pero la tripulación se puso manos a la obra con celeridad.

Todos trabajaban con la misma dureza. El Judío supervisaba a cinco hombres que limpiaban el óxido del hierro de las balas y llenaban los saquitos de pólvora. El Moro, que era un buen carpintero, construyó una cureña para el cañón con pivotes adaptados.

Al llegar el crepúsculo, el cañón estaba en posición, con el navío a tiro. Hunter esperó a que faltaran escasos minutos para que la oscuridad fuera absoluta y dio la orden de disparar. El primer tiro fue demasiado largo y pasó por encima del navío español. El segundo dio en el blanco, al igual que el tercero. Después, la oscuridad fue demasiado densa para ver nada.

En la siguiente hora, el cañón siguió disparando contra el navío de guerra español y en la penumbra vieron que desplegaban velas blancas.

—¡Huyen! —gritó Enders ásperamente.

Los artilleros de Hunter lanzaron gritos de alegría. Dispararon más proyectiles mientras el navío de guerra retrocedía hinchando las velas, después de soltar las amarras. Los hombres de Hunter siguieron disparando con una frecuencia constante, incluso cuando el navío ya no era visible en la oscuridad, el capitán dio órdenes de seguir bombardeando. El crepitar del cañón se oyó durante toda la noche.

Con la primera luz del alba, aguzaron la vista para intentar distinguir los frutos de sus esfuerzos. El navío negro estaba anclado de nuevo, quizá a un cuarto de milla de la costa, pero el sol que surgía por detrás de él lo transformaba en una inquietante silueta negra. No se apreciaban daños evidentes. Los corsarios sabían que habían causado algunos, pero era imposible evaluar la gravedad de estos.

Tras los primeros momentos de luz Hunter se sintió decepcionado. Por la forma como se balanceaba el navío en su ancla podía ver que no estaba gravemente dañado. Con mucha fortuna, había logrado maniobrar en la oscuridad y salir de la bahía sin chocar con el coral ni encallarse.

Una de las velas colgaba hecha trizas. Parte del aparejo estaba destrozado y la proa estaba astillada y rota. Pero eran daños menores; el navío de guerra de Bosquet estaba a salvo, y se balanceaba tranquilamente en las aguas costeras iluminadas por el sol. Hunter sentía una enorme fatiga y una gran decepción. Siguió contemplando un rato el barco, fijándose en su movimiento.

—Por la sangre de Cristo —exclamó en voz baja.

Enders, a su lado, también se había fijado.

—Oleaje largo —dijo.

—El viento es favorable —corroboró Hunter.

—Sí. Al menos un par de días más.

Hunter miró fijamente el mar que, hinchándose en olas largas y lentas, balanceaba adelante y atrás el navío español anclado. Soltó una blasfemia.

—¿De dónde viene?

—Yo diría —respondió Enders— que, en esta época del año, tiene que soplar directamente del sur.

Todos sabían que en los últimos meses del verano podían presentarse huracanes. Eran consumados marineros, así que conseguían predecir la llegada de aquellas aterradoras tormentas con un par de días de adelanto. Los primeros avisos se encontraban siempre en la superficie del mar; las olas, empujadas por vientos de tormenta a ciento cincuenta kilómetros por hora, mostraban alteraciones procedentes de lugares muy alejados.

Hunter miró al cielo despejado.

—¿Cuánto tiempo calculas?

Enders sacudió la cabeza.

—Mañana por la noche como muy tarde.

—¡Maldición! —bramó Hunter. Se volvió a mirar al galeón en la bahía del Mono. Se balanceaba plácidamente sobre el ancla. La marea había subido y era insólitamente alta—. Maldición —repitió, y regresó a su barco.

Como un hombre encerrado en un calabozo, estaba muy

agitado mientras paseaba por las cubiertas del barco bajo el sol abrasador de mediodía. No estaba de humor para conversaciones educadas, pero tuvo la mala suerte de que lady Sarah Almont eligiera aquel momento para hablar con él. Le pidió una chalupa y los hombres necesarios para acompañarla a tierra.

—¿Con qué motivo? —preguntó él secamente. En un rincón de su cerebro pensó que ella no había mencionado que no hubiera ido a visitarla a su camarote la noche anterior.

—¿Qué motivo? Recoger fruta y verdura para comer. No lleváis nada adecuado a bordo.

—Es imposible satisfacer vuestra petición —dijo Hunter y se alejó de ella.

—Capitán —gritó ella, dando un golpe con el pie en el suelo—, debéis saber que no es un asunto nimio para mí. Soy vegetariana y no como carne.

Hunter se volvió.

—Señora —dijo—, os aseguro que no me preocupan ni poco ni mucho vuestras extravagancias y no tengo ni tiempo ni paciencia para satisfacerlas.

—¿Extravagancias? —repitió ella, ruborizándose—. Debéis saber que los hombres con las mentes más claras de la historia eran vegetarianos, desde Tolomeo a Leonardo da Vinci, y debéis saber también que no sois más que un canalla y un vulgar patán.

Hunter estalló con una ira equivalente a la de ella.

—Señora —dijo, señalando el océano—, ¿sois consciente en vuestra inagotable ignorancia de que el mar está alterándose?

Ella se quedó en silencio, perpleja, incapaz de relacionar el ligero oleaje del mar con la evidente preocupación de Hunter.

—Parece muy poca cosa para un barco tan grande como el vuestro.

—Lo es. Por el momento.

—Y el cielo está despejado.

—Por el momento.

—No soy marinero, capitán —dijo ella.

—Señora —continuó Hunter—, las olas son largas y profundas. Solo puede significar una cosa. En menos de dos días estaremos en medio de un huracán. ¿Podéis comprenderlo?

—Un huracán es una tormenta espeluznante —dijo ella, como si recitara una lección.

—Una tormenta espeluznante —repitió él—. Si todavía estamos en este maldito puerto cuando se desencadene el huracán, nos hará pedazos. ¿Podéis comprenderlo?

Muy enfadado, la miró y vio la verdad: ella no lo comprendía. Su cara reflejaba inocencia. Nunca había presenciado un huracán, y por lo tanto solo podía imaginar que era algo más fuerte que cualquier otra tormenta en el mar.

Hunter sabía que un huracán era tan parecido a una fuerte tormenta como un lobo salvaje a un perro faldero.

Antes de que ella pudiera responder a su estallido, Hunter le dio la espalda y se apoyó en un amarradero. Sabía que estaba siendo demasiado duro; sus preocupaciones no podían ser las de ella, así que debía tratarla con indulgencia. Había estado levantada toda la noche curando a los marineros quemados, un acto insólito en una mujer de alta cuna. Se volvió a mirarla.

—Disculpadme —dijo en voz baja—. Hablad con Enders y él lo arreglará para que desembarquéis y podáis seguir la noble tradición de Tolomeo y Leonardo.

Hunter se quedó en silencio.

—Capitán.

Él miró al vacío.

—Capitán, ¿estáis bien?

Bruscamente, él se apartó de ella.

—¡Don Diego! —gritó—. ¡Buscad a don Diego!

Don Diego llegó al camarote de Hunter y encontró al capitán dibujando furiosamente en unas hojas de papel. La mesa estaba llena de esbozos.

—No sé si esto servirá de algo —dijo Hunter—. Solo he oído hablar de ello. Lo propuso Leonardo, el florentino, pero no le hicieron ningún caso.

—Los soldados nunca escuchan a los artistas —dijo don Diego.

Hunter le miró con expresión ceñuda.

—Con o sin razón —dijo.

Don Diego miró los diagramas. En cada uno se veía el casco de un barco, dibujado desde arriba, con trazos que partían de los lados del casco. Hunter dibujó otro.

—La idea es sencilla —dijo—. En un barco normal, cada cañón tiene su propio capitán artillero que es responsable de disparar solo ese.

—Sí...

—Una vez que el arma está cargada y fuera del portillo, el oficial se agacha detrás del tubo y encuadra el blanco. Ordena a sus hombres que usen palancas y cuñas laterales para apuntar el cañón en la dirección que le parece más apropiada. A continuación, les dice que coloquen la cuña que determinará la elevación, siempre según su criterio. Para terminar, dispara. El mismo procedimiento tiene lugar para cada cañón.

—Sí... —dijo el Judío.

Don Diego no había visto nunca disparar un gran cañón, pero conocía el proceso general de la operación. Cada cañón se apuntaba por separado; por ello, un buen capitán de artillería, un hombre que supiera determinar el ángulo y la elevación adecuados de su cañón, se tenía en gran consideración, porque no abundaban.

—Bien —prosiguió Hunter—, el método habitual es el disparo en paralelo. —Trazó sobre el papel unas líneas paralelas saliendo de los lados del barco—. Cada cañón dispara y cada capitán reza por que su disparo dé en el blanco. Pero, en realidad, muchos cañones no acertarán hasta que los dos barcos estén tan cerca que casi cualquier ángulo o elevación dé en el blanco. Supongamos que cuando los barcos estén a unos quinientos metros de distancia. ¿Cierto?

Don Diego asintió lentamente.

—Pues bien, el florentino proponía lo siguiente —prosiguió Hunter y dibujó otro barco—. Dijo que no podíamos fiarnos de que los capitanes de artillería apuntaran cada una de las salvas. En cambio, proponía apuntar las armas antes de la batalla. Ved lo que se consigue.

Trazó desde el casco líneas convergentes de fuego, que se unían en un único punto en el agua.

—¿Veis? El fuego se concentra en un único lugar. Todas las balas dan en el blanco en el mismo punto, causando gran destrucción.

—Sí —reconoció don Diego—, o todas las balas fallan y caen al mar en el mismo punto. O todas las balas dan en el bauprés u otra parte poco importante del barco. Confieso que no veo la utilidad de vuestro plan.

—La utilidad —siguió Hunter tamborileando con los dedos sobre el diagrama— radica en la forma como se disparan los cañones. Pensad: si se han apuntado previamente, puedo disparar una salva con solo un hombre en cada cañón, quizá incluso un hombre por cada dos cañones. Y si mi blanco está a tiro, sé que no fallaré con ningún proyectil.

El Judío, que era consciente de la falta de hombres en la tripulación de Hunter, unió las manos.

—Por supuesto —dijo. Después frunció el ceño—. Pero ¿qué sucede después de la primera salva?

—Los cañones retrocederán. Entonces, yo junto a todos los hombres en una única escuadra de artilleros que pasa de un cañón a otro cargándolo y sacándolo de nuevo fuera del portillo en la posición predeterminada. Esta operación puede realizarse de forma rápida. Si los hombres están bien adiestrados, podríamos disparar una segunda salva pasados diez minutos.

—Para entonces el otro barco habrá cambiado de posición.

—Sí —aceptó Hunter—. Pero estará más cerca, a tiro. Así que el fuego alcanzará una zona más amplia, aunque todavía suficientemente limitada. ¿Lo veis?

—¿Y después de la segunda salva?

Hunter suspiró.

—Dudo que tengamos más de dos oportunidades. Si no hemos hundido o inutilizado el navío de guerra con dos salvas, seguro que estamos perdidos.

—Bien —dijo por fin el Judío—, es mejor que nada.

Su tono no era optimista. En una batalla naval, los navíos de guerra normalmente resolvían el combate con no menos de cincuenta andanadas. Entre dos embarcaciones bien equipadas y con tripulaciones disciplinadas el combate podía alargarse un día entero o casi, e intercambiar más de cien andanadas. Disparar únicamente dos salvas parecía un intento inútil.

—Lo es —dijo Hunter—, a menos que acertemos al castillo de popa o a la santabárbara y la bodega de las armas.

Estos eran los únicos puntos realmente vulnerables de un barco de guerra. En el castillo de popa estaban los oficiales, el timonel y el timón. Acertar ese blanco significaba dejar el barco sin guía. Por otro lado, acertar a la santabárbara y la bodega de artillería de proa haría explotar el barco.

Ninguno de los blancos era fácil de acertar. Apuntar los cañones contra partes muy avanzadas o interiores de la embarcación aumentaba la posibilidad de que los proyectiles fallaran.

—El problema es apuntar —dijo el Judío—. ¿Estableceréis los blancos ejercitándoos con los cañones en el puerto?

Hunter asintió.

—Pero ¿cómo apuntaréis una vez en el mar?

—Por esto precisamente os he hecho venir. Necesito un instrumento óptico para poder alinear nuestra embarcación con la del enemigo. Es un problema de geometría y os necesito para resolverlo.

Con la mano izquierda sin dedos, el Judío se rascó la nariz.

—Dejadme pensar —dijo, y salió del camarote.

Enders, el imperturbable artista del mar, fue presa de uno de sus raros momentos de confusión.

—¿Qué decís que queréis? —exclamó.

—Quiero poner los treinta y dos cañones en el lado de babor —repitió Hunter.

—Escorará hacia la izquierda como una cerda preñada —objetó Enders. La mera idea parecía ofender su sentido de la conveniencia y el buen arte náutico.

—No dudo que quedará poco grácil —dijo Hunter—. Pero ¿aun así podría navegar?

—Hallaré la forma —respondió Enders—. Podría hacer navegar el ataúd del Papa con una servilleta a modo de vela. Hallaré la forma. —Suspiró—. Por supuesto —dijo—, moveréis los cañones cuando estemos en mar abierto.

—No —replicó Hunter—. Los moveré aquí, en la bahía.

Enders volvió a suspirar.

—¿Así que queréis salir del arrecife como una cerda preñada?

—Sí.

—Habrá que trasladar toda la carga a cubierta —dijo Enders, mirando al vacío—. Pondremos aquellas cajas de la bodega contra la borda de estribor y las ataremos. Lo compensará un poco, pero además del peso tendremos el baricentro más alto. Oscilará como un tapón de corcho en una marejada. Necesitaría la ayuda de un demonio para disparar esos cañones.

—Solo os pregunto si podéis gobernarla.

Hubo un largo silencio.

—Puedo gobernarla —contestó Enders por fin—. Puedo gobernarla como vos prefiráis, pero más vale que recuperemos el equilibrio antes de que se desencadene la tormenta. No aguantaría ni diez minutos con mal tiempo.

—Lo sé —dijo Hunter.

Los dos hombres se miraron. En ese momento, un retumbo resonó sobre sus cabezas, señalando que el primer cañón de estribor se estaba trasladando a babor.

—Dependemos de una probabilidad débil —dijo Enders.

—Es la única que tenemos —contestó Hunter.

El fuego comenzó a primera hora de la tarde. Colocaron un pedazo de vela blanca a quinientos metros, en la costa, y dispararon los cañones uno por uno hasta que acertaron el blanco. Las posiciones se señalaron en la cubierta con la hoja de un cuchillo. Fue un proceso largo, lento y laborioso que se alargó hasta la noche, momento en el que se sustituyó la vela blanca por una hoguera. A medianoche, los treinta y dos cañones estaban apuntados, cargados y a punto para ser disparados. La carga se había transportado arriba y se había atado a la borda de babor, lo que compensaba en parte la inclinación a estribor. Enders se dio por satisfecho con el equilibrio del barco, pero su expresión no era de satisfacción.

Hunter ordenó a los hombres dormir unas horas y les anunció que zarparían con la marea de la mañana. Antes de dormirse, se preguntó qué habría pensado Bosquet de los cañonazos que habían sonado todo el día en la cala. ¿Adivinaría el significado de aquellos disparos? Y si lo adivinaba, ¿qué haría?

Hunter no se entretuvo con la cuestión. Pronto lo averiguaría, pensó, y cerró los ojos.

30

Al amanecer, Hunter recorría la cubierta, arriba y abajo, vigilando los preparativos de la tripulación para la batalla. Habían
dispuesto el doble de cuerdas y sujeciones, para que si alguna
resultaba dañada hubiera otra preparada para seguir navegando. Se ataron sábanas y mantas empapadas de agua a las bordas
y las particiones, como protección contra las astillas que salieran volando. Mojaron el barco repetidas veces, empapando la
madera seca para reducir el riesgo de incendio.

En plenos preparativos, apareció Enders.

—Capitán, los vigías acaban de informar de que el navío de
guerra se ha ido.

Hunter se quedó atónito.

—¿Se ha ido?

—Sí, capitán. Se ha ido durante la noche.

—¿No se le ve por ninguna parte?

—Por ninguna, capitán.

—Es imposible que se haya rendido —dijo Hunter.

Consideró las posibilidades de que tal cosa hubiera sucedido. Tal vez el barco había ido al norte o al sur de la isla para esperar al acecho. Tal vez Bosquet tenía algún otro plan o, tal
vez, los proyectiles del cañón le habían causado más daños de
lo que habían creído los corsarios.

—De acuerdo, zarpamos de todos modos —dijo Hunter.

La desaparición del barco de guerra era una ventaja y Hunter lo sabía. Significaba que podría salir con tranquilidad de la bahía del Mono con su patoso barco.

Cruzar aquel paso le había provocado una gran inquietud.

Al otro lado de la bahía vio a Sanson dirigiendo los preparativos a bordo del *Cassandra*. El balandro estaba más hundido en el agua; durante la noche, Hunter había trasladado la mitad del tesoro de sus bodegas a la del *Cassandra*. Había muchas probabilidades de que uno de los dos barcos se hundiera, y quería que al menos se salvara parte del tesoro.

Sanson lo saludó con la mano. Hunter le devolvió el saludo, pensando que ese día no envidiaba en absoluto a Sanson. Según sus planes, en caso de ataque, el barco más pequeño huiría hacia el puerto seguro más cercano, mientras Hunter entablaba una batalla con el navío de guerra. Pero no sería tarea fácil para Sanson, que podría tener dificultades para escapar intacto. Si los españoles decidían atacar primero a Sanson, el barco de Hunter no podría responder. Los cañones de *El Trinidad* estaban preparados solo para dos salvas defensivas.

Pero si Sanson temía esta posibilidad, no daba señales de ello; su saludo fue más bien alegre. Unos minutos después, los dos barcos levaron anclas y, con pocas velas, salieron hacia mar abierto.

El mar estaba agitado. Una vez pasados los arrecifes de coral y el agua poco profunda, había un viento de cuarenta nudos y olas de cuatro metros de altura. En aquellas aguas, el *Cassandra* se balanceaba y rebotaba, pero el galeón de Hunter se retorcía y se arrastraba como un animal herido.

Enders se quejó con amargura y pidió a Hunter que se hiciera cargo del timón un momento. Hunter observó cómo el artista del mar iba hacia proa hasta que todas las velas quedaron detrás de él.

Enders dio la espalda al viento y extendió los dos brazos. Permaneció así un momento y después se volvió ligeramente, todavía con los brazos extendidos.

Hunter reconoció el viejo truco de lobo de mar para localizar el ojo de un huracán. Si te situabas de pie con los brazos abiertos y de espaldas al viento, se suponía que el ojo de la tormenta se encontraba aproximadamente dos grados más adelante respecto a la dirección indicada por la mano izquierda.

Enders volvió al timón, rezongando y blasfemando.

—Viene del sur sudoeste —dijo—, y ¡que me aspen si no lo tenemos encima antes del anochecer!

En efecto, el cielo se estaba volviendo de un gris cada vez más plomizo, y los vientos parecían cobrar fuerza a cada minuto que pasaba. *El Trinidad* escoraba patosamente a medida que se alejaba de la isla del Gato y resentía en toda su estructura las severas condiciones del mar abierto.

—Maldición —dijo Enders—. No me fío de todos esos cañones, capitán. ¿No podríamos mover un par a estribor?

—No —negó Hunter.

—Navegaríamos mejor —dijo Enders—. Os gustaría, capitán.

—También a Bosquet —replicó Hunter.

—Mostradme dónde está Bosquet —dijo Enders— y podréis dejar los cañones donde están y no oiréis que diga una sola palabra más.

—Está allí —dijo Hunter, señalando hacia popa.

Enders miró y vio claramente al navío español en la costa norte de la isla del Gato, dispuesto a perseguir al galeón.

—Pegado a nuestro culo —dijo Enders—. Por los huesos de Cristo, está bien situado.

La embarcación apuntaba hacia la parte más vulnerable del galeón: el puente de popa. En general, todos los navíos eran débiles por la popa; por esta razón, el tesoro siempre se almacenaba a proa, y por esta razón los camarotes más espaciosos estaban siempre a popa. Un capitán de barco podía tener un gran compartimiento, pero en el momento de la batalla se daba por supuesto que no se encontraría en él.

Hunter no tenía ningún arma a popa; todos los cañones estaban colocados a babor. El desastroso escoramiento privaba a Enders de la tradicional defensa contra un ataque por detrás: una navegación serpenteante y errática para ofrecer un blanco más difícil. Enders tenía que procurar mantener el rumbo adecuado para evitar que el barco se llenara de agua, y esto no lo hacía feliz.

—Seguid así —dijo Hunter—, y mantened la tierra a estribor.

Se dirigió a proa, donde don Diego estaba realizando observaciones con un extraño instrumento que había construido él mismo. Consistía en un pedazo de madera de casi un metro de largo, montado en el palo mayor. En cada extremo había una pequeña estructura de madera, en forma de aspa, formando una «X».

—Es bastante sencillo —dijo el Judío—. Hay que mirar por aquí —dijo colocándose en un extremo—, y cuando las dos cruces coinciden, la mira es correcta. La parte del blanco que acertaréis será la que se encuentra en la intersección de las dos cruces superpuestas.

—¿Y el alcance?

—Para eso necesitáis a Lazue.

Hunter asintió. Lazue, con su aguda vista era capaz de calcular las distancias con notable precisión.

—El alcance no es el problema —dijo el Judío—. La cuestión es calcular bien las fases de las olas. Mirad, por aquí.

Hunter se colocó en posición detrás de las cruces.

Cerró un ojo y miró hasta que las dos X quedaron superpuestas. Entonces se dio cuenta de cómo se inclinaba y balanceaba el barco.

Tan pronto las cruces apuntaban al cielo vacío como apuntaban al mar agitado.

Mentalmente, imaginó que disparaba una andanada. Hunter sabía que entre las órdenes que gritaba el capitán y su ejecución por parte de los artilleros pasaba cierto intervalo. Debía determinar cuál era. Además, el proyectil se movía con lentitud; pasaría otro medio segundo antes de que diera en el blanco. Tras sumarlo todo, supo que pasaría más de un segundo entre la orden de disparar y el impacto.

En ese segundo, el galeón se balancearía y rebotaría descontroladamente en el océano. Sintió una punzada de pánico. Su desesperado plan era imposible en un mar agitado. Nunca lograrían disparar dos salvas con precisión.

—Cuando el tiempo es de suma importancia —intervino el Judío—, puede ser útil el ejemplo de un duelo.

—Bien —dijo Hunter. Era un buen recurso—. Advertid a los artilleros que antes de disparar deben esperar que yo diga: Preparados, uno, dos, tres, fuego. ¿De acuerdo?

—Se lo comunicaré —dijo el Judío—. Pero en el fragor de la batalla…

Hunter asintió. El Judío estaba demostrando una gran sensatez, y que pensaba con más claridad que el propio Hunter. En cuanto empezaran los disparos, las señales verbales se perderían, o se malinterpretarían.

—Yo gritaré las órdenes. Vos estaréis a mi lado y las repetiréis gesticulando.

El Judío asintió y fue a comunicarlo a la tripulación. Hunter llamó a Lazue y le explicó la importancia de ser preciso en el cálculo del alcance. El disparo estaba preparado para quinientos metros; debería calcularlo con precisión. Ella le aseguró que podía hacerlo.

Hunter volvió junto a Enders, que estaba soltando un rosario de imprecaciones.

—Pronto cataremos las balas de esos bastardos —dijo—. Casi puedo sentir el calor.

Justo en aquel momento, el barco español abrió fuego con sus cañones de proa. Un pequeño proyectil pasó silbando en el aire.

—Caliente como un joven lleno de ardor —dijo Enders, sacudiendo el puño en el aire.

Una segunda salva astilló la madera del castillo de popa, sin causar graves daños.

—Mantened el rumbo —ordenó Hunter—. Dejad que gane terreno.

—Dejad que gane terreno. ¿Qué más podría hacer, si puede saberse?

—No perdáis la calma —dijo Hunter.

—No es mi calma lo que corre peligro —farfulló Enders—, sino mi amado culo.

Un tercer proyectil pasó entre los dos barcos sin causar daño, silbando en el aire. Era lo que estaba esperando Hunter.

—¡Botes de humo! —gritó el capitán.

La tripulación se apresuró a encender los botes de brea y azufre preparados sobre cubierta. En el aire se elevaron hinchadas volutas de humo, que se dirigían hacia popa. Hunter sabía que con esto haría creer a su enemigo que había causado graves daños al barco. Sabía perfectamente qué aspecto debía de tener *El Trinidad*: una embarcación que se balanceaba peligrosamente y que ahora, por añadidura, eructaba columnas de humo negro.

—Se está desviando hacia el este —informó Enders—. Para lanzarse sobre la presa.

—Bien —dijo Hunter.

—Bien —repitió Enders, sacudiendo la cabeza—. ¡Por el fantasma de Judas! Nuestro capitán dice que esto es bueno.

Hunter observó cómo el barco español se movía hacia el lado de babor del galeón. Bosquet había iniciado la batalla de la forma clásica, y parecía querer proseguir de la misma manera. Se estaba moviendo para situarse en paralelo al barco enemigo, justo fuera del alcance de sus cañones.

En cuanto estuviera alineado con el galeón, el navío de guerra comenzaría a acercarse. Cuando estuviera a tiro, a partir de dos mil metros, Bosquet abriría fuego, y seguiría disparando mientras se acercaba más y más. Este sería el momento más difícil para Hunter y su tripulación. Tendrían que soportar aquellas andanadas hasta que el barco español estuviera a su alcance.

Hunter observó mientras el barco enemigo se colocaba en paralelo con el rumbo de *El Trinidad*, a poco más de una milla a babor.

—Seguid así —dijo Hunter y posó una mano en el hombro de Enders.

—Podéis hacer de mí lo que queráis —gruñó Enders—, lo mismo que ese bruto español.

Hunter fue a ver a Lazue.

—Está a poco menos de dos mil metros —dijo Lazue, mirando el perfil del enemigo con ojos entornados.

—¿A qué velocidad se acerca?

—Veloz. Está ansioso.

—Mejor para nosotros —repuso Hunter.

—Ahora está a mil ochocientos metros —indicó Lazue.

—Preparaos para recibir el fuego enemigo —dijo Hunter.

Momentos después, la primera andanada explotó, salió del navío enemigo y cayó en el agua a babor de *El Trinidad*.

El Judío empezó a contar.

—Uno Madonna, dos Madonna, tres Madonna, cuatro Madonna…

—Menos de mil setecientos —informó Lazue.

El Judío había contado hasta setenta y cinco cuando salió la segunda andanada. Las balas de hierro silbaron en el aire, pero no alcanzaron el barco.

Inmediatamente, el Judío empezó a contar otra vez.

—Uno Madonna, dos Madonna, tres Madonna…

—No son particularmente rápidos —dijo Hunter—. Deberían poder hacerlo en sesenta segundos.

—Mil quinientos metros —murmuró Lazue.

Pasó otro minuto, y entonces se disparó la tercera andanada. Esta vez con una puntería impresionante; de repente, Hunter se vio envuelto en un mundo de absoluta confusión: hombres que gritaban, astillas que volaban por los aires, vergas y aparejos que caían sobre el puente.

—¡Daños! —gritó—. ¡Informe de daños!

Miró entre el humo hacia el barco enemigo, que seguía acercándose. Ni siquiera vio al marinero que, a sus pies, se retorcía y gritaba de dolor, tapándose la cara con las manos, con sangre resbalando entre los dedos.

El Judío miró hacia abajo y vio que una astilla enorme había traspasado la mejilla del marinero y le salía por el paladar. Enseguida, Lazue se inclinó con calma y disparó al hombre en la cabeza con su pistola. Una sustancia grumosa y rosácea se esparció sobre la madera del puente. Con frío desapego, el Judío se dio cuenta de que era el cerebro del hombre. Volvió a mirar a Hunter, que tenía los ojos fijos en el enemigo.

—¡Informe de daños! —gritó Hunter cuando llegó la siguiente salva del navío de guerra.

—¡Bauprés destruido!

—¡Vela de trinquete destruida!

—¡Cañón número dos inutilizado!

—¡Cañón número seis inutilizado!

—¡Alto del palo de mesana destruido!

—¡Los de abajo, apartaos! —llegó un grito, mientras la parte superior de la mesana caía a trozos sobre la cubierta, entre una lluvia de madera pesada y cuerdas.

Hunter se agachó para protegerse de los fragmentos que caían a su alrededor. Una vela lo cubrió, pero consiguió ponerse de pie con un gran esfuerzo. A pocos centímetros de su cara, un cuchillo cortó la vela. La apartó y vio la luz; Lazue lo estaba liberando.

—Casi me cortas la nariz —murmuró.

—No la echaríais de menos —bromeó Lazue.

Otra andanada del barco español silbó sobre sus cabezas.

—¡Tienen la mira alta! —gritó Enders, con una alegría absurda—. ¡Por la gracia de Dios, tiran alto!

Hunter miró hacia delante justo cuando un proyectil cayó sobre los artilleros del cañón número cinco. El cañón de bronce salió despedido por los aires, y volaron pesadas astillas en todas direcciones. A uno de los hombres un fragmento de madera afilado como una hoja de afeitar le traspasó el cuello. Se lo agarró y cayó al suelo, retorciéndose de dolor.

Cerca, otro marinero recibió de lleno una bala. Le partió el cuerpo por la mitad y las piernas cayeron literalmente debajo de él. El torso gritó y rodó sobre la cubierta unos instantes hasta que murió.

—¡Informe de daños! —gritó Hunter.

Un hombre que estaba de pie a su lado recibió un golpe en la cabeza de un fragmento de madera que le hizo añicos el cráneo; se derrumbó sobre un charco de sangre, roja y pegajosa.

La verga del palo de proa cayó sobre dos marineros en cubierta, aplastándoles las piernas; aullaron y gritaron desgarradoramente.

Mientras tanto, las andanadas del barco español seguían cayendo.

Permanecer lúcido en medio de tanta muerte y destrucción y mantener la calma era casi imposible; sin embargo, era lo que

Hunter intentaba, mientras caía una andanada tras otra sobre su barco. Habían pasado veinte minutos desde que el navío de guerra había abierto fuego. La cubierta estaba sembrada de aparejos, vergas y fragmentos de madera; los gritos de los heridos se mezclaban con los silbidos de las balas de cañón que cruzaban el aire sin cesar. Para Hunter, la destrucción y el caos que lo rodeaba se habían fundido hacía rato en un fondo uniforme y tan constante que ya no le prestaba atención. Sabía que su barco estaba siendo destruido lenta e inexorablemente, pero permanecía con la mirada fija en el barco enemigo, que se acercaba más a cada segundo.

Las bajas eran considerables: siete hombres muertos, y doce heridos; dos puestos de artillería inservibles. Había perdido el bauprés y todas las velas; había perdido la cima del palo de mesana y el aparejo de la vela mayor en el lado de sotavento; había recibido el impacto de dos proyectiles bajo la línea de flotación, y empezaba a entrar agua en *El Trinidad*. Podía sentir que se movía más bajo entre las olas, menos ágilmente, si ello era posible; los movimientos eran pesados y torpes.

No podía intentar reparar los daños. La reducida tripulación estaba ocupada manteniendo el barco en un rumbo aceptable. Solo era cuestión de tiempo que fuera imposible controlarlo o se hundiera irremisiblemente.

Miró el barco español entre el humo y la niebla. Empezaba a ser difícil distinguirlo. A pesar del fuerte viento, los dos barcos estaban rodeados de un humo acre.

Se acercaba velozmente.

—Setecientos metros —informó Lazue monótonamente.

También ella estaba herida; un fragmento de madera partido le había lacerado el antebrazo en la quinta andanada. Se había aplicado rápidamente un torniquete cerca del hombro y seguía avistando, sin hacer caso de la sangre que goteaba sobre la cubierta, a sus pies.

Otra andanada les cayó encima estruendosamente, sacudiendo la embarcación con múltiples impactos.

—Seiscientos metros.

—¡Preparados para disparar! —gritó Hunter, inclinándose para mirar las cruces a través de la mira.

La posición era la adecuada para dar en el centro del barco enemigo, pero mientras lo observaba, se movió ligeramente hacia delante. Con el instrumento óptico, Hunter encuadraba ahora el castillo de popa.

Que sea lo que Dios quiera, pensó, mientras calculaba el balanceo de *El Trinidad* mediante las cruces, e intentaba determinar la secuencia de las olas, arriba y abajo, arriba y abajo; veía el cielo despejado, después solo agua, y luego de nuevo el barco de guerra. Finalmente, otra vez el cielo despejado mientras *El Trinidad* seguía su balanceo ascendente.

Contó para sus adentros, una y otra vez, moviendo silenciosamente los labios.

—Quinientos metros —dijo Lazue.

Hunter miró un momento más. Contó.

—¡Uno! —gritó, mientras las cruces apuntaban al cielo.

Entonces el arco descendió y vio pasar rápidamente el perfil del navío de guerra.

—¡Dos! —gritó, mientras las cruces apuntaban al mar agitado.

Hubo una breve vacilación en el movimiento. Esperó.

—¡Tres! —aulló, mientras empezaba de nuevo el movimiento ascendente. Y finalmente:

—¡Fuego!

El galeón se sacudió peligrosamente y escoró con brusquedad cuando los treinta cañones explotaron en una salva. Hunter cayó hacia atrás contra el palo mayor con una fuerza que le dejó sin aliento. Pero apenas lo notó; estaba observando el movimiento descendente, para ver qué le había ocurrido al enemigo.

—Le habéis dado —dijo Lazue.

Sin duda le habían dado. El impacto había desplazado el navío español lateralmente sobre el agua, y ahora se encontraba con la popa hacia mar abierto. El perfil del castillo de popa se había reducido a una línea recortada, y el palo de mesana estaba cayendo al agua con un movimiento extrañamente lento, con las velas y todo.

Pero, en el mismo momento, Hunter vio que había apuntado demasiado cerca de la proa y no había alcanzado ni al timón ni al timonel. El barco español seguía bajo control.

—¡Volved a cargar y sacad los cañones! —gritó.

Había una gran confusión a bordo del navío español. Hunter sabía que había ganado tiempo. Aunque no podía determinar con certeza si había ganado los diez minutos que necesitaba para preparar la segunda salva.

A popa del navío de guerra, los marineros se afanaban para abatir definitivamente el palo de mesana y quitarlo de en medio. Por un momento pareció que, cuando cayera al agua con el aparejo, podría llevarse por delante el timón, pero no sucedió.

Hunter oía el fragor en las cubiertas inferiores donde, uno tras otro, estaban cargando los cañones y colocándolos nuevamente en los portillos.

El navío de guerra español ya estaba más cerca, a menos de cuatrocientos metros a babor, pero estaba mal situado para soltar una andanada.

Pasó un minuto; luego otro.

El barco español se recuperó de la confusión, mientras el palo de mesana con sus velas se alejaba a la deriva en su estela.

La proa del barco cambió de rumbo. Los españoles estaban virando para acercarse por el indefenso lado de estribor de Hunter.

—¡Maldición! —dijo Enders—. ¡Sabía que ese bastardo era astuto!

El navío español se alineó para soltar una andanada, y un momento después la carga llegó. A tan poca distancia, fue terriblemente efectiva. Más vergas y aparejos cayeron alrededor de Hunter.

—No podremos aguantar mucho más —dijo Lazue en voz baja.

Hunter estaba pensando lo mismo.

—¿Cuántos cañones están dispuestos? —gritó.

Abajo, don Diego hizo un rápido cálculo.

—¡Dieciséis!

—Abriremos fuego con ellos —dijo Hunter.

Otra andanada del navío español los golpeó con un efecto devastador. El barco de Hunter se estaba haciendo pedazos.

—¡Señor Enders! —aulló Hunter—. ¡Preparados para virar!

Enders miró a Hunter con incredulidad. Un cambio de ruta, en aquel momento, pondría a *El Trinidad* frente a la proa del navío de guerra… y mucho más cerca de él.

—¡Preparados para virar! —repitió Hunter a gritos.

—¡Preparados para virar! —gritó Enders.

Los marineros corrieron aturdidos a sus puestos, trabajando frenéticamente para desenredar las cuerdas.

El navío de guerra estaba cada vez más cerca.

—Trescientos cincuenta metros —informó Lazue.

Hunter apenas la oía. Ya no le preocupaba el alcance. Fijó la vista en la mira hacia el perfil humeante del navío de guerra. Le escocían los ojos y veía borroso. Parpadeó y se centró en un punto imaginario del perfil del barco español. Bajo y justo por debajo de la línea de flotación.

—¡Preparados! ¡Timón a sotavento! —aulló Enders.

—¡Preparados para abrir fuego! —gritó Hunter.

Enders estaba estupefacto. Hunter lo sabía, incluso sin mirar a la cara al artista del mar. No dejaba de observar las cruces.

Hunter iba a disparar mientras el barco todavía maniobraba. Era algo inaudito, una auténtica locura.

—¡Uno! —gritó Hunter.

En la mira vio al barco balanceándose en el viento, apuntando hacia el navío español…

—¡Dos!

Su barco se movía lentamente, y veía cómo las cruces se acercaban poco a poco al perfil brumoso del navío de guerra. Pasó por los portillos de los cañones y después distinguió la madera…

—¡Tres!

La mira seguía moviéndose hacia el blanco, pero estaba demasiado alto. Esperó a que su barco se hundiera, sabiendo que en el mismo momento el navío de guerra ascendería ligeramente y estaría más expuesto.

Esperó, sin atreverse a respirar, sin atreverse a tener esperanza. El navío de guerra se levantó un poco y entonces…

—¡Fuego!

De nuevo el galeón se sacudió con el impacto de los cañonazos. Fue una salva un tanto irregular; Hunter la oyó y la sintió, pero no podía ver nada. Esperó a que el humo se despejara y el barco recuperara el equilibrio. Miró.

—¡Madre de Dios! —exclamó Lazue.

No se apreciaba ningún cambio en el barco español. Hunter había errado el disparo.

—¡Que el demonio me lleve! —se desesperó Hunter, pensando que nunca habían sido tan ciertas aquellas palabras. A todos se los llevaría el demonio; la siguiente andanada de los españoles acabaría con ellos.

—Ha sido un noble intento —dijo don Diego—. Un noble y valeroso intento.

Lazue meneó la cabeza y le besó en la mejilla.

—Los santos nos ayudarán —afirmó ella, con lágrimas en los ojos.

Hunter era presa de la desesperación. Habían perdido la última oportunidad; les había fallado a todos. Únicamente podían izar la bandera blanca y rendirse.

—Señor Enders —gritó—, izad la bandera blanca...

De repente se calló. Enders estaba bailando frente al timón, golpeándose los muslos y riendo como un poseso.

Después oyó gritos de júbilo en las cubiertas inferiores. Los artilleros estaban vitoreando.

¿Se habían vuelto locos?

A su lado, Lazue soltó un chillido de alegría y se puso a reír tan fuerte como Enders. Hunter se volvió y miró el navío de guerra español. Vio que la proa se alzaba del agua y que aparecía un enorme agujero en el casco, de casi tres metros de largo, bajo la línea de flotación. Inmediatamente la proa volvió a sumergirse escondiendo el daño bajo el agua.

Apenas tuvo tiempo de darse cuenta de lo que aquello representaba cuando columnas de humo surgieron del castillo de proa del navío enemigo, hinchándose con sorprendente rapidez. Un momento después, una explosión retumbó sobre la superficie del mar.

El navío español desapareció en una gigantesca esfera de llamaradas, entre explosiones que se sucedían a medida que la pólvora almacenada en la bodega ardía. Se oyó una nueva detonación, tan potente que incluso *El Trinidad* se resintió de las olas que levantó. Después otra, y otra más; en poco tiempo el navío de Bosquet fue engullido por el mar. Hunter solo alcanzó a ver imágenes fragmentadas de destrucción: los mástiles cayendo; cañones empujados por manos invisibles; toda la estructura del navío hundiéndose hacia dentro, y finalmente explotando hacia fuera.

Algo chocó contra el palo mayor sobre la cabeza de Hunter, cayó sobre sus cabellos, le resbaló por los hombros y aterrizó en el puente. Pensó que sería un pájaro, pero, al mirar, vio que era una mano humana, seccionada por la muñeca. Llevaba un anillo en un dedo.

—Santo Dios —susurró. Cuando volvió a mirar hacia el navío de guerra, se quedó petrificado.

El navío de guerra había desaparecido.

Literalmente, había desaparecido: hacía un minuto estaba allí, consumido por el fuego y las ardientes nubes de las explosiones, pero estaba allí. Ahora ya no. Solo fragmentos, velas en llamas, vergas que flotaban sobre el agua. Entre ellos flotaban los cadáveres de los marineros, y oyó los gritos y alaridos de los supervivientes. El navío de guerra ya no existía.

Alrededor de él, su tripulación reía y pegaba saltos en una frenética celebración. Hunter no podía apartar los ojos del lugar donde poco antes estaba el navío enemigo. Entre los restos todavía en llamas, su mirada se posó sobre un cadáver que flotaba boca abajo en el agua. Era el cuerpo de un oficial español; Hunter lo dedujo por la espalda del uniforme azul del hombre. Los pantalones se habían hecho pedazos con la explosión, y sus nalgas desnudas estaban a la vista. Hunter miró la carne al descubierto, fascinado de que la espalda estuviera intacta y en cambio la ropa de la parte de abajo del cuerpo estuviera hecha trizas. Había algo obsceno en las circunstancias y el azar de aquella muerte. Después, cuando el cuerpo rebotó con las olas, Hunter vio que no tenía cabeza.

A bordo de su barco, se dio cuenta vagamente de que la tripulación ya no estaba de celebración. Todos se habían quedado en silencio y se habían vuelto, para mirarlo. El capitán observó sus caras, cansadas, sucias, sangrantes, los ojos apáticos e inexpresivos de fatiga, y al mismo tiempo extrañamente expectantes.

Lo miraban a él y esperaban que hiciera algo. Por un instante, no logró imaginar qué esperaban de él. Entonces sintió algo en la mejilla.

Lluvia.

31

El huracán se desencadenó con furiosa intensidad. En pocos minutos el viento ululaba entre los aparejos a más de cuarenta nudos, azotándolos con punzantes ráfagas de lluvia. El mar estaba todavía más agitado, con olas de cinco metros de altura que formaban montañas de agua que balanceaban el barco vertiginosamente. Tan pronto estaban en lo alto, sobre la cresta de la ola, como se hundían con una brusquedad que revolvía el estómago; el agua les caía encima de todas las direcciones.

Los hombres sabían que aquello solo era el comienzo. El viento, la lluvia y el mar empeorarían; la tormenta duraría varias horas, tal vez días.

Se lanzaron a trabajar con una energía que contradecía la fatiga que sentían. Despejaron la cubierta y recogieron las velas desgarradas; con un esfuerzo sobrehumano consiguieron tirar por la borda una vela y tapar los agujeros bajo la línea de flotación. Trabajaron en silencio sobre los puentes mojados, resbaladizos y peligrosamente oscilantes, corriendo el riesgo de caer por la borda y que nadie se diera cuenta.

Pero la tarea más urgente, y más difícil, era recuperar el equilibrio del barco, trasladando parte de los cañones a estribor. Si ya no era fácil hacerlo en aguas tranquilas con la cubierta seca, en plena tormenta, con el barco llenándose de agua por ambos lados y la cubierta inclinándose en ángulos de cuarenta y cinco grados, con todas las superficies y cuerdas empapadas y resbalosas, era prácticamente imposible. Sin embargo debían hacerlo si querían sobrevivir.

Hunter dirigió la operación, un cañón tras otro. La cuestión era anticiparse a la inclinación, de modo que los ángulos hicieran el trabajo mientras los hombres empujaban pesos de dos toneladas.

Perdieron el primer cañón. Una cuerda se partió, y el cañón salió disparado por la cubierta inclinada como un proyectil; destrozó la borda del lado opuesto y cayó al agua. Los hombres se quedaron aterrados ante la velocidad con la que había sucedido. El segundo cañón lo ataron con cuerdas dobles, pero también se soltó y aplastó a un hombre por el camino.

Las siguientes cinco horas, los hombres batallaron contra el viento y la lluvia para colocar los cañones en su lugar y fijarlos de forma segura. Cuando terminaron, todos los hombres de *El Trinidad* estaban exhaustos; los marineros se apoyaban en los puntales y en las barandillas como animales a punto de ahogarse; gastaban la poca energía que les quedaba en no ser arrastrados por la borda.

Pero Hunter sabía que la tormenta apenas había empezado.

Los europeos que habían viajado al Nuevo Mundo habían descubierto los huracanes, uno de los fenómenos más sobrecogedores de la naturaleza. La palabra «huracán» deriva del término con que los indios arawak se referían a aquellas tormentas que no tenían equivalente en Europa. La tripulación de Hunter conocía la desmedida potencia de aquellos fenómenos ciclónicos gigantescos, y reaccionaba a la terrible realidad de la tormenta con las supersticiones y los ritos más antiguos del mar.

Enders, al timón, observaba las montañas de agua que lo rodeaban y murmuraba todas las oraciones que había aprendido de niño, mientras agarraba el diente de tiburón que llevaba colgado al cuello y deseaba poder desplegar más velas. *El Trinidad* estaba navegando con solo tres por el momento, y eso traía mala suerte.

Bajo cubierta, el Moro se cortó un dedo con un puñal y, con su propia sangre, trazó un triángulo sobre el puente. Dejó una pluma en el centro del triángulo y la sostuvo así mientras susurraba un hechizo.

A proa, Lazue echó un barrilete de cerdo salado por la borda y levantó tres dedos en el aire. Este era el ritual más ancestral de todos, aunque para ella solo fuera una antigua historia de viejos marineros que decían que aquella práctica tenía el poder de salvar un barco que estaba a punto de hundirse. En realidad, los tres dedos levantados simbolizaban el tridente de Neptuno, y la comida lanzada al mar era un sacrificio ofrecido al dios de los océanos.

Hunter, que siempre aseguraba que desdeñaba estas supersticiones, fue a su camarote, cerró la puerta, se puso de rodillas y rezó. En torno a él, el mobiliario del camarote se deslizaba arriba y abajo, de una pared a otra, mientras el barco se balanceaba descontroladamente en el mar.

Fuera, la tormenta aullaba con furia demoníaca y el galeón crujía y gemía con lamentos largos y agónicos. Al principio no oía más ruidos que estos, pero después distinguió un grito de mujer. Y después otro.

Salió del camarote y vio que cinco marineros arrastraban a lady Sarah Almont hacia proa, por la escalera de los camarotes. Ella gritaba y forcejeaba intentando soltarse.

—¡Quietos! —gritó Hunter, y fue tras ellos.

Las olas les caían encima, barriendo el puente.

Los hombres no osaban mirarlo a los ojos.

—¿Qué sucede aquí? —preguntó Hunter.

Ninguno de ellos respondió. Fue lady Sarah quien habló finalmente, con voz rota.

—¡Quieren tirarme al mar!

El cabecilla del grupo parecía ser Edwards, un marinero curtido, veterano de docenas de expediciones corsarias.

—Es una bruja —afirmó él, mirando a Hunter con expresión desafiante—. Os lo aseguro, capitán. No sobreviviremos a este huracán con ella a bordo.

—No digas estupideces —dijo Hunter.

—Creedme —insistió Edwards—. No duraremos mucho con ella a bordo. Es la peor bruja que he visto jamás.

—¿Cómo lo sabes?

—Lo supe en cuanto la vi —afirmó Edwards.

—¿Qué pruebas tienes? —insistió Hunter.

—Este hombre está loco —dijo lady Sarah—. Loco de atar.

—¿Qué pruebas? —exigió Hunter, gritando para hacerse oír sobre el estruendo del viento.

Edwards vaciló. Finalmente, soltó a la muchacha y se volvió para marcharse.

—No merece la pena seguir discutiendo —dijo—. Pero estáis avisados. Os he avisado.

Se alejó. Uno tras otro, los otros hombres retrocedieron. Hunter se quedó solo con lady Sarah.

—Volved a vuestro camarote —ordenó Hunter—. Encerraos por dentro y no salgáis. No salgáis para nada, y no abráis la puerta a nadie.

Los ojos de la mujer estaban abiertos de pavor. Asintió y regresó a su camarote. Hunter esperó hasta comprobar que cerraba la puerta, y entonces, tras un momento de vacilación, subió a cubierta, exponiéndose nuevamente a la furia de la tormenta.

Bajo cubierta, la tormenta daba miedo, pero sobre la cubierta principal superaba a la imaginación. El viento golpeaba el buque como un bruto invisible, con la fuerza de mil brazos fuertes que tiraban de las extremidades de los marineros, arrancándolos de cualquier agarradero o apoyo. La lluvia golpeó a Hunter con tal fuerza que al principio se puso a gritar. Durante unos segundos no logró ver nada. Distinguió a Enders al timón, firmemente sujeto en su posición.

Hunter fue hacia él, agarrándose a la cuerda guía que seguía el borde del puente, hasta que llegó al refugio del castillo de popa. Cogió otra cuerda y se la ató al cuerpo, se inclinó hacia Enders y gritó:

—¿Cómo va?

—Ni mejor, ni peor —contestó Enders gritando—. Aguantamos, y aguantaremos un poco más, pero no más de unas horas. Percibo que el barco empieza a quebrarse.

—¿Cuántas horas?

La respuesta de Enders se perdió bajo la montaña de agua que les cayó encima y barrió el puente.

Era una respuesta tan buena como cualquier otra, pensó Hunter. Ningún barco podría resistir aquella violencia mucho tiempo, y menos aún un barco tan gravemente dañado.

De vuelta en su camarote, lady Sarah Almont supervisó la destrucción causada por la tormenta y por los marineros que la habían agredido mientras ella hacía sus preparativos. Cuidadosamente, a pesar del balanceo del barco, enderezó las velas en el suelo y las encendió una por una, hasta que las cinco estuvieron encendidas. Después rascó un pentagrama sobre la madera y se colocó sobre él.

Estaba muy asustada. Cuando madame de Rochambeau, la francesa, le había mostrado lo que estaba de moda en la corte de Luis XIV, le había parecido divertido e incluso se había reído un poco. Pero se decía que en Francia las mujeres mataban a sus hijos recién nacidos para asegurarse la eterna juventud. Si era cierto, quizá aquel pequeño hechizo le salvaría la vida…

¿Qué mal había en ello? Cerró los ojos y escuchó el aullido de la tormenta a su alrededor.

—Greedigut —susurró, sintiendo cómo sus labios pronunciaban cada letra. Se acarició el cuerpo, arrodillada en el suelo sobre el pentagrama inciso—. Greedigut. Greedigut, ven a mí.

El suelo osciló furiosamente, las velas se deslizaron a un lado y después a otro. Tuvo que detenerse para cogerlas. Era imposible concentrarse. ¡Ser bruja era realmente difícil! Madame de Rochambeau no le había hablado de hechizos a bordo de barcos. Tal vez allí no funcionaban. O tal vez solo eran una sarta de tonterías francesas.

—Greedigut… —gimió. Se acarició.

De repente, le pareció que la tormenta se aplacaba.

¿O era solo su imaginación?

—Greedigut, ven a mí, tómame, poséeme…

Imaginó unas garras, sintió el viento azotando su camisón, percibió su presencia…

Y el viento cesó.

QUINTA PARTE

La Boca del Dragón

32

Hunter despertó de un sueño inquieto con la extraña sensación de que algo andaba mal. Se sentó en la cama y se dio cuenta de que todo estaba más tranquilo; el movimiento del galeón era menos frenético y el viento se había reducido a un susurro.

Se apresuró a subir a cubierta, donde caía una ligera lluvia. Vio que el mar se había calmado y la visibilidad había mejorado. Enders, todavía al timón, parecía extenuado, pero sonreía.

—Lo hemos logrado, capitán —dijo—. El barco está maltrecho, pero ha resistido.

Enders apuntó a estribor. Había tierra a la vista; el bajo y gris perfil de una isla.

—¿Qué es? —preguntó Hunter.

—No lo sé —contestó Enders—. Pero pronto lo sabremos.

El galeón había ido de aquí para allá durante dos días y dos noches, y no tenían ni idea de cuál era su posición. Se acercaron a la isla, que era plana, estaba cubierta de arbustos y no parecía demasiado acogedora. Incluso desde lejos se distinguían los cactus que cubrían la costa.

—Me da la sensación de que estamos al sur del archipiélago de Barlovento —dijo Enders, entornando los ojos pensativamente—. Probablemente cerca de la Boca del Dragón, y son aguas peligrosas. —Suspiró—. Si al menos viéramos el sol, podríamos determinar nuestra posición.

La Boca del Dragón era la franja de agua entre las islas caribeñas de Barlovento y la costa de Sudamérica, un estrecho cuyas aguas eran famosas y temidas, aunque en aquel momento estuvieran muy tranquilas.

A pesar del mar en calma, *El Trinidad* seguía oscilando y balanceándose como un borracho. Aun así, y con las velas destrozadas, lograron rodear el extremo meridional de la isla y encontrar una cala que les protegiera en la costa occidental. Tenía un fondo arenoso que les sería útil para las tareas de reparación. Hunter aseguró el navío y su exhausta tripulación bajó a tierra a descansar.

No se divisaba a Sanson ni al *Cassandra* por ninguna parte; que hubieran sobrevivido o no al huracán no parecía importar mucho a los hombres de Hunter, absolutamente agotados. Los hombres se echaron con sus ropas mojadas en la playa y durmieron con la cara apoyada en la arena y los cuerpos abandonados como cadáveres. El sol apareció brevemente detrás de unas nubes que se disipaban. Hunter sintió que el cansancio se apoderaba de él y se durmió con los demás.

Los tres días siguientes fueron agradables. La tripulación trabajó sin descanso reparando el galeón, arreglando los daños causados debajo de la línea de flotación y las vergas de la superestructura maltrecha. Tras un registro del barco no se encontró madera a bordo. Normalmente, un galeón del tamaño de *El Trinidad* transportaba vergas y mástiles adicionales en la bodega, pero los españoles los habían descargado para poder llevar más carga. Los hombres de Hunter tuvieron que arreglárselas con lo que tenían.

Enders observó el sol con su astrolabio y calculó la latitud. No estaban lejos de los fuertes españoles de Cartagena y Maracaibo, o de la costa sudamericana. Pero aparte de esto, no sabían nada de la isla en la que se encontraban, a la que bautizaron como cayo Sin Nombre.

Como capitán, Hunter se sentía vulnerable con *El Trinidad* inclinado a un lado, incapaz de navegar. Si los atacaban, tendrían dificultades para defenderse. De todos modos no tenía motivos para temer nada; parecía evidente que la isla estaba deshabitada, al igual que los dos islotes más cercanos por el sur.

Sin embargo, había algo hostil e inquietante en el cayo Sin Nombre. La tierra era árida y estaba repleta de cactus, que en algunos puntos tenían la densidad de un bosque. Pájaros de vivos colores gritaban en lo alto de la vegetación, y sus chillidos se propagaban con el viento. Un viento que no cesaba nunca; era cálido, desquiciante, y soplaba a casi diez nudos, de día y de noche, con una sola y breve tregua al amanecer. Los hombres se acostumbraron a trabajar y dormir con el rugido del viento en los oídos.

Había algo en aquel lugar que hizo que Hunter apostara algunos guardias alrededor del barco y de las hogueras encendidas por la tripulación. Se dijo que era por la necesidad de restablecer la disciplina entre sus hombres, pero en realidad era una especie de presagio. La cuarta noche, a la hora de cenar, asignó los turnos de guardia. Enders se encargaría del primero; él se ocuparía de la guardia de medianoche, y le relevaría Bellows. Mandó a un hombre a notificarlo a Enders y a Bellows. El hombre volvió una hora más tarde.

—Lo siento, capitán —dijo—. No encuentro a Bellows.

—¿Cómo que no lo encuentras?

—No está en ninguna parte, capitán.

Hunter escrutó la baja vegetación de la costa.

—Se habrá dormido por ahí —dijo—. Encuéntralo y tráemelo. Me va a oír.

—Sí, capitán —acató el hombre.

A pesar de registrar la cala, no descubrieron ningún rastro

de Bellows. En la creciente oscuridad, Hunter suspendió la búsqueda y reunió a sus hombres alrededor de las hogueras. Contó treinta y cuatro, incluidos a los prisioneros españoles y lady Sarah. Les ordenó que se quedaran cerca de las hogueras y asignó a otro hombre el turno de Bellows.

La noche transcurrió sin incidentes.

Por la mañana, Hunter organizó una partida para recoger madera. No encontraron troncos en Sin Nombre, así que acompañó a diez hombres armados a la isla más cercana por el sur. Aquella isla, al menos en la distancia, era muy parecida a la suya, así que Hunter no tenía muchas esperanzas de encontrar madera.

Pero se sentía obligado a intentarlo.

Atracó el bote en la costa oriental de la isla y se adentró con el grupo entre densas matas de cactus que se les enganchaban en la ropa y la desgarraban. Llegaron al punto más alto de la isla a mediodía. Desde aquella posición, hicieron dos descubrimientos.

Primero, pudieron ver con claridad la siguiente isla del archipiélago hacia el sur. Unas columnas de humo gris se elevaban de una media docena de hogueras, por lo tanto, la isla estaba habitada.

Pero lo más sorprendente fue ver los tejados de un poblado, a lo largo de la costa occidental de la isla. Desde su posición, las construcciones tenían la tosca apariencia de un puesto avanzado español.

Hunter guió a sus hombres cautelosamente hacia el poblado. Con los mosquetes a punto, se deslizaron de un grupo de cactus a otro. Cuando estaban muy cerca, uno de los hombres de Hunter descargó prematuramente su mosquete; el sonido de la descarga resonó, transportado por el viento. Hunter blasfemó y observó el poblado, pero no percibió ninguna reacción.

No había actividad, ninguna señal de vida.

Tras una breve espera, entró con sus hombres en el poblado. Casi inmediatamente, se dio cuenta de que el lugar estaba desierto. Las casas estaban vacías; Hunter entró en la primera pero únicamente encontró una Biblia, en español, y un par de mantas apolilladas sobre unas camas rudimentarias y rotas. Algunas tarántulas corrieron a esconderse en la oscuridad.

Salió a la calle. Sus hombres registraron cautelosamente una construcción tras otra, pero regresaron con las manos vacías, negando con la cabeza.

—Quizá los advirtieron de nuestra llegada —aventuró un marinero.

Hunter sacudió la cabeza.

—Mirad la bahía.

Había cuatro pequeños botes, anclados en aguas poco profundas, meciéndose suavemente con las olas. De haber huido, los habitantes habrían usado los botes.

No tenía sentido abandonarlos.

—Mirad —dijo un marinero desde la playa.

Hunter se acercó a él. Vio cinco largos surcos en la arena; parecían las marcas de unos botes estrechos, quizá algún tipo de canoa, que hubieran arrastrado por la playa. Había numerosas huellas de pies desnudos. Y algunas manchas rojizas.

—¿Es sangre?

—No lo sé.

En el extremo norte del poblado incluso había una iglesia, construida de forma tan rudimentaria como las casas. Hunter y sus hombres entraron. El interior estaba en ruinas, y todas las paredes estaban cubiertas de sangre. Allí había tenido lugar una matanza, aunque no recientemente. Al menos debía de hacer varios días. El hedor a sangre seca era nauseabundo.

—¿Qué es esto?

Hunter se acercó a un marinero que estaba observando una piel en el suelo. Parecía cuero con escamas.

—Parece un cocodrilo.

—Sí, pero ¿de dónde?

—De aquí no —dijo Hunter—. Aquí no hay cocodrilos.

La recogió. El animal debía de haber sido grande, al menos de un metro y medio de largo. Pocos cocodrilos caribeños tenían ese tamaño; los que vivían en los pantanos de Jamaica medían un metro aproximadamente.

—Hace tiempo que lo desollaron —dijo Hunter.

Lo examinó cuidadosamente. Había unos agujeros en la cabeza, y por ellos habían pasado una tira de cuero como si quisieran hacer una capa.

—Maldición, mirad, capitán.

Hunter miró hacia la siguiente isla al sur. Las hogueras, que antes eran visibles, habían desaparecido. Fue entonces cuando oyeron el débil eco de algunos tambores.

—Será mejor que volvamos al bote —dijo Hunter y sus hombres se movieron rápidamente a la luz vespertina.

Tardaron casi una hora en volver al bote, anclado en la costa oriental. Cuando llegaron, encontraron otro de los misteriosos surcos en la arena.

Y algo más.

Cerca del bote, una zona de arena había sido aplanada y delimitada por medio de piedras pequeñas. En el centro, los cinco dedos de una mano apuntaban al cielo.

—Es una mano enterrada —dijo uno de los marineros. Se agachó y tiró de ella por un dedo.

El dedo se desprendió. El hombre se sobresaltó tanto que lo dejó caer y retrocedió.

—¡Por la sangre de Cristo!

Hunter sintió que se le aceleraba el corazón. Miró a los marineros, que estaban aterrorizados.

—Vamos a ver —dijo.

Se agachó y tiró de los dedos, uno por uno. Todos se desprendieron fácilmente. Los sostuvo sobre la mano, mientras los marineros los miraban horrorizados.

—¿Qué significa esto, capitán?

Hunter no tenía ni idea. Se los guardó en el bolsillo.

—Volvamos al galeón y ya veremos —dijo.

Aquella noche, sentado a la luz de una hoguera, Hunter observaba aquellos dedos. Fue Lazue quien proporcionó la respuesta que todos buscaban.

—Mirad los extremos —dijo, señalando la rudeza con la que los dedos habían sido cortados de la mano—. Esto es obra de nativos, no hay ninguna duda.

—Los caribe —susurró Hunter estupefacto.

Los indios caribe, antaño unos temidos guerreros en muchas islas del Caribe, eran prácticamente un mito, un pueblo perdido en el pasado. En los primeros cien años de su dominación, los españoles habían exterminado a todos los indios del Caribe. Unos pocos arawak pacíficos, que vivían en la pobreza y la miseria, subsistían en las regiones del interior de algunas islas remotas. Pero los sanguinarios caribe habían desaparecido hacía mucho tiempo.

O al menos eso se decía.

—¿Cómo lo sabes? —preguntó Hunter.

—Por los extremos —repitió Lazue—. No hay metal en esos cortes. Se hicieron con piedras afiladas.

El cerebro de Hunter intentaba asimilar aquella nueva información.

—Tiene que ser un truco de los españoles, para asustarnos —dijo.

Pero no se mostraba muy convencido. Todo parecía conducir a una sola conclusión: los surcos de las canoas, la piel de cocodrilo con la tira de cuero metida en los agujeros.

—Los caribe son caníbales —prosiguió Lazue monótonamente—. Pero dejan los dedos, a modo de advertencia. Es su forma de actuar.

En aquel momento llegó Enders.

—Disculpad, pero lady Almont no ha regresado.

—¿Qué?

—No ha regresado, capitán.

—¿De dónde?

—Le permití que se adentrara un poco —dijo Enders con pesar, señalando los oscuros cactus, lejos de la luz de las hogueras que rodeaban el barco—. Quería recoger fruta y bayas, dice que es vegetariana...

—¿Cuándo ocurrió?

—Esta tarde, capitán.

—¿Y todavía no ha vuelto?

—La mandé con dos marineros —dijo Enders—. No pensé que...

Se interrumpió.

En la oscuridad llegó el eco distante de tambores indios.

33

En la primera de las tres barcas, Hunter escuchaba el suave golpeteo del agua contra el casco, y miraba en la noche hacia la isla
a la que se dirigían. Los tambores se oían con más fuerza y podían ver el débil reflejo de una hoguera, en el interior.

Sentada a su lado, Lazue dijo:

—No se comen a las mujeres.

—Mejor para ti —dijo Hunter.

—Y para lady Sarah. Se dice que los caribe tampoco comen
españoles —prosiguió Lazue—. Su carne es demasiado dura.
Los holandeses son regordetes pero insípidos, los ingleses no
son ni buenos ni malos, pero los franceses son deliciosos. Es
cierto, ¿no os parece?

—Quiero recuperarla —dijo Hunter lúgubremente—. La
necesitamos. ¿Cómo vamos a decirle al gobernador que resca-
tamos a su sobrina pero que la perdimos en manos de unos salvajes que tal vez quieran comérsela?

—No tenéis sentido del humor —dijo Lazue.

—Esta noche no.

Miró atrás hacia los demás botes, que los seguían en la oscuridad. Se había llevado a todos sus hombres; solo había dejado a Enders en *El Trinidad*, que intentaba poner el galeón a
punto a la luz de las hogueras. Enders era un mago con los bar-

cos, pero aquello era demasiado pedir. Aunque consiguieran rescatar a lady Sarah, no podrían marcharse de Sin Nombre al menos hasta pasado un día o más. Y en ese tiempo los indios atacarían.

Sintió que la lancha chocaba contra el fondo arenoso. Los hombres saltaron al agua, que les llegaba a las rodillas. Hunter susurró:

—Todos abajo menos el Judío. Tened cuidado con el Judío.

Poco después, el Judío bajó cautelosamente a tierra, acunando su valiosa carga.

—¿Se ha mojado? —susurró Hunter.

—No lo creo —dijo don Diego—. He estado muy atento. —Sus débiles ojos parpadearon—. No veo bien.

—Seguidme —indicó Hunter.

Guió al grupo hacia el interior de la isla. Detrás de él, en la playa, los marineros armados estaban desembarcando de las otras tres barcas. Los hombres se adentraron silenciosamente en los cactus que delimitaban la playa. No había luna y la noche era muy oscura. Pronto se alejaron de la costa y se acercaron a las hogueras y al sonido de los tambores.

El poblado caribe era mayor de lo que se esperaban: una docena de chozas de barro con tejados de hierba, dispuestas en semicírculo alrededor de varias hogueras de considerables dimensiones. Los guerreros, pintados de rojo vivo, danzaban y aullaban, y sus cuerpos proyectaban largas sombras oscilantes. Algunos llevaban pieles de cocodrilo sobre la cabeza; otros, cráneos humanos en la mano. Todos iban desnudos. Entonaban un canto monótono y angustioso.

Sobre la hoguera se distinguía el motivo de su danza. Posado sobre una parrilla de leña verde, se veía el torso destripado, sin piernas ni brazos, de un hombre blanco. A un lado, un grupo de mujeres estaban limpiando las vísceras del hombre.

Hunter no veía a lady Sarah. Hasta que el Moro se la indicó. Se encontraba echada en el suelo a un lado. Sus cabellos estaban manchados de sangre. No se movía. Probablemente estaba muerta.

Hunter miró a sus hombres. Sus expresiones reflejaban asombro y rabia. Susurró algunas palabras a Lazue, y después se fue con Bassa y don Diego, avanzando furtivamente alrededor del poblado.

Los tres hombres entraron en una choza, con los cuchillos a punto. Estaba vacía. Del techo colgaban cráneos, que entrechocaban movidos por el viento que soplaba por todo el campamento. En un rincón había un cesto lleno de huesos.

—Rápido —dijo Hunter, sin pararse a mirar los restos humanos.

Don Diego colocó su granada en el centro de la estancia y encendió la mecha. Los tres hombres salieron silenciosamente y se situaron en el extremo más alejado del campamento. Don Diego encendió la mecha de una segunda granada y esperó.

La primera estalló con un resultado impresionante. La choza voló en mil pedazos; los guerreros pintados de color langosta, estupefactos, gritaron de miedo y de sorpresa. Don Diego lanzó al fuego la segunda granada. Explotó poco después. Los guerreros chillaban bajo la lluvia de fragmentos de metal y cristal.

Simultáneamente, los hombres de Hunter abrieron fuego desde la vegetación baja.

Hunter y el Moro se adelantaron furtivamente, recogieron el cuerpo de lady Sarah Almont y volvieron a esconderse entre los arbustos. Alrededor de ellos, los guerreros caribe gritaban, aullaban y morían. Los tejados de hierba de las chozas se incendiaron. La última visión de Hunter del campamento fue la de un infierno en llamas.

La retirada fue apresurada e improvisada. Bassa, con su enorme fortaleza, llevaba en brazos a la inglesa. La mujer gimió.

—Está viva —dijo Hunter.

La mujer volvió a gemir.

A un trote sostenido, los hombres volvieron a la playa y a sus botes. Se alejaron de la isla sin más incidentes.

Al amanecer estaban de nuevo sanos y salvos en el barco. Enders, el artista del mar, había traspasado la dirección de los trabajos a bordo del galeón a Hunter, para prestar las atenciones necesarias a la mujer. A media mañana, presentó su informe.

—Sobrevivirá —dijo—. Tiene un golpe feo en la cabeza, pero no es grave. —Miró el barco—. Ojalá el galeón estuviera igual de bien.

Hunter había intentado devolver al barco las condiciones para navegar. Pero todavía faltaba mucho por hacer: el palo mayor seguía estando débil, y había que reponer la plataforma superior; también faltaba el palo de trinquete y el barco todavía tenía un gran agujero bajo la línea de flotación. Habían arrancado gran parte de la cubierta para obtener madera para las reparaciones, y pronto tendrían que empezar a arrancar la cubierta inferior de la artillería. Pero avanzaban lentamente.

—No podremos marcharnos antes de mañana por la mañana —dijo Hunter.

—La noche puede ser peligrosa —advirtió Enders, mirando hacia la isla—. Ahora está todo tranquilo. Pero no me hace gracia pasar la noche aquí.

—A mí tampoco —respondió Hunter.

Trabajaron toda la noche, porque el deseo de terminar los trabajos en el barco era tal que los agotados hombres prefirieron no dormir. Se apostó una guardia numerosa, aunque con ello se retrasaran las reparaciones. Hunter lo creía necesario.

A medianoche, los tambores volvieron a sonar; siguieron

sonando casi una hora. A continuación se produjo un silencio de mal presagio.

Los hombres tenían los nervios de punta y no querían trabajar, así que Hunter tuvo que motivarlos. Cerca del amanecer, el capitán estaba con un marinero en la playa, ayudándolo a sostener una plancha de madera, cuando el hombre se pegó un manotazo en el cuello.

—Malditos mosquitos —renegó.

Después, con una extraña expresión en la cara, tosió y cayó muerto.

Hunter se inclinó sobre él. Le miró el cuello y únicamente vio un pequeño pinchazo, con una sola gota roja de sangre. Pero el hombre estaba muerto.

En algún lugar cerca de proa, oyó un grito, y otro hombre cayó sobre la arena, muerto. Sus hombres estaban desconcertados; los guardias volvieron corriendo al barco; los que estaban trabajando se escondieron debajo del casco.

Hunter miró otra vez al hombre muerto a sus pies. Entonces vio algo en la mano del hombre. Era un dardo diminuto, con plumas, con una aguja en la punta.

Dardos envenenados.

—¡Ya vienen! —gritaron los vigías.

Los hombres se apresuraron a esconderse detrás de las maderas y los deshechos; de cualquier cosa que les ofreciera protección. Esperaron en tensión. Sin embargo no llegó nadie; las matas de cactus y los matorrales del litoral estaban en silencio.

Enders se arrastró al lado de Hunter.

—¿Seguimos trabajando?

—¿A cuántos hemos perdido?

—A Peters. —Enders miró al suelo—. Y a Maxwell.

Hunter sacudió la cabeza.

—No puedo perder a más. —Solo le quedaban treinta hombres—. Esperaremos que se haga de día.

—Lo comunicaré a los demás —dijo Enders, y se alejó arrastrándose.

Mientras se iba, se oyó un silbido quejoso y un golpe seco. Un pequeño dardo plumado se había incrustado en la madera, cerca de la oreja de Hunter, que se agachó otra vez y esperó.

No sucedió nada más hasta el amanecer, cuando, con un lamento inhumano, los guerreros de la cara pintada de rojo surgieron de la vegetación y bajaron a la playa. Los hombres de Hunter respondieron con fuego de mosquete. Una docena de salvajes cayeron sobre la arena y los demás retrocedieron de nuevo a su escondite.

Hunter y sus hombres esperaron, agachados e incómodos, hasta mediodía. En vista de que no sucedía nada nuevo, Hunter dio la orden de seguir cautelosamente con los trabajos. Guió a un grupo de hombres al interior. Los salvajes habían desaparecido sin dejar rastro.

Volvió al barco. Sus hombres estaban demacrados, agotados, y se movían con extrema lentitud. Pero Enders estaba jubiloso.

—Cruzad los dedos y rezad a la Providencia —dijo—. Pronto zarparemos.

De nuevo con el sonido de fondo de los martillazos, Hunter fue a visitar a lady Sarah.

Estaba echada en la arena y miró a Hunter mientras se acercaba.

—Señora —dijo—, ¿cómo os encontráis?

Ella le miró, pero no respondió. Tenía los ojos abiertos pero no lo veía.

—¿Señora?

No obtuvo respuesta.

—¿Señora?

Hunter movió una mano frente a su cara. Ella no parpadeó. No mostró ninguna señal de reconocimiento.

Hunter se alejó, sacudiendo la cabeza.

Reflotaron *El Trinidad* con la marea de la noche pero no podrían salir de la cala hasta el alba. Hunter iba arriba y abajo por el puente del galeón, vigilando la playa. Los tambores habían vuelto a empezar a sonar. Estaba muy cansado, pero no durmió. Durante la noche, a intervalos, los dardos mortales surcaron el aire, aunque no alcanzaron a ningún hombre. Enders, arrastrándose por el barco como un mono curioso, se declaró satisfecho, si no contento, con las reparaciones.

Con la primera luz levaron el ancla de popa y maniobraron con las velas para dirigirse hacia mar abierto. Hunter se mantuvo alerta, porque creía que los rojizos caribe, con su flota de canoas, intentarían atacarlos. Pero ahora podía hacerles probar las balas de cañón, y le apetecía una barbaridad.

Sin embargo, los indios no atacaron. Izaron todas las velas, para aprovechar el viento, y cayo Sin Nombre empezó a desaparecer detrás de ellos. El episodio empezó a parecerles tan solo una pesadilla. Hunter estaba agotado. Ordenó a casi todos los hombres que durmieran y dejó a Enders al timón con la tripulación indispensable.

Enders estaba preocupado.

—Dios santo —dijo Hunter—, estáis siempre preocupado. Acabamos de escapar de los salvajes, el barco navega y el mar está en calma. ¿Nunca nada os parece suficiente?

—Sí, el mar está en calma —contestó Enders—, pero estamos en la Boca del Dragón, nada más y nada menos. Aquí no se puede navegar con una tripulación tan escasa.

—Los hombres deben dormir —dijo Hunter, y bajó.

Inmediatamente cayó en un sueño inquieto y atormentado en su camarote caluroso y mal ventilado. Soñó que su galeón volcaba en la Boca del Dragón, donde las aguas eran más profundas que en ningún otro lugar de los mares occidentales. Se hundía en un agua azul, después negra…

Se despertó con un sobresalto, al oír los gritos de una mujer. Corrió al puente. Era la hora del crepúsculo, y la brisa era muy ligera; las velas de *El Trinidad* se agitaban y reflejaban la luz rojiza del atardecer. Lazue estaba al timón; había relevado a Enders. Le señaló el mar.

—Mirad allí.

Hunter miró. A babor se veía una agitación bajo la superficie y un objeto fosforescente, azul verdoso y brillante, que se dirigía hacia ellos.

—El Dragón —dijo Lazue—. El Dragón lleva siguiéndonos una hora.

Hunter observó la escena. La bestia reluciente se había acercado y se movía al lado del galeón, reduciendo la velocidad para adaptarse a la de *El Trinidad*. Era enorme: un gigantesco saco de carne brillante con largos tentáculos en la parte trasera.

—¡No! —gritó Lazue, mientras se le escapaba el timón de las manos. El galeón se balanceó violentamente—. ¡Nos ataca!

Hunter agarró el timón con ambas manos. Pero una fuerza más poderosa se había apoderado de él y lo controlaba. Cayó hacia atrás contra la regala; se quedó sin respiración y jadeó. Los gritos de Lazue atrajeron a los marineros a cubierta. Se pusieron a gritar «¡Kraken! ¡Kraken!» con voz aterrada.

Hunter se puso de pie justo cuando un tentáculo viscoso se deslizó por encima de la borda y se enrolló en su cintura. Unas ventosas afiladas y cornudas le desgarraron la ropa y le arrastraron hacia la borda. Sintió la frialdad de la carne de la bestia. Se sobrepuso a la repulsión y clavó el puñal en el tentáculo que lo retenía. Una fuerza sobrehumana lo levantó en el aire. Clavó el puñal una y otra vez en la carne. Vio cómo fluía una especie de sangre verde por sus piernas.

Entonces, bruscamente, los tentáculos soltaron la presa y Hunter cayó sobre cubierta. Cuando se puso de pie vio tentáculos por todas partes, deslizándose por la popa del barco y reptando por la cubierta. Un marinero, al que había atrapado y levantado en el aire, se debatió inútilmente hasta que aquella bestia, casi con desprecio, lo echó al mar.

Enders gritó:

—¡Bajad a las cubiertas inferiores! ¡Cubiertas inferiores!

Hunter oyó salvas de mosquetes que partían del centro del galeón. Algunos marineros disparaban desde el parapeto.

Hunter fue a popa y observó la terrible escena. El cuerpo bulboso de la bestia estaba justo delante de él y sus numerosos tentáculos agarraban el galeón por una docena de lugares, azotándolo, y reptaban por todas partes. El cuerpo del animal parecía aún más fosforescente en la creciente oscuridad. Los tentáculos verdes de la bestia se estaban introduciendo por las ventanas de los camarotes de popa.

De repente, Hunter se acordó de lady Sarah y bajó corriendo. La encontró en su camarote, todavía conmocionada.

—Vamos, señora…

En aquel momento, las ventanas plomadas se rompieron y un enorme tentáculo, grueso como el tronco de un árbol, se introdujo en el camarote. Se enrolló alrededor de un cañón y tiró de él; el cañón se desprendió de sus fijaciones y rodó por la estancia. En los puntos donde las ventosas cornudas de la bestia lo habían tocado, el reluciente metal amarillo estaba profundamente rayado.

Lady Sarah gritó.

Hunter encontró un hacha y atacó el tentáculo en movimiento. Un líquido verdoso sanguinolento y nauseabundo le manchó la cara. El tentáculo se retiró, pero volvió, enrollándose como un látigo verde brillante alrededor de su pierna y lanzándolo contra el suelo. Lo arrastró hacia la ventana. Hunter clavó el hacha en el suelo para tener un punto de apoyo; el hacha se desprendió y lady Sarah gritó otra vez mientras Hunter salió despedido por el cristal ya roto de la ventana, al exterior, sobre la popa del barco.

Estuvo un momento dando vueltas en el aire, adelante y atrás, colgando del tentáculo que le agarraba la pierna, como una muñeca en manos de una niña. Después golpeó contra la popa de *El Trinidad*, pero logró agarrarse a la barandilla de los camarotes de popa con el brazo dolorido. Con el otro utilizó el hacha para cortar el tentáculo, que finalmente lo soltó.

Hunter quedó libre un momento, muy cerca de la bestia, que se revolvía en el agua por debajo de él. Su tamaño le dejó petrificado. Parecía que estuviera devorando su barco, agarrando la popa con sus múltiples tentáculos. El aire relucía con la luz verdosa que desprendía la bestia.

Justo debajo de él, vio un ojo enorme, de un metro y medio de diámetro, más grande que una mesa. El ojo no parpadeó; no tenía expresión; la pupila negra, rodeada de carne verde y reluciente, parecía vigilar a Hunter con indiferencia. Más a popa, el cuerpo de la bestia tenía la forma de una espada con dos lóbulos planos. Pero fueron los tentáculos los que llamaron la atención del capitán.

Otro tentáculo reptó hacia él; Hunter vio ventosas del tamaño de platos, rodeados de cuernos. Le succionaron la carne, pero él se retorció para esquivarlas, todavía colgado precariamente de la barandilla del camarote de popa.

Por encima de él, los marineros disparaban al animal. Enders gritó:

—¡No disparéis! ¡Es el capitán!

Entonces, de un plumazo, uno de los gruesos tentáculos obligó a Hunter a soltar la barandilla y le hizo caer al agua, justo encima del animal.

Momentáneamente, se debatió y giró en el agua verde reluciente; después recuperó el equilibrio. ¡Estaba de pie sobre la bestia! Era resbalosa y viscosa; parecía que estuviera pisando una bolsa de agua. La piel del animal, que Hunter tocaba cada vez que caía de cuatro patas, era fría y áspera. La carne de la bestia palpitaba y cambiaba de posición debajo de él.

Hunter se arrastró hacia arriba, salpicando agua, hasta que llegó al ojo. Visto tan de cerca, era un ojo enorme, un amplio agujero en la claridad verdosa.

Hunter no dudó; levantó el hacha y la clavó en el globo protuberante del ojo. El hacha rebotó sobre la superficie convexa; volvió a golpear una vez más, y otra. Por fin, la hoja de metal se hundió. Un chorro de agua clara salió disparado hacia lo alto como un géiser. La carne alrededor del ojo pareció contraerse.

De repente, el mar se volvió de un blanco lechoso. Hunter perdió pie cuando la bestia se sumergió y se encontró nadando libremente en el mar. Pidió ayuda. Le lanzaron un cabo y él lo agarró justo cuando el monstruo volvía a salir a la superficie. El impacto lo catapultó fuera del agua, sobre el líquido blanco y turbio. Volvió a caer como un saco sobre la piel del monstruo.

En aquel momento, Enders y el Moro saltaron por la borda con arpones en la mano. Cuando los hundieron con fuerza en el cuerpo de la bestia, unas columnas de sangre verdosa se elevaron en el aire. El agua succionó con violencia y el animal desapareció. Se sumergió en las profundidades del mar.

Hunter, Enders y el Moro se mantuvieron a flote en el agua agitada.

—Gracias —jadeó Hunter.

—No me deis las gracias —dijo Enders, señalando al Moro con la cabeza—. El bastardo negro me ha empujado.

Bassa sonrió, sin lengua.

Por encima de ellos vieron que *El Trinidad* viraba para recogerlos.

—Una cosa es segura —dijo Enders mientras los tres hombres se mantenían a flote—: cuando lleguemos a Port Royal nadie nos creerá.

Les lanzaron cuerdas y los izaron, goteando, tosiendo y agotados, a cubierta.

SEXTA PARTE

Port Royal

34

En las primeras horas de la tarde del 20 de octubre de 1665, el galeón español *El Trinidad* llegó al canal oriental de Port Royal, frente al islote cubierto de maleza de South Cay, y el capitán Hunter dio la orden de echar el ancla.

A una distancia de un par de millas de Port Royal, Hunter y su tripulación contemplaban la ciudad desde la borda del barco. El puerto estaba tranquilo; nadie había avistado el barco todavía, pero sabían que en pocos momentos oirían disparos y el habitual frenesí de celebración que acompañaba la llegada de un navío sustraído al enemigo. También sabían que, a menudo, la celebración duraba dos días o más.

Sin embargo, transcurrieron las horas y la celebración no empezaba. Por el contrario, la ciudad parecía más tranquila a cada minuto que pasaba. No había disparos, ni hogueras, ni gritos de festejos al otro extremo de las aguas en calma.

Enders frunció el ceño.

—¿Habrán atacado los españoles?

Hunter negó con la cabeza.

—Imposible.

Port Royal era el asentamiento inglés mejor fortificado del Nuevo Mundo. Tal vez los españoles pudieran atacar St. Kitts, o cualquier otro puesto avanzado, pero no Port Royal.

—Está claro que algo anda mal.

—Pronto lo sabremos —dijo Hunter.

Mientras observaban, una barca se estaba alejando de la costa frente a Fort Charles, bajo cuyos cañones estaba anclado *El Trinidad*.

La barca se acercó al galeón y un capitán de la milicia del rey subió a bordo. Hunter lo conocía; era Emerson, un joven oficial con una carrera ascendente. Se le veía tenso cuando, hablando demasiado alto, preguntó:

—¿Quién es el capitán a cargo de este navío?

—Soy yo —contestó Hunter, adelantándose. Sonrió—. ¿Cómo estás, Peter?

Emerson se mantuvo impertérrito, sin dar muestras de reconocerlo.

—Identificaos, señor, os lo ruego.

—Peter, sabes perfectamente quién soy. ¿Qué significa…?

—Identificaos, señor, bajo pena de sanción.

Hunter frunció el ceño.

—¿A qué viene esta charada?

Emerson, siempre en posición de firmes, dijo:

—¿Sois Charles Hunter, ciudadano de la Colonia de la Bahía de Massachusetts, y posteriormente trasladado a la colonia de Jamaica de Su Majestad?

—En efecto —dijo Hunter. Se fijó en que Emerson estaba sudando a pesar del frescor de la noche.

—Identificad vuestro navío, por favor.

—Es el galeón español conocido como *El Trinidad*.

—¿Un navío español?

Hunter empezaba a impacientarse.

—Es evidente, ¿no?

—En ese caso —dijo Enders, respirando hondo—, es mi deber, Charles Hunter, poneros bajo arresto por piratería…

—¡Piratería!

292

—… junto con toda vuestra tripulación. Os ruego que me acompañéis a bordo de la barca.

Hunter estaba estupefacto.

—¿Por orden de quién?

—Por orden del señor Robert Hacklett, gobernador en funciones de Jamaica.

—Pero sir James…

—Sir James está agonizando —prosiguió Emerson—. Por favor, acompañadme.

Aturdido, moviéndose como en trance, Hunter pasó por encima de la borda y subió a la barca. Los soldados remaron hacia la costa. Hunter miró atrás, hacia la silueta cada vez más lejana del galeón. Era consciente de que su tripulación estaba tan atónita como él.

Se volvió para hablar con Emerson.

—¿Qué diablos ha sucedido?

Ahora que estaban en la barca, Emerson parecía más relajado.

—Ha habido muchos cambios —dijo—. Hace quince días, sir James contrajo una fiebre…

—¿Qué fiebre?

—Os diré lo que sé —contestó Emerson—. Ha estado confinado en cama, en la mansión del gobernador, todos estos días. En su ausencia, el señor Hacklett ha asumido el gobierno de la colonia. Con la ayuda del comandante Scott.

—¿Ah, sí?

Hunter se daba cuenta de que le estaba costando reaccionar. No podía creer que tras las numerosas aventuras vividas aquellas últimas seis semanas, lo encerraran en prisión y, sin duda, lo colgaran en la horca como a un vulgar pirata.

—Sí —dijo Emerson—. El señor Hacklett está gobernando la ciudad con severidad. Muchos ya están en prisión o han muerto en la horca. Pitts fue colgado la semana pasada…

—¡Pitts!

—… y Morley ayer mismo. Y han puesto una recompensa por vuestro arresto.

En la mente de Hunter surgieron mil objeciones y mil preguntas. Pero no dijo nada. Emerson era un funcionario, un hombre que cumplía las órdenes de su comandante, el excesivamente refinado Scott. Emerson cumpliría con su deber.

—¿A qué prisión me mandan?

—A Marshallsea.

Hunter rió ante aquella absurda decisión.

—Conozco al carcelero de Marshallsea.

—No, ya no. Lo han sustituido por un hombre de Hacklett.

—Ya.

Hunter no dijo nada más. Escuchó el golpeteo de los remos en el agua y miró cómo se acercaba el perfil de Fort Charles.

Una vez en el fuerte, Hunter se quedó impresionado con la vigilancia y la dedicación de los soldados. Anteriormente, no era raro encontrar una docena de guardias borrachos en las almenas de Fort Charles cantando canciones obscenas. Aquella noche no había ninguno, y los hombres lucían el uniforme completo y limpio.

Una compañía de soldados armados y vigilantes escoltó a Hunter hasta la ciudad, por una Lime Street insólitamente tranquila y después por York Street; pasaron frente a tabernas oscuras, que normalmente estaban muy animadas a aquella hora. El silencio en la ciudad y la soledad de las calles embarradas era impresionante.

Marshallsea, la prisión de hombres, estaba situada en el extremo de York Street. Era un gran edificio de piedra con cincuenta celdas distribuidas en dos plantas. El interior hedía a orina y heces; las ratas se escurrían por las grietas del suelo; los hombres encerrados miraron a Hunter con ojos vacíos mientras lo acompañaban a la luz de las antorchas a una celda y lo encerraban en ella.

Hunter estudió la celda. No había nada; ni cama, ni catre, solo paja en el suelo y una ventana alta con barrotes. A través de la ventana pudo ver una nube que pasaba delante de la luna menguante.

Cuando la puerta de hierro se cerró, Hunter se volvió.

—¿Cuándo me juzgarán por piratería?

—Mañana —dijo Emerson. Y se marchó.

El proceso a Charles Hunter tuvo lugar el 21 de octubre de 1665, un sábado. Normalmente, el tribunal de justicia no se reunía los sábados, pero a Hunter lo juzgaron aquel día. El edificio, gravemente dañado por un terremoto, estaba prácticamente desierto cuando hicieron comparecer a Hunter, solo, sin su tripulación, ante un tribunal de siete hombres sentados a una mesa de madera. El tribunal lo presidía Robert Hacklett en persona, como gobernador en funciones de la colonia de Jamaica.

Mientras leían los cargos presentados contra él, le hicieron ponerse de pie.

—Levantad la mano derecha.

Hunter obedeció.

—Vos, Charles Hunter, con todos los hombres de vuestra tripulación, en nombre de nuestro señor soberano, Carlos, rey de Inglaterra, sois acusados de los cargos siguientes.

Hubo una pausa. Hunter escrutó las caras: Hacklett lo miraba con expresión ceñuda desde arriba, con un ligero indicio de sonrisa presuntuosa; Lewisham, juez del Almirantazgo, se sentía evidentemente incómodo; el comandante Scott se hurgaba los dientes con un palillo de oro; los mercaderes Foster y Poorman evitaban mirar a Hunter a la cara; el teniente Dodson, un rico oficial de la milicia, daba tirones a su uniforme, y finalmente James Phips, un capitán de la marina mercante. Hunter, que los conocía a todos, se daba cuenta de lo mal que lo estaban pasando.

—Con absoluto desdén por las leyes de vuestro país y de la soberana alianza de vuestro rey, os habéis asociado con fines malvados, habéis urdido ataques por mar y por tierra, provocando daños a sujetos y bienes del rey cristianísimo, Su Majestad Felipe de España, además de asaltar, siguiendo las intenciones más perversas y maliciosas, el asentamiento español de la isla de Matanceros, con el propósito de saquear, incendiar y apoderaros de todos los navíos y barcos que encontrarais en vuestra expedición.

»Además, se os acusa del criminal asalto a una nave española en el estrecho al sur de Matanceros, terminado con el hundimiento del mencionado navío y la pérdida de todas las vidas humanas y de todos los bienes en ella embarcados.

»Y, finalmente, de haber conspirado deliberadamente, para el cumplimiento de tales gestas perversas, con vuestros asociados, individualmente y en su conjunto, con el fin de conseguir todos los medios para provocar daños y agredir a los mencionados navíos y dominios españoles y causar la muerte a súbditos españoles. ¿Cómo os declaráis, Charles Hunter?

Hubo una breve pausa.

—Inocente —dijo Hunter.

Para Hunter, aquel juicio era una farsa. La Ley del Parlamento de 1612 especificaba que el tribunal debía estar compuesto por hombres que no tuvieran interés, ni directa ni indirectamente, en los detalles del caso que se estaba juzgando. En aquel caso, todos los componentes del tribunal sacarían algún beneficio de la condena de Hunter y de la confiscación de su navío y del tesoro que transportaba.

Sin embargo, lo que le dejó más perplejo fue la minuciosidad del acta de acusación. Nadie podía saber lo que había ocurrido durante la expedición a Matanceros excepto él y sus hombres. Aun así, en el acta de acusación se incluía su defensa victoriosa contra el navío de guerra español. ¿De dónde había obtenido el tribunal esa información? Solo podía suponer que algún miembro de la tripulación había hablado, probablemente bajo tortura, la noche anterior.

El tribunal aceptó su declaración de inocencia sin la menor reacción. Hacklett se echó hacia delante.

—Señor Hunter —dijo, con voz calmada—, este tribunal reconoce el prestigio del que gozáis en la colonia de Jamaica. No queremos de ninguna manera que este proceso se fundamente en rituales vacíos que pudieran prestar un mal servicio a la justicia. ¿Deseáis, pues, explicaros en defensa de vuestra declaración de inocencia?

Aquello fue una sorpresa. Hunter pensó un momento antes de contestar. Hacklett estaba rompiendo las reglas del procedimiento judicial. Si lo hacía, tenía que ser en su beneficio. De todos modos, la oportunidad era demasiado buena para desaprovecharla.

—Si me lo permiten los distinguidos miembros de este justo tribunal —dijo Hunter, sin atisbo de ironía—, lo intentaré.

Los jueces del tribunal asintieron pensativa, cuidadosa y razonablemente.

Hunter los miró a la cara uno por uno, antes de empezar a hablar.

—Caballeros, ninguna de vuestras señorías está más informada que yo del sagrado tratado firmado entre Su Majestad el rey Carlos y la Corona española. Jamás osaría infringir los pactos que acaban de suscribir las dos naciones, sin mediar provocación. Sin embargo, esta provocación se produjo, y en más de una ocasión. Mi velero, el *Cassandra*, fue atacado por un navío español de guerra, y todos mis hombres fueron capturados sin justificación. Más tarde, dos de ellos fueron asesinados por el capitán del barco, un tal Cazalla. Por fin, el mismo Cazalla interceptó un barco mercante inglés que transportaba, junto con otras cargas desconocidas para mí, a lady Sarah Almont, sobrina del gobernador de esta colonia.

»Ese español, Cazalla, oficial del rey Felipe, destruyó el barco mercante inglés, el *Entrepid*, y mató a todos los que estaban a bordo en un acto de despiadada violencia. Entre los asesinados se contaba uno de los favoritos de Su Majestad Carlos, un tal capitán Warner. Estoy seguro de que Su Majestad sufre en gran medida por la pérdida de ese caballero.

Hunter se calló unos instantes. El tribunal no conocía esta información y era evidente que no les complacía oírla.

El rey Carlos tenía una visión muy personal de la vida; su habitual buen temperamento podía cambiar rápidamente si uno de sus amigos resultaba herido o incluso tan solo insultado. Así que por un amigo muerto, era del todo inimaginable lo que podría hacer.

—Debido a estas diversas provocaciones —prosiguió Hunter—, y como represalia, atacamos la fortaleza española de Matanceros, pusimos en libertad a lady Almont y nos llevamos a modo de simbólica reparación una cantidad razonable y proporcionada de riquezas. Caballeros, no se trató de un acto de piratería. Se trató de una venganza justificada por unas atroces fechorías cometidas en el mar. Esta es la esencia y la auténtica naturaleza de mi conducta.

Se calló y miró las caras del tribunal. Ellos le devolvieron la mirada, impasibles e impenetrables. Era evidente que todos conocían la verdad.

—Lady Sarah Almont puede dar fe de mi testimonio, como todos los hombres a bordo de mi barco, si puede llamarse así. No hay ninguna verdad en la acusación que se me imputa, porque no puede haber piratería si media una provocación, y sin duda hubo la más grave de las provocaciones —concluyó, mirándolos a la cara.

Los miembros del tribunal seguían inexpresivos e impenetrables. Hunter sintió un frío gélido.

Hacklett se apoyó en la mesa.

—¿Tenéis algo más que decir en respuesta a la acusación, señor Charles Hunter?

—Nada más —contestó Hunter—. He dicho todo lo que quería decir.

—Y con gran elocuencia, debo reconocer —comentó Hacklett. Los demás acogieron aquellas palabras con asentimientos y murmullos—. Pero la verdad de vuestro discurso es otra cuestión, y es la que ahora debemos considerar. Tened la bondad de informar a este tribunal de la intención con la que zarpó vuestro velero.

—Para talar madera —dijo Hunter.

—¿Tenía patente de corso?

—La tenía, expedida por el propio sir James Almont.

—¿Y dónde están esos documentos?

—Se perdieron con el *Cassandra* —contestó Hunter—, pero no tengo ninguna duda de que sir James confirmará su existencia.

—Sir James —dijo Hacklett— está muy enfermo y no puede ni confirmar ni negar nada ante este tribunal. Sin embargo, creo que podemos fiarnos de vuestra palabra y aceptar que tales documentos fueron emitidos.

Hunter hizo una ligera reverencia.

—Veamos —prosiguió Hacklett—. ¿Dónde fuisteis capturados por el navío de guerra español? ¿En qué aguas?

Instantáneamente, Hunter presintió el problema al que se enfrentaba y vaciló antes de responder, aunque era consciente de que esa vacilación dañaría su credibilidad. Decidió decir la verdad... o casi.

—En el Paso de los Vientos, al norte de Puerto Rico.

—¿Al norte de Puerto Rico? —repitió Hacklett con una expresión de elaborada sorpresa—. ¿Acaso hay madera en esos lares?

—No —reconoció Hunter—, pero una poderosa tormenta nos arrastró durante dos días, así que nos desviamos mucho de nuestro rumbo inicial.

—Sin duda debió de ser así, porque Puerto Rico está al norte y al este, mientras que la madera se encuentra al sur y al oeste de Jamaica.

—No puede considerárseme responsable de las tormentas —objetó Hunter.

—¿En qué fechas se produjo esa tormenta?

—El doce y el trece de septiembre.

—Es extraño —dijo Hacklett—, porque el tiempo fue apacible en Jamaica en esas fechas.

—El tiempo en el mar no siempre es similar al de tierra —comentó Hunter—, como sabe todo el mundo.

—El tribunal os da las gracias, señor Hunter, por vuestra lección de artes náuticas —dijo Hacklett—. Aunque no creo que tengáis mucho que enseñar a los caballeros aquí presentes, ¿verdad? —Soltó una risita—. Veamos, señor Hunter, disculpadme si no me dirijo a vos como capitán Hunter, ¿aseguráis, por consiguiente, que ni vuestro barco ni vuestra tripulación tuvo nunca la intención de atacar un asentamiento o dominio español?

—Lo aseguro.

—¿Nunca concebisteis siquiera el propósito de urdir una agresión criminal?

—No. —Hunter habló con toda la firmeza de la que era capaz, ya que sabía que su tripulación no osaría contradecirle en ese punto. Reconocer el episodio de la votación en la bahía del Toro equivalía a declararse culpable de piratería.

—Sobre vuestra alma inmortal, ¿estáis dispuesto a jurar que jamás, en ningún lugar, hablasteis con miembros de vuestra tripulación de tal posibilidad?

—Sí, lo juro.

Hacklett hizo una pausa antes de seguir hablando.

—Permitidme recapitular, para estar seguro de haberos comprendido. Zarpasteis con la única intención de recoger madera y por pura desventura fuisteis empujados mucho más al norte de vuestro destino por una tormenta que ni siquiera rozó estos territorios. A continuación, fuisteis capturados por un navío español sin que mediara ninguna provocación por parte vuestra. ¿Es así?

—Sí.

—Y después os enterasteis de que el mismo navío de guerra había atacado a un barco mercante inglés y había tomado como rehén a lady Sarah Almont, lo cual os brindó una causa para tomar represalias. ¿Es así?

—Sí.

Hacklett volvió a callar.

—¿Cómo os enterasteis de que el navío de guerra había capturado a lady Sarah Almont?

—Estaba a bordo del navío de guerra en el momento de nuestra captura —dijo Hunter—. Me enteré a través de un soldado español que se fue de la lengua.

—Qué oportuno.

—Sí, pero es la pura verdad. Cuando por fin logramos escapar, lo que espero que no constituya un crimen para este tribunal, perseguimos al navío hasta Matanceros y vimos cómo desembarcaban a lady Sarah y la conducían a la fortaleza.

—Así que, ¿atacasteis con el único propósito de preservar la virtud de una mujer inglesa? —La voz de Hacklett rebosaba sarcasmo.

Hunter miró las caras de los jueces una tras otra.

—Caballeros —dijo—, tengo entendido que la función de este tribunal no es determinar si soy o no un santo —se oyeron algunas risas—, sino únicamente si soy un pirata. Evidentemente estaba al corriente de que un galeón estaba anclado en el puerto de Matanceros. Era un botín muy valioso. Sin embargo, ruego al tribunal que tenga presente que existió una provocación que justificó tomar represalias, como nosotros hicimos; en realidad, hubo todo tipo de provocaciones que no admiten eruditas disquisiciones ni detalles legales.

Miró al secretario del tribunal cuya misión era tomar nota del proceso. Hunter se quedó asombrado al ver que el hombre estaba sentado tan tranquilo y no apuntaba nada.

—Decidnos —intervino Hacklett—, ¿cómo lograsteis escapar del navío de guerra español, una vez capturados?

—Fue gracias a los esfuerzos del francés Sanson, que demostró tener un enorme valor.

—¿Tenéis una buena opinión de ese tal Sanson?

—Por supuesto, le debo la vida.

—Bien —dijo Hacklett. Se volvió en la silla—. ¡Que pase el primer testigo de la acusación, el señor André Sanson!

—¡André Sanson!

Hunter se volvió y miró hacia la puerta. Asombrado, vio que Sanson entraba en la sala. El francés caminó rápidamente, con zancadas largas y desenvueltas, y se sentó en el banco de los testigos. Levantó la mano derecha.

—André Sanson, ¿prometéis y juráis solemnemente sobre los Santos Evangelios decir la verdad y ser un testigo leal entre el rey y el preso con relación al acto o los actos de piratería y rapiña de los que está acusado el señor Hunter aquí presente?

—Lo juro.

Sanson bajó la mano derecha y miró directamente a Hunter. Su mirada era plácida y vagamente compasiva; la sostuvo varios segundos, hasta que Hacklett habló.

—Señor Sanson.

—Señor.

—Señor Sanson, el señor Hunter nos ha ofrecido su versión de los hechos de su último viaje. Desearíamos oír su relato de la historia, como testigo cuyo valor ha sido alabado por el acusado. ¿Queréis hacer el favor de exponer cuál fue el propósito del viaje del *Cassandra*… tal como se os dio a entender en primera instancia?

—La tala de madera.

—¿Os enterasteis de algo distinto en algún momento?

—Sí.

—Explicaos ante el tribunal, por favor.

—Tras zarpar el nueve de septiembre —dijo Sanson—, el señor Hunter puso rumbo a la bahía del Toro. Allí comunicó a la tripulación que su destino era Matanceros, para capturar los tesoros españoles que allí se encontraban.

—¿Y cuál fue su reacción?

—Me sorprendió mucho —dijo Sanson—. Le recordé al señor Hunter que tales ataques constituían piratería y se castigaban con la muerte.

—¿Y cuál fue su respuesta?

—Juramentos y blasfemias —respondió Sanson—, y la advertencia de que si no participaba plenamente me mataría como a un perro y daría de comer mis pedazos a los tiburones.

—¿Así que participó en todo lo que ocurrió a continuación bajo coacción y no voluntariamente?

—Así es.

Hunter miró a Sanson. El francés estaba tranquilo y sereno mientras hablaba. No se detectaba ninguna falsedad en sus palabras. Miraba a Hunter de vez en cuando, provocativamente, desafiándolo a contradecir la versión que estaba contando con tanta seguridad.

—¿Y qué sucedió a partir de entonces?

—Pusimos rumbo a Matanceros, donde esperábamos lanzar un ataque por sorpresa.

—Disculpadme, ¿os referís a un ataque sin mediar provocación?

—Sí.

—Continuad, os lo ruego.

—Mientras nos dirigíamos a Matanceros, encontramos un navío de guerra español. Cuando vieron que estábamos en inferioridad numérica, los españoles nos capturaron como piratas.

—¿Y qué hicisteis?

—No tenía ningún deseo de morir en La Habana como pirata —dijo Sanson—, sobre todo teniendo en cuenta que hasta entonces me había visto obligado a seguir las órdenes del señor Hunter. Así que me escondí, y más tarde logré facilitar la huida de mis compañeros, confiando en que después decidirían volver a Port Royal.

—¿Y no lo hicieron?

—Ni mucho menos. En cuanto el señor Hunter volvió a asumir el mando de su barco, nos obligó a poner rumbo a Matanceros como había sido su intención original.

Hunter no pudo contenerse más.

—¿Que os obligué? ¿Cómo pude obligar a sesenta hombres?

—¡Silencio! —aulló Hacklett—. El prisionero permanecerá en silencio o se le obligará a salir de la sala. —Hacklett volvió a mirar a Sanson—. ¿Cómo fue a partir de entonces vuestra relación con el prisionero?

—Mala —dijo Sanson—. Me puso los grilletes el resto del viaje.

—A continuación, ¿atacaron Matanceros y capturaron el galeón?

—Sí, caballeros —contestó Sanson—. Así fue como me encontré en el *Cassandra*: el señor Hunter subió a bordo del barco y decidió que el balandro no podía seguir navegando, tras el ataque a Matanceros. Me cedió el mando de aquella ruina de barco, lo cual era como abandonarme en una isla desierta, porque no se esperaba que sobreviviera en mar abierto. Me dejó una exigua tripulación de hombres que pensaban como yo. Nos dirigíamos hacia Port Royal cuando un huracán nos golpeó de improviso. Nuestro barco quedó destrozado y perdí a todos los hombres de la tripulación. Yo, en una chalupa, conseguí llegar a Tortuga y, desde allí, a Port Royal.

—¿Qué sabéis de lady Sarah Almont?

—Nada.

—¿Nada en absoluto?

—Nada hasta este momento —dijo Sanson—. ¿Existe esa persona?

—Parece que sí —contestó Hacklett, con una rápida mirada a Hunter—. El señor Hunter asegura haberla rescatado de Matanceros y haberla traído hasta aquí sana y salva.

—No estaba con él cuando se marchó de Matanceros —dijo Sanson—. Si esperáis que formule una hipótesis, diría que el señor Hunter atacó un barco mercante inglés y se llevó a la pasajera como botín y para justificar sus fechorías.

—Un suceso de lo más conveniente —comentó Hacklett—. ¿Por qué no se ha sabido nada de aquel barco mercante?

—Probablemente mató a todos los hombres que iban a bordo y lo hundió —especuló Sanson—. En su viaje de regreso de Matanceros.

—Una última pregunta —dijo Hacklett—. ¿Recordáis una tormenta en el mar los días doce y trece de septiembre?

—¿Una tormenta? No, caballeros. No hubo ninguna tormenta.

Hacklett asintió.

—Gracias, señor Sanson. Podéis bajar.

—Como desee el tribunal —dijo Sanson. Y salió de la sala.

Hubo una larga pausa después de que la puerta se cerrara con un golpe seco. Los miembros del tribunal miraron a Hunter, que estaba pálido y temblando de rabia, pero intentó recuperar la compostura.

—Señor Hunter —dijo Hacklett—, ¿podríais atribuir a vuestra mala memoria las discrepancias existentes entre vuestra versión de los hechos y la que nos ha dado el señor Sanson, de quien vos mismo habéis hablado en términos tan elogiosos?

—Es un mentiroso. Un vil y miserable mentiroso.

—El tribunal está dispuesto a tomar en consideración esta acusación, si sois tan amable de ofrecer algún detalle útil que avale vuestra tesis.

—Solo cuento con mi palabra —dijo Hunter—, pero podéis obtener todas las pruebas que deseéis de la propia lady Sarah Almont, que contradecirá la versión del francés punto por punto.

—Sin duda escucharemos su testimonio —afirmó Hacklett—. Pero antes de llamarla, desearíamos formular una pregunta que nos tiene perplejos. El ataque a Matanceros, justificado o no, se produjo el veintiuno de septiembre. Pero habéis regresado a Port Royal el veinte de octubre. Entre piratas, es de esperar que esta demora se explique únicamente por la decisión de fondear en una isla secreta para descargar el tesoro sustraído y, de ese modo, privar al rey de lo que le corresponde. ¿Cuál es vuestra explicación?

—Nos vimos mezclados en una batalla naval —dijo Hunter—. Después tuvimos que enfrentarnos con un huracán durante tres días. Estuvimos reparando el galeón durante cuatro días en una isla cercana a la Boca del Dragón. A continuación, zarpamos pero nos atacó un kraken…

—Disculpad. ¿Os referís a un monstruo de las profundidades?

—Sí.

—¡Qué divertido! —Hacklett rió y los otros miembros del tribunal lo secundaron—. Vuestra imaginación para explicar el mes de retraso acumulado merece al menos nuestra admiración, si no nuestra credulidad. —Hacklett se volvió en su silla—. Convocad a lady Sarah Almont al banco de los testigos.

—¡Lady Sarah Almont!

Un momento después, pálida y demacrada, lady Sarah entró en la sala, prestó juramento y esperó a ser interrogada. Hacklett, con modales solícitos, la miraba desde lo alto.

—Lady Sarah, antes que nada deseo daros la bienvenida a la colonia de Jamaica y disculparme por este indigno asunto que constituye con toda probabilidad vuestro primer contacto con la sociedad de esta región.

—Gracias, señor Hacklett —dijo ella, con una ligera reverencia. No miró a Hunter ni una sola vez, lo cual empezó a preocuparle.

—Lady Sarah —prosiguió Hacklett—, es de crucial importancia para este tribunal aclarar si fue capturada por los españoles y posteriormente liberada por el capitán Hunter, o si fue capturada en primer lugar por el capitán Hunter. ¿Puede iluminarnos sobre el particular?

—Sí.

—Hablad libremente.

—Iba a bordo del mercante *Entrepid* —comenzó ella—, en viaje de Bristol a Port Royal cuando…

Se le quebró la voz. Hubo un largo silencio. Miró a Hunter. Él la miró a los ojos, que parecían más asustados que nunca.

—Adelante, os lo ruego.

—… cuando avistamos un navío español en lontananza. Abrió fuego contra nosotros y fuimos capturados. Me sorprendió descubrir que el capitán del navío español era un inglés.

—¿Se refiere a Charles Hunter, el prisionero que tenéis ahora delante?

—Sí.

—Continuad, por favor.

Hunter apenas oyó el resto de su testimonio. Contó que él la había subido a bordo del galeón y después había exterminado a la tripulación inglesa, prendiendo fuego al mercante; luego, para justificar el ataque contra Matanceros, le había pedido que mintiera y declarara que él la había salvado de los españoles. Habló con voz aguda y tensa, muy apresuradamente, como si no viera el momento de acabar con aquel asunto.

—Gracias, lady Sarah. Podéis retiraros.

Ella salió de la sala.

Los miembros del tribunal miraron a Hunter, siete hombres con caras impasibles y frías, como si ya estuvieran ante un muerto. Hubo un largo silencio.

—La testigo no nos ha contado nada acerca de vuestra pintoresca aventura en la Boca del Dragón, o del encuentro con el monstruo marino. ¿Tenéis alguna prueba de ello? —preguntó Hacklett suavemente.

—Solo esto —dijo Hunter, y rápidamente se desnudó hasta la cintura.

En el pecho se apreciaban las escoriaciones y las cicatrices causadas por las gigantescas ventosas, grandes como platos: una visión aterradora. Los miembros del tribunal se sobresaltaron y murmuraron entre ellos.

Hacklett golpeó con el martillo para restablecer el orden.

—Un interesante entretenimiento, señor Hunter, pero en absoluto convincente a los ojos de los caballeros presentes. No es difícil imaginar los medios que habéis empleado, en vuestra desesperada situación, para simular el encuentro con el monstruo. El tribunal no está convencido.

Hunter miró las caras de los siete hombres y vio que sí estaban convencidos. Pero el martillo de Hacklett volvió a golpear.

—Charles Hunter —dictaminó Hacklett—, este tribunal os declara culpable del crimen de piratería y rapiña en el mar, según el acta de acusación. ¿Podéis aportar alguna razón para que esta sentencia no se cumpla?

Hunter esperó. Se le ocurrieron mil juramentos e insultos, pero ninguno que sirviera para nada.

—No —dijo en voz baja.

—No os he oído, señor Hunter.

—He dicho que no.

—En ese caso, Charles Hunter, se ordena que vos y todos los hombres de vuestra tripulación seáis devueltos a la prisión, y que el lunes próximo seáis conducidos al lugar de ejecución, en la plaza de High Street de la ciudad de Port Royal, donde seréis colgado de la horca hasta morir. Después, vuestros cadáveres serán descolgados y colgados de las vergas de vuestro barco. Que Dios se apiade de vuestras almas. Guardia, devolvedlo a la celda.

Hunter fue conducido fuera de la sala de justicia. Al cruzar la puerta, oyó la risa de Hacklett: su cacareo peculiar y estridente. La puerta se cerró y lo acompañaron a la cárcel.

35

Lo condujeron a una celda distinta; por lo visto, los carceleros de Marshallsea no diferenciaban las unas de las otras. Hunter se sentó sobre la paja del suelo y consideró su situación desde todos los ángulos. No podía creer lo que había sucedido, y estaba más furioso de lo que había estado nunca.

Llegó la noche y la prisión quedó en silencio, excepto por los ronquidos y los suspiros de los detenidos. Hunter se estaba adormilando cuando oyó una voz conocida que siseaba:

—¡Hunter!

Se incorporó.

—¡Hunter!

Conocía esa voz.

—Susurro —dijo—. ¿Dónde estás?

—En la celda de al lado.

Todas las celdas se abrían por delante, así que no podía ver la siguiente celda, pero si apretaba la mejilla contra la pared de piedra, podía oír bastante bien.

—Susurro, ¿cuánto tiempo llevas aquí?

—Una semana, Hunter. ¿Os han procesado?

—Sí.

—¿Y os han declarado culpable?

—Sí.

—A mí también —siseó Susurro—. Acusado de robo. Es falso.

El robo, como la piratería, se castigaba con la pena capital.

—Susurro —dijo—, ¿qué le ha sucedido a sir James?

—Dicen que está enfermo —siseó Susurro—, pero no lo está. Está sano, pero encerrado bajo vigilancia, en la mansión del gobernador. Su vida corre peligro. Hacklett y Scott han asumido el control. Han dicho a todos que sir James está a punto de morir.

Hacklett debía de haber amenazado a lady Sarah, pensó Hunter, y la había obligado a testificar en falso.

—Corren más rumores —siseó Susurro—. Parece que la señora Emily Hacklett está encinta.

—¿Y?

—Por lo visto, su esposo, el gobernador en funciones, no había cumplido los deberes conyugales con su mujer. No es capaz de hacerlo. En consecuencia, su estado es motivo de irritación.

—Entiendo —dijo Hunter.

—Habéis puesto en ridículo a un tirano, y ahora se vengará de vos.

—¿Y Sanson?

—Llegó solo, en una barca. Sin tripulación. Contó que todos sus hombres habían muerto en un huracán, salvo él.

Hunter apretó la mejilla contra la pared de piedra, sintiendo la fría humedad como una especie de sólido consuelo.

—¿Qué día es hoy?

—Sábado.

Hunter tenía dos días antes de la ejecución. Suspiró, se sentó y miró a través de los barrotes de la ventana las nubes que pasaban frente a una luna pálida y menguante.

La mansión del gobernador estaba construida con sólidos ladrillos, como una especie de fortaleza, en el extremo norte de Port Royal. En el sótano, fuertemente custodiado, sir James Almont yacía en un lecho, consumido por la fiebre. Lady Sarah Almont le aplicó una toalla fría sobre la frente ardorosa y le rogó que respirara más pausadamente.

En aquel momento, el señor Hacklett y su esposa entraron en la estancia.

—¡Sir James!

Almont, con los ojos vidriosos por la fiebre, miró a su ayudante.

—¿Qué pasa ahora?

—Hemos procesado al capitán Hunter. Lo ahorcaremos el próximo lunes, como a un vulgar pirata.

Al oírlo, lady Sarah se volvió. Tenía lágrimas en los ojos.

—¿Dais vuestra aprobación, sir James?

—Lo que… decidáis… será lo mejor… —dijo sir James respirando con dificultad.

—Gracias, sir James. —Hacklett se rió, giró sobre sus talones y salió de la estancia.

La puerta se cerró pesadamente.

De inmediato, sir James se puso alerta. Miró a Sarah con el ceño fruncido.

—Quítame este maldito trapo de la frente, muchacha. Tengo mucho que hacer.

—Pero tío…

—¡Maldición! ¿Es que no entiendes nada? He pasado todos estos años en esta colonia dejada de la mano de Dios, financiando expediciones corsarias y esperando el momento en el que uno de mis bucaneros me trajera un galeón español, cargado de tesoros. Y por fin ha sucedido. ¿Acaso no comprendes lo que significa?

—No, tío.

—Una décima parte del botín será para Carlos —le explicó Almont—. Y el noventa por ciento restante se lo repartirán Hacklett y Scott. Puedes creerme.

—Pero me advirtieron…

—Olvida sus advertencias. Yo sé qué está sucediendo. He esperado cuatro años para este momento, y no permitiré que me lo arrebaten. Ni lo permitirán los demás valientes habitantes de esta…, de esta pía ciudad. No me dejaré estafar por un truhán moralista e imberbe y un mujeriego refinado vestido con uniforme militar. Hunter debe ser liberado.

—Pero ¿cómo? —inquirió lady Sarah—. Lo ejecutarán dentro de dos días.

—Ese perro viejo —dijo Almont— no colgará de ninguna verga, te lo prometo. La ciudad le apoya.

—¿En qué sentido?

—Porque tiene deudas pendientes, y si regresa a casa las pagará generosamente. Con intereses. A mí y a otros. Solo necesitamos liberarlo…

—Pero ¿cómo? —insistió lady Sarah.

—Pregúntale a Richards —indicó Almont.

Una voz procedente de un rincón apartado y en la penumbra de la estancia, dijo:

—Yo hablaré con Richards.

Lady Sarah se volvió de golpe. Miró a Emily Hacklett.

—Tengo una cuenta pendiente —dijo Emily Hacklett, y salió de la estancia.

Cuando estuvieron solos, lady Sarah preguntó a su tío:

—¿Será suficiente?

Sir James Almont soltó una risita.

—Sin la menor duda, querida mía —dijo—. Sin la menor duda. —Se rió ruidosamente—. Antes de mañana veremos correr la sangre en Port Royal. Puedes estar segura de ello.

—Estoy deseoso de ayudaros, señora —dijo Richards.

El fiel mayordomo se estaba volviendo loco desde hacía semanas por la injusticia cometida con su amo, recluido bajo vigilancia.

—¿Quién puede entrar en Marshallsea? —preguntó la señora Hacklett.

Ella había visto el edificio por fuera, pero evidentemente no había entrado en él. De hecho era imposible que entrara nunca. Ante un crimen, una mujer de alta cuna torcía el gesto y volvía la cara para mirar a otra parte.

—¿Podéis entrar en la prisión?

—No, señora —contestó Richards—. Vuestro marido ha ordenado que una guardia especial vigile la prisión; me descubrirían inmediatamente y me impedirían entrar.

—Entonces, ¿quién puede?

—Una mujer —dijo Richards.

Era costumbre que a los prisioneros la comida y los efectos personales se los proporcionaran los amigos y familiares.

—¿Qué mujer? Debe ser una mujer astuta, que pueda evitar que la registren.

—Solo se me ocurre una —dijo Richards—. La señorita Sharpe.

La señora Hacklett asintió. Recordaba a la señorita Sharpe, una de las treinta y siete convictas que habían llegado en el *Godspeed*. Desde entonces, la señorita Sharpe se había convertido en la cortesana más solicitada del puerto.

—Arregladlo —dijo la señora Hacklett—, sin demora.

—¿Y qué debo prometerle?

—Decidle que el capitán Hunter la recompensará generosamente y con justicia. Estoy segura de que lo hará.

Richards asintió, pero después vaciló.

—Señora —dijo—, confío que comprendáis las consecuencias de liberar al capitán Hunter.

Con una frialdad que provocó a Richards un estremecimiento en la columna, la mujer respondió:

—No solo las comprendo sino que estoy impaciente.

—Muy bien, señora —dijo Richards y se alejó en la noche.

En la oscuridad, las tortugas reunidas en Chocolate Hole emergieron a la superficie haciendo chocar sus afiladas fauces. No lejos de allí, la señorita Sharpe, ataviada con volantes y riendo, esquivó coquetamente a uno de los guardias que quería tocarle los pechos. Le mandó un beso y siguió caminando a la sombra del alto muro de Marshallsea. Llevaba en las manos un cazo con estofado de tortuga.

Otro guardia, taciturno y bastante borracho, la acompañó a la celda de Hunter. Metió la llave en la cerradura y se quedó inmóvil.

—¿Por qué dudas? —preguntó ella.

—¿Qué cerradura se ha abierto nunca sin una voluptuosa vuelta?

—Es mejor que la cerradura esté bien lubrificada —contestó ella mirándolo lascivamente.

—Sí, señora, y también que la llave sea la adecuada.

—Creo que tienes la llave —dijo ella—. En cuanto a la cerradura, bueno, eso tendrá que esperar un momento mejor. Déjame unos minutos con este perro hambriento y te prometo que después podrás darle una vuelta que no olvidarás.

El guardia rió y abrió la puerta. Ella entró y oyó cómo la cerraban otra vez con llave. El guardia se quedó allí vigilando.

—Concédeme unos minutos a solas con este hombre —dijo ella—, en nombre de la decencia.

—No está permitido.

—¿A quién le importa? —preguntó ella, y se lamió los labios con expresión lasciva.

Él le sonrió y se marchó.

En cuanto se fue, ella dejó el cazo de estofado en el suelo y miró a Hunter. Él no la reconoció, pero estaba hambriento, y el olor del estofado de tortuga era fuerte y agradable.

—Qué amable eres —dijo.

—No tienes ni idea —contestó ella, y con un gesto rápido, cogió el dobladillo de la falda y se la levantó hasta la cintura. El movimiento fue de una lascivia asombrosa, pero más asombroso fue lo que dejó a la vista.

Atada a las pantorrillas y a los muslos llevaba una auténtica armería: dos cuchillos y dos pistolas.

—Dicen que mis partes más recónditas son peligrosas —dijo—; ahora sabes por qué.

Rápidamente, Hunter cogió las armas y se las guardó al cinto.

—No las descargues antes de tiempo.

—Puedes contar con mi capacidad de dominio.

—¿Hasta cuándo puedo contar?

—Hasta cien —respondió Hunter—. Es una promesa.

Ella miró en dirección al guardia.

—Te recordaré tu promesa más adelante —añadió ella—. Por el momento, ¿debo dejarme violar?

—Creo que es lo mejor —dijo Hunter y la echó en el suelo.

Cuando ella empezó a chillar y a pedir ayuda, el guardia acudió corriendo. Enseguida supo qué ocurría; abrió apresuradamente la puerta y entró en la celda.

—Maldito pirata —gruñó. Pero, en ese instante, el cuchillo en la mano de Hunter se hundió en su cuello, y el hombre retrocedió, agarrando la hoja por debajo de la barbilla. Cuando se la arrancó, la sangre brotó como de un surtidor sibilante; a continuación, cayó y murió.

—Rápido, señorita —dijo Hunter, ayudando a Anne Sharpe a levantarse.

Los demás detenidos en Marshallsea permanecieron en silencio; lo habían oído todo pero se quedaron totalmente callados. Hunter abrió las puertas de las celdas y después entregó las llaves a los hombres para que terminaran la tarea.

—¿Cuántos guardias hay en la puerta? —preguntó a Anne Sharpe.

—He visto cuatro —dijo—, y otra docena en los bastiones.

Esto sería un problema para Hunter. Los guardias eran ingleses y no tenía estómago para matarlos.

—Debemos utilizar una estratagema —comentó—. Haz que venga el capitán de los guardias.

Ella asintió y salió al patio. Hunter se quedó atrás, en la sombra.

Hunter no se maravilló por la compostura de aquella mujer, que acababa de ver cómo mataba brutalmente a un hombre. No estaba acostumbrado a las mujeres que se desmayaban por cualquier cosa, tan en boga en las cortes francesa y española. Las mujeres inglesas tenían el temperamento duro, en cierto sentido eran más duras que los hombres, y esto podía aplicarse tanto a las mujeres del pueblo como a las aristócratas.

El capitán de la guardia de Marshallsea se acercó a Anne Sharpe; hasta el último momento no vio el cañón de la pistola de Hunter sobresaliendo de las sombras. Hunter le indicó que se acercara.

—Escúchame bien —dijo el capitán—. Haz bajar a tus hombres y ordénales que tiren los mosquetes al suelo; de este modo nadie saldrá herido. O puedes resistirte y todos morirán.

El capitán de la guardia dijo:

—Esperaba con ansia que huyerais señor, y espero que lo recordéis en el futuro.

—Ya veremos —dijo Hunter, sin prometer nada.

Con voz formal, el capitán añadió:

—El comandante Scott tomará medidas contra vos por la mañana.

—El comandante Scott —dijo Hunter— no vivirá hasta mañana. Ahora decide.

—Espero que recordéis…

—Puede que me acuerde de no degollarte —dijo Hunter.

El capitán de la guardia ordenó a sus hombres que bajaran y Hunter supervisó personalmente que todos fueran encerrados en las celdas de Marshallsea.

Tras dar instrucciones a Richards, la señora Hacklett volvió junto a su marido. Estaba en la biblioteca, tomando una copa después de cenar en compañía del comandante Scott. En los últimos días ambos hombres se habían aficionado a la bodega de vinos del gobernador, y se habían propuesto dar buena cuenta de las reservas antes de que el gobernador se recuperara.

Cuando llegó la señora ya estaban borrachos.

—Querida mía —saludó su esposo al verla entrar en la habitación—, llegáis en el momento más oportuno.

—¿De verdad?

—De verdad —dijo Robert Hacklett—. Justo ahora estaba contando al comandante Scott cómo os hicisteis embarazar por el pirata Hunter. Sin duda sabéis que pronto se balanceará en la brisa hasta que su carne se pudra hasta los huesos. En este clima extremo, tengo entendido que sucede muy rápidamente. Pero estoy seguro de que entendéis de cosas rápidas, ¿no es cierto? Hablando de vuestra seducción, el comandante Scott no estaba informado de los detalles del asunto. Acabo de ponerlo al día.

La señora Hacklett se ruborizó.

—¡Qué tímida! —exclamó Hacklett, en un tono inequívocamente hostil—. Nadie diría que es una vulgar ramera. Y sin embargo es lo que es. ¿Cuánto creéis que pueden valer sus favores?

El comandante Scott olió un pañuelo perfumado.

—¿Puedo ser franco?

—Os lo ruego, sed franco. Sed franco.

—Es demasiado flaca para los gustos en boga.

—A Su Majestad le gustaba mucho.

—Tal vez, tal vez, pero no es el gusto predominante, ¿verdad? Nuestro rey manifiesta cierta inclinación por las extranjeras de sangre caliente…

—Así sea —dijo Hacklett con irritación—. ¿Cuánto podría pedir?

—Diría que no podría pedir más de… bueno, teniendo en cuenta que ha empuñado la lanceta real… pero no más de cien reales.

La señora Hacklett, sonrojada, se volvió para marcharse.

—No tengo intención de soportar más impertinencias.

—Por el contrario —dijo su esposo, saltando de su sillón y bloqueándole el paso—. Debéis soportar mucho más. Comandante Scott, sois un caballero con experiencia mundana. ¿Pagaríais cien reales?

Scott bebió vino y tosió.

—No, no señor —dijo.

Hacklett agarró la muñeca de su esposa.

—¿Qué precio pagaríais?

—Cincuenta reales.

—¡Hecho! —aceptó Hacklett.

—¡Robert! —protestó su esposa—. Por el amor de Dios, Robert…

Robert Hacklett golpeó a su mujer en la cara con tal fuerza que la hizo retroceder y caer sobre un sillón.

—Bien, comandante —dijo Hacklett—. Sé que sois un hombre de palabra. Os fiaré, por esta vez.

Scott miró por encima del borde de su copa.

—¿Eh?

—He dicho que os fiaré en esta ocasión. Disfrutad de vuestro dinero.

—¿Eh? Queréis decir que… —Hizo un gesto en dirección a la señora Hacklett, que los miraba con ojos aterrorizados.

—Por supuesto, y con rapidez, además.

—¿Aquí? ¿Ahora?

—Exactamente, comandante. —Hacklett, muy borracho, cruzó la estancia y posó las manos en los hombros del soldado—. Y yo observaré, para divertirme.

—¡No! —gritó la señora Hacklett.

Su grito fue atroz, pero ninguno de los dos hombres pareció oírlo. Se miraron, totalmente borrachos.

—La verdad —dijo Scott— es que no creo que sea prudente.

—Tonterías —le contradijo Hacklett—. Sois un caballero y tenéis una reputación que defender. Al fin y al cabo, se trata de una mujer digna de un rey… o al menos que una vez fue digna de un rey. A por ella, muchacho.

—Al diablo —decidió el comandante Scott, poniéndose de pie con dificultad—. Al diablo, claro que lo haré, señor. Lo que es bueno para un rey es bueno para mí. Lo haré. —Y empezó a desabrocharse los calzones.

El comandante Scott estaba demasiado borracho y no acertaba con los cierres. La señora Hacklett empezó a gritar, pero su esposo cruzó la biblioteca y la golpeó en la cara, partiéndole el labio. Un hilo de sangre le resbaló por la barbilla.

—La puta de un pirata, o de un rey, no debe darse aires. Comandante Scott, disfrutad.

Scott avanzó hacia la mujer.

—Sácame de aquí —susurró el gobernador Almont a su sobrina.

—Pero ¿cómo, tío?

—Mata al guardia —indicó él dándole una pistola.

Lady Sarah Almont cogió la pistola en las manos, sintiendo la forma desconocida del arma.

—Se carga así —dijo Almont, mostrándoselo—. ¡Con cuidado! Ve a la puerta, dile que quieres salir y dispara.

—¿Cómo disparo?

—Directamente a la cara. No cometas errores, querida mía.

—Pero tío…

Él la miró con furia.

—Estoy enfermo —dijo—. Ayúdame.

Ella dio unos pasos hacia la puerta.

—Directo a la boca —dijo Almont, con cierta satisfacción—. Se lo ha ganado, ese perro traidor.

Sarah llamó a la puerta.

—¿Qué deseáis, señora? —preguntó el guardia.

—Abre —dijo ella—. Quiero salir.

Se oyeron chirridos y un chasquido metálico mientras el soldado abría los cerrojos. La puerta se abrió. Sarah vio un momento al guardia, un joven de diecinueve años, de cara fresca e inocente, y expresión tímida.

—Lo que desee la señora…

Ella le disparó a los labios. La explosión le sacudió el brazo y a él lo hizo retroceder como si hubiera recibido un puñetazo. Se retorció y cayó al suelo, encogido. Ella vio horrorizada que el joven no tenía cara, solo una masa sanguinolenta sobre los hombros. El cuerpo se retorció en el suelo un momento. Por una pierna, bajo los pantalones, comenzó a deslizarse la orina, y en la estancia se propagó un olor agrio a defecación. Después, el guardia se quedó inmóvil.

—Ayúdame a moverme —gimió su tío, el gobernador de Jamaica, sentándose en la cama con expresión de dolor.

Hunter reunió a sus hombres en el extremo norte de Port Royal, cerca de la península. Su problema inmediato era eminentemente político: revocar la condena emitida contra él. Desde un punto de vista práctico, ahora que había escapado, los ciudadanos le apoyarían y no le encarcelarían de nuevo.

Pero también desde un punto de vista práctico debía reaccionar contra la injusticia con que había sido tratado, porque la reputación de Hunter estaba en juego.

Repasó mentalmente los ocho nombres:

Hacklett.
Scott.
Lewisham, el juez del Almirantazgo.
Foster y Poorman, los mercaderes.
El teniente Dodson.
James Phips, capitán de mercante.
Y por último, pero no menos importante, Sanson.

Todos esos hombres habían actuado a sabiendas de que cometían una injusticia. Y todos sacarían provecho de que confiscaran su botín.

Las leyes de los corsarios eran muy claras; este tipo de conjuras merecían inevitablemente la muerte y la confiscación de la parte asignada. Pero, al mismo tiempo, se vería obligado a matar a varias personalidades de la ciudad. No sería difícil, pero podría pasarlo mal posteriormente, si sir James no sobrevivía para ayudarle.

Si sir James no había perdido su brío, debía de haber escapado hacía tiempo. Hunter decidió confiar en ello. Mientras tanto, tendría que matar a los que le habían traicionado.

Poco antes del alba, ordenó a los hombres que se escondieran en las Blue Hills, al norte de Jamaica, y que se quedaran allí dos días.

Entonces, solo, volvió a la ciudad.

36

Foster, un próspero mercader de seda, poseía una gran casa en Pembroke Street, al nordeste de los astilleros. Hunter se introdujo por la parte trasera, cruzando la cocina exterior. Subió al segundo piso donde estaba el dormitorio principal.

Encontró a Foster en la cama durmiendo, con su esposa. Hunter lo despertó apretando una pistola ligeramente bajo su nariz.

Foster, un hombre obeso de cincuenta años, roncó, hizo una mueca e intentó volverse, pero Hunter le apretó el cañón de la pistola en un orificio de la nariz.

Foster parpadeó y abrió los ojos. Se sentó en la cama, sin decir una palabra.

—No te muevas —murmuró su esposa adormilada—. No dejas de dar vueltas.

Pero no se despertó. Hunter y Foster se miraron. Foster miraba a Hunter y a la pistola, una y otra vez.

Por fin, Foster alzó un dedo y se levantó silenciosamente de la cama. Su esposa seguía durmiendo. Vestido únicamente con el camisón, Foster cruzó la habitación hacia una cómoda.

—Os recompensaré —susurró—. Mirad esto. —Abrió un compartimiento falso y sacó un saquito de oro muy pesado—. Hay más, Hunter. Os pagaré lo que queráis.

Hunter no dijo nada. Foster extendió el brazo con el saco de oro. Su brazo temblaba.

—Por favor —susurró—. Por favor, por favor…

Se puso de rodillas.

—Por favor, Hunter, os lo ruego, por favor.

Hunter le disparó a la cara. El cuerpo cayó hacia atrás, y las piernas se levantaron en el aire, con los pies desnudos pataleando. En la cama, la mujer siguió sin despertarse; se dio la vuelta y siguió roncando.

Hunter recogió el saco de oro y salió tan silenciosamente como había entrado.

Poorman, a pesar de su apellido, era un rico comerciante de plata y estaño. Su casa estaba en High Street. Hunter lo encontró durmiendo, apoyado en la mesa de la cocina, con una botella de vino medio vacía delante.

Hunter cogió un cuchillo de cocina y le cortó ambas muñecas. Poorman se despertó aturdido, vio a Hunter, y después la sangre que caía sobre la mesa. Levantó las manos ensangrentadas, pero no podía moverlas porque los tendones estaban cortados. Las manos cayeron inertes, como los dedos de una muñeca, y empezaron a adquirir un color blanco grisáceo.

Dejó caer los brazos sobre la mesa. Contempló la sangre que se encharcaba sobre la madera y se filtraba por las grietas del suelo. Volvió a mirar a Hunter. Su expresión era extraña, confundida.

—Habría pagado —dijo ásperamente—. Os habría dado lo que… lo que…

Se levantó de la mesa, oscilando, mareado, sujetándose las manos heridas bajo los codos. En el silencio de la habitación, la sangre repiqueteaba sobre el suelo con un ruido amplificado.

—Os habría… —empezó Poorman, y entonces cayó de espaldas al suelo—. Sí, sí, sí, sí —dijo, cada vez con voz más débil.

Hunter se volvió, sin esperar a que el hombre muriera. Se adentró de nuevo en la noche y caminó furtivamente por las calles oscuras de Port Royal.

Encontró al teniente Dodson por casualidad. El soldado iba dando tumbos por la calle, cantando borracho, y con dos rameras al lado. Hunter lo vio en un extremo de High Street; retrocedió, se metió rápidamente en Queen Street y dobló hacia el este en Howell Alley, a tiempo de tropezar con Dodson en la esquina.

—¿Quién va? —preguntó Dodson en voz alta—. ¿No sabes que hay toque de queda? Desaparece si no quieres acabar en Marshallsea.

Desde la sombra, Hunter dijo:

—Acabo de salir de allí.

—¿Eh? —preguntó Dodson, ladeando la cabeza hacia la voz—. ¿Qué significa esta tontería? Te haré…

—¡Hunter! —gritaron las rameras, y salieron corriendo.

Sin nadie en quien apoyarse, Dodson cayó en el barro.

—¡Maldito hijo de mala madre! —gruñó, e intentó levantarse—. Mira cómo ha quedado mi uniforme, maldita sea.

—Estaba cubierto de barro y excrementos.

Ya estaba de rodillas cuando las palabras de las mujeres de repente se abrieron paso en su cerebro nublado por el alcohol.

—¿Hunter? —preguntó en voz baja—. ¿Eres tú, Hunter?

Hunter asintió desde la sombra.

—Pues tendré que arrestarte por canalla y por pirata —dijo Dodson.

Pero antes de que pudiera ponerse de pie, Hunter le pegó una patada en el estómago y lo hizo caer.

—¡Oh! —exclamó Dodson—. Me has hecho daño, maldito seas.

Fueron las últimas palabras que pronunció. Hunter agarró al soldado por el cuello y le apretó la cara contra el barro y los excrementos de la calle, sujetando el cuerpo que se agitaba, que se resistía cada vez con más fuerza y, hacia el final, con contorsiones violentas hasta que dejó de moverse.

Hunter se apartó, jadeando por el esfuerzo.

Miró a su alrededor; la ciudad estaba oscura y desierta. Una patrulla de diez milicianos apareció de la nada y él se escondió en la penumbra hasta que pasó.

Se acercaron dos rameras.

—¿Eres tú, Hunter? —preguntó una, sin ningún miedo.

Él asintió.

—Que Dios te bendiga —dijo—. Ven a verme y tendrás lo que quieras sin pagar nada. —Se rió.

Entre carcajadas, las dos mujeres desaparecieron en la noche.

Hunter entró en la taberna del Jabalí Negro. Había cincuenta personas en el interior, pero él solo vio a James Phips, gallardo y apuesto, bebiendo con otros capitanes de la marina mercante. Los compañeros de Phips se marcharon cautelosamente, con una expresión de terror en sus rostros. Pero Phips, tras el primer momento de sorpresa, decidió adoptar una actitud cordial.

—¡Hunter! —saludó, sonriendo con afecto—. ¡Benditos mis ojos! Veo que habéis hecho lo que todos creíamos que haríais. Una ronda para todos; tenemos que celebrar vuestra nueva libertad.

En el Jabalí Negro reinaba un silencio sepulcral. Nadie hablaba. Nadie se movía.

—¡Vamos! —dijo Phips en voz alta—. ¡Invito a una ronda en honor del capitán Hunter! ¡Una ronda!

Hunter avanzó hacia la mesa de Phips. Sus pasos sobre el suelo sucio era el único ruido que se oía en la habitación.

Los ojos de Phips miraban a Hunter con inquietud.

—Charles —dijo—. Charles, esta actitud severa no es propia de vos. Es un momento de celebración.

—¿Ah, sí?

—Charles, amigo mío —dijo Phips—. Sin duda sabéis que no os deseo ningún mal. Me obligaron a formar parte del tribunal. Lo urdieron todo Hacklett y Scott; lo juro. No tuve elección. Mi barco debe zarpar dentro de una semana, Charles, y no iban a darme la documentación necesaria. Eso fue lo que me dijeron. Sabía que lograríais escapar. No hace ni una hora que le estaba diciendo a Timothy Flint que precisamente esto era lo que esperaba. Timothy: di la verdad, ¿estaba diciendo o no que Hunter escaparía? ¿Timothy?

Hunter sacó la pistola y apuntó a Phips.

—Vamos, Charles —dijo Phips—. Os ruego que os mostréis razonable. Tenía que ser práctico. ¿Creéis que os habría condenado de haber creído que la sentencia se cumpliría? ¿Lo creéis de verdad?

Hunter no dijo nada. Amartilló la pistola, un único chasquido metálico en el silencio de la habitación.

—Charles —dijo Phips—, mi corazón se llena de alegría al veros. Vamos, sentaos conmigo y olvidémonos...

Hunter le disparó en el pecho. Los demás se agacharon para esquivar los fragmentos de hueso y un chorro de sangre que salió disparado de su corazón con un ruido sibilante. Phips dejó caer la taza que tenía en la mano, que golpeó contra la mesa y rodó por el suelo.

Los ojos de Phips lo siguieron. Alargó el brazo para cogerla y dijo con voz áspera:

—Una copa, Charles… —Se interrumpió y se desplomó sobre la mesa, empapándola de sangre.

Hunter se volvió y salió de la taberna.

Al salir a la calle, oyó el tañido de las campanas de Santa Ana. No paraban de tocar; era la señal de que estaban atacando Port Royal, o de cualquier otra situación de emergencia.

Hunter sabía que solo podía significar una cosa: su huida de la prisión de Marshallsea había sido descubierta.

No le importó ni poco ni mucho.

Lewisham, el juez del Almirantazgo, tenía su cuartel general detrás del juzgado. Se despertó alarmado con las campanadas de la iglesia, y mandó a un criado a averiguar qué estaba sucediendo. El hombre volvió pocos minutos después.

—¿Qué sucede? —preguntó Lewisham—. Habla.

El hombre le miró. Era Hunter.

—¿Cómo es posible? —se sorprendió Lewisham.

Hunter amartilló la pistola.

—Ha sido fácil —dijo.

—Dime qué quieres.

—Ahora mismo —respondió Hunter. Y se lo dijo.

El comandante Scott, aturdido por la bebida, estaba echado en un sofá de la biblioteca de la mansión del gobernador. El señor Hacklett y su esposa hacía rato que se habían retirado. Se despertó con las campanadas y al instante supo qué había sucedido; sintió un terror que no había experimentado jamás en la vida. Poco después, uno de los guardias irrumpió en la estancia con la noticia: Hunter había escapado, todos los piratas se habían esfumado, y Poorman, Foster, Phips y Dodson estaban muertos.

—Prepárame el caballo —ordenó Scott, y se arregló apresuradamente la ropa.

Salió a la parte delantera de la mansión del gobernador, miró alrededor cautelosamente y montó en su caballo.

Un momento después lo descabalgaron y lo lanzaron bruscamente sobre los adoquines a no más de cien metros de la mansión del gobernador. Una pandilla de vagabundos guiados por Richards, el mayordomo del gobernador, e instruidos por Charles Hunter, el muy canalla, lo esposaron y lo llevaron a Marshallsea.

¡En espera de juicio, malditos rufianes!

Hacklett despertó con el fragor de las campanadas de la iglesia, y también imaginó su significado. Saltó de la cama, sin hacer caso de su esposa, que llevaba toda la noche despierta, mirando el techo y escuchando los ronquidos de borracho de su marido. Estaba dolorida y profundamente humillada.

Hacklett abrió la puerta de la estancia y llamó a Richards, que acababa de llegar.

—¿Qué ha sucedido?

—Hunter se ha evadido —contestó Richards con tranquilidad—. Dodson, Poorman y Phips están muertos. Puede que haya más.

—¿Y sigue suelto?

—No lo sé —dijo Richards, evitando deliberadamente decir «excelencia»

—¡Dios Santo! —exclamó Hacklett—. Cerrad con llave. Llamad a la guardia. Alertad al comandante Scott.

—El comandante Scott se ha marchado hace unos minutos.

—¿Se ha marchado? Cielo santo —dijo Hacklett.

Cerró la puerta de la estancia de golpe, con llave y miró hacia la cama.

—Dios santo —repitió—. Dios Santo, ese pirata nos matará a todos.

—A todos no —dijo su esposa, apuntándolo con una pistola. Su marido guardaba un par de pistolas cargadas junto a la cama, y ahora ella le apuntaba con una en cada mano.

—Emily —intentó razonar Hacklett—, no hagas tonterías. No es momento para bromas, ese hombre es un malvado asesino.

—No te acerques más —dijo ella.

Él vaciló.

—Es un farol.

—No lo es.

Hacklett miró a su esposa, y luego las pistolas que sujetaba. Él no era muy ducho en el manejo de las armas, pero a pesar de su limitada experiencia sabía que era extremadamente difícil disparar una pistola con precisión. No sentía tanto miedo como irritación.

—Emily, te estás portando como una maldita idiota.

—Quieto —ordenó ella.

—Emily, eres una inconsciente y una ramera, pero no una asesina y yo…

Ella disparó una de las pistolas. La habitación se llenó de humo. Hacklett gritó aterrorizado. Pasó un buen rato antes de que marido y mujer se dieran cuenta de que no estaba herido.

Hacklett rió, más que nada de alivio.

—Ya ves que no es tan fácil —dijo—. Dame la pistola.

Ella dejó que se acercara antes de volver a disparar, apuntando a la altura de la ingle. El impacto no fue potente. Hacklett siguió de pie. Dio otro paso, acercándose tanto a ella que casi podía tocarla.

—Siempre te he odiado —dijo él, con voz tranquila—. Desde el día que te conocí. ¿Te acuerdas? Te dije «Buenos días, señora», y tú me dijiste…

Sufrió un acceso de tos y se desplomó en el suelo, doblado de dolor.

Sangraba por la cintura.

—Me dijiste —siguió—. Dijiste… Oh, maldita seas mujer, tú y tus perversos ojos negros… duele… me dijiste.

Se balanceó en el suelo, con las manos apretadas sobre la ingle, la cara contorsionada de dolor, los ojos cerrados con fuerza. Gemía al compás de su balanceo.

—Aaaah… Aaaah… Aaaah…

Ella se incorporó en la cama y soltó la pistola. Estaba tan caliente que al tocar la sábana, dejó la marca del cañón en la tela. Rápidamente volvió a cogerla y la tiró al suelo; después miró a su esposo. Seguía balanceándose, gimiendo; de golpe paró y la miró, y habló entre dientes.

—Acaba de una vez —susurró.

Ella sacudió la cabeza. Las cámaras estaban vacías; no sabía cómo cargarlas de nuevo, ni si había balas y pólvora.

—Acaba de una vez —pidió él otra vez.

Emily Hacklett sintió emociones contradictorias. En vista de que no parecía que fuera a morir tan rápidamente como creía, se acercó a la mesilla, llenó un vaso de vino y se lo ofreció. Le levantó la cabeza y le ayudó a beber. Él dio un sorbo, pero después le entró una furia repentina y con una mano sangrienta empujó a su mujer con fuerza. Ella cayó hacia atrás, con la huella de la mano roja en su camisón.

—Maldita seas, puta del rey —susurró, y empezó a balancearse de nuevo.

Estaba tan absorto en su dolor que parecía haber olvidado que ella seguía allí. La mujer se levantó, se sirvió un vaso de vino, tomó un sorbo y contempló la agonía de su marido.

Una hora después, cuando Hunter entró en la habitación, seguía allí de pie. Hacklett estaba vivo, pero con una palidez cetrina, y sus movimientos eran débiles, excepto algún espasmo involuntario. Estaba echado sobre un enorme charco de sangre.

Hunter sacó su pistola y fue hacia Hacklett.

—¡No! —gritó ella.

Él dudó pero después retrocedió.

—Gracias por vuestra cortesía —dijo la señora Hacklett.

37

El 23 de octubre de 1665, la condena de Charles Hunter y su tripulación por los cargos de piratería y hurto fue sumariamente revocada por Lewisham, juez del Almirantazgo, reunido en sesión a puerta cerrada con sir James Almont, que había recuperado el cargo de gobernador de la colonia de Jamaica.

En la misma sesión, el comandante Edwin Scott, oficial jefe de la guarnición de Fort Charles, fue condenado por alta traición y sentenciado a morir en la horca al día siguiente. Con la promesa de conmutarle la sentencia, se obtuvo una confesión de su puño y letra. Cuando terminó de escribir el documento, un oficial desconocido mató a Scott en su celda de Fort Charles. El oficial nunca fue arrestado.

Para el capitán Hunter, ahora protagonista de todos los brindis de la ciudad, quedaba un problema por resolver: André Sanson. El francés estaba ilocalizable, y se decía que había huido a las colinas del interior. Hunter hizo correr la voz de que recompensaría generosamente cualquier información sobre Sanson; a media tarde le llegó una noticia sorprendente.

Hunter, que había establecido su cuartel general en el Jabalí Negro, recibió la visita de una vieja vulgar. Hunter la conocía; era propietaria de un burdel y se llamaba Simmons. Se acercó a él nerviosamente.

—Habla, mujer —dijo, y pidió un vaso de ron para calmar sus miedos.

—Veréis, señor —comentó, bebiendo su ron—, hace una semana, un hombre llamado Carter llegó a Port Royal. Estaba muy enfermo.

—¿Se trata de John Carter, un marinero?

—En efecto.

—Habla —dijo Hunter.

—Decía que lo había recogido un navío postal inglés de St. Kitts. Avistaron una hoguera en un islote pequeño y deshabitado y pararon a investigar. Encontraron a Carter allí perdido y lo trajeron hasta aquí.

—¿Dónde está ahora?

—Oh, se marchó. Está aterrorizado ante la idea de encontrarse con Sanson, el villano francés. Ahora está en las colinas, pero me contó su historia.

—¿Qué historia? —preguntó Hunter.

La vieja vulgar se la contó rápidamente. Carter iba a bordo del balandro *Cassandra*, cargado con parte del tesoro del galeón, a las órdenes de Sanson. Encontraron un violento huracán, a causa del cual el barco naufragó en el arrecife interior de una isla; la mayoría de la tripulación murió. Sanson reunió a los que habían sobrevivido y les ordenó desembarcar el tesoro y enterrarlo en la isla. A continuación, construyeron una barca con los restos del balandro.

Entonces, según Carter, Sanson los mató a todos, a los doce hombres, y se marchó él solo con la barca. Carter había quedado malherido, pero de alguna manera había logrado sobrevivir y volver a casa para contar su historia. También dijo que no conocía el nombre de la isla, ni la localización exacta del tesoro, pero que Sanson había grabado un mapa en una moneda, que se había colgado al cuello.

Hunter escuchó la historia en silencio, dio las gracias a la mujer y le entregó una moneda por las molestias. Más que nunca deseaba encontrar a Sanson. Se quedó en el Jabalí Negro escuchando pacientemente a todas las personas que llegaron con algún rumor sobre el paradero del francés. Escuchó al menos una docena de versiones distintas: Sanson se había ido a Port Moran; Sanson había huido a Inagua; Sanson se había ocultado en las colinas.

Cuando por fin salió a la luz la verdad, esta fue asombrosa. Enders irrumpió en la taberna.

—¡Capitán, está a bordo del galeón!

—¿Qué?

—Sí, señor. Había seis de nuestros hombres de guardia. Ha matado a dos y ha mandado al resto en un bote para contároslo.

—¿Contarme qué?

—O se le concede el perdón, y renunciáis públicamente a vengaros de él, o hundirá el barco, capitán. Lo hundirá donde está anclado. Debéis comunicarle vuestra decisión antes de medianoche, capitán.

Hunter soltó un juramento. Fue a la ventana de la taberna y miró hacia el puerto. *El Trinidad* se balanceaba tranquilamente sujeto a su ancla, pero estaba lejos de la costa, en aguas profundas, demasiado profundas para rescatar el tesoro si se hundía.

—Es listo como el demonio —dijo Enders.

—Ya lo creo —coincidió Hunter.

—¿Responderéis a su petición?

—Ahora no —contestó Hunter. Se apartó de la ventana—. ¿Está solo en el barco?

—Sí, si es que importa…

Sanson valía por una docena de hombres o más en una batalla cuerpo a cuerpo.

El galeón del tesoro no estaba anclado cerca de otros barcos en el puerto; casi un cuarto de milla de agua lo rodeaba por todas partes. Se veía espléndido en su impenetrable aislamiento.

—Debo pensar —dijo Hunter, y volvió a sentarse.

Un barco anclado en mar abierto, en aguas tranquilas, era tan seguro como una fortaleza rodeada de un foso. Y lo que hizo Sanson a continuación lo volvió aún más seguro: echó al mar restos y deshechos alrededor del barco para atraer a los tiburones. De todos modos había muchos escualos en el puerto, de modo que llegar nadando a *El Trinidad* era un suicidio seguro.

Tampoco podía acercársele ningún bote sin ser avistado.

En consecuencia, el acercamiento tenía que ser a cara descubierta y parecer inofensivo. Pero una barca abierta no ofrecía ninguna posibilidad de escondite. Hunter se rascó la cabeza. Paseó arriba y abajo por el Jabalí Negro y entonces, todavía inquieto, salió a la calle.

Allí vio a uno de esos prestidigitadores tan habituales en aquellos tiempos, que escupía chorros de agua de colores por la boca. Era una práctica prohibida en la colonia de Massachusetts porque se consideraba un vehículo para obras diabólicas; pero ejercían una extraña fascinación sobre Hunter.

Observó con atención al prestidigitador que bebía y escupía diversos tipos de agua. Al poco rato se decidió a abordarlo.

—Quiero conocer vuestros secretos.

—Muchas mujeres de clase alta de la corte del rey Carlos me han pedido lo mismo, ofreciendo más de que lo que me habéis ofrecido vos.

—Os ofrezco —indicó Hunter— vuestra vida. —Y le apuntó con una pistola cargada en la cara.

—No me intimidaréis —dijo el prestidigitador.

—En cambio yo creo que sí.

Poco después, estaban en la tienda del prestidigitador, escuchando los detalles de sus hazañas.

—Las cosas no son lo que parecen —dijo el prestidigitador.

—Mostrádmelo —pidió Hunter.

El prestidigitador contó que, antes de salir en público, se tragaba una píldora compuesta de hiel de vaquilla y harina cocida.

—Para limpiar el estómago.

—Entendido. Seguid.

—A continuación, tomo una mezcla de nueces del Brasil y agua, hervidas hasta que se vuelven de color rojo oscuro. Me lo trago antes de salir a trabajar.

—Seguid.

—Después, lavo los vasos con vinagre blanco.

—Seguid.

—Y algunos vasos no los aclaro demasiado.

—Seguid.

Entonces, explicó el prestidigitador, bebía agua de los vasos limpios, y al regurgitar el contenido del estómago, producía los cálices de «clarete». En otros vasos, que tenían una capa de vinagre, el mismo líquido se volvía «cerveza», de un color marrón oscuro.

Bebiendo y vomitando más agua producía un líquido de un rojo más claro, que él llamaba «jerez».

—Este es el único secreto —concluyó el prestidigitador—. Las cosas no son lo que parecen y se acabó. —Suspiró—. El truco es distraer la atención del público hacia otro lado.

Hunter le dio las gracias y fue a buscar a Enders.

—¿Conocéis a la mujer que nos ayudó a salir de la prisión de Marshallsea?

—Se llama Anne Sharpe.

—Encontradla —dijo Hunter—. Y conseguid una tripulación para la barca formada por los mejores seis hombres que encontréis.

—¿Para qué capitán?

—Vamos a hacerle una visita a Sanson.

38

André Sanson, el fuerte y letal francés, no estaba acostumbrado a tener miedo, y tampoco lo tuvo cuando vio que una barca se alejaba de la costa y avanzaba hacia el galeón. La observó atentamente; desde la distancia, vio seis remeros y dos personas sentadas a proa, pero no distinguía quiénes eran.

Se esperaba alguna treta. Hunter el inglés era astuto y recorrería a todos sus ardides. Sanson sabía que no era tan inteligente como Hunter. Sus habilidades eran más animales, más físicas. Aun así, estaba seguro de que Hunter no podía jugársela. Dicho de forma sencilla, era imposible. Estaba solo en el barco y seguiría solo, a salvo, hasta que anocheciera. Para entonces tendría su libertad o destruiría el galeón.

Y sabía que Hunter jamás permitiría que destruyeran el barco. Había combatido y sufrido demasiado por ese tesoro. Haría lo que fuera para conservarlo, aunque tuviera que dejar libre a Sanson. El francés confiaba en esto.

Escrutó el bote que se acercaba. Cuando lo tuvo más cerca, vio que Hunter estaba a proa, de pie, con una mujer. ¿Qué podía significar aquello? Le dolía la cabeza de tanto preguntarse qué podía haber urdido el inglés.

Al final, sin embargo, se consoló con la certeza de que no podían jugarle ninguna treta. Hunter era inteligente, pero la inteligencia tenía sus límites. Y Hunter debía saber que, incluso desde lejos, podía matarlo con la rapidez y la facilidad con la que un hombre se sacude una mosca de la manga. Sanson podía hacerlo ahora si le apetecía. Pero no tenía motivos. Lo que quería era la libertad y el perdón. Y para ello necesitaba a Hunter vivo.

La barca se acercó más y Hunter saludó alegremente con la mano.

—¡Sanson, maldito cerdo francés! —gritó.

Sanson le devolvió el saludo, sonriendo.

—¡Hunter, cabrito inglés plagado de viruela! —gritó con una jovialidad que no sentía en absoluto. Su tensión era considerable, y aumentó al ver con qué despreocupación se comportaba Hunter.

El bote paró junto a *El Trinidad*. Sanson se asomó un poco, mostrando la ballesta. Pero, aunque estuviera ansioso por echar una ojeada a la barca, no quería asomarse demasiado.

—¿A qué has venido, Hunter?

—Te he traído un regalo. ¿Podemos subir a bordo?

—Solo vosotros dos —dijo Sanson, y se apartó de la borda.

Corrió al otro lado del galeón, para ver si se acercaba una barca desde otra dirección. Únicamente vio aguas plácidas, y las aletas en movimiento de los tiburones.

Se volvió y oyó el ruido de dos personas que trepaban por el costado del barco. Apuntó la ballesta a la mujer que apareció. Era joven y condenadamente bonita. Ella le sonrió, casi con timidez, y se apartó para dejar subir a Hunter. El capitán se paró y miró a Sanson, que estaba a unos veinte pasos de distancia, con la ballesta en las manos.

—No es un recibimiento muy amable —indicó Hunter.

—Tendrás que disculparme —dijo Sanson. Miró a la muchacha y después a Hunter—. ¿Has dispuesto lo necesario para que se acepten mis peticiones?

—Lo estoy haciendo en este momento. Sir James está redactando los documentos, te los entregarán en unas horas.

—¿Y cuál es el motivo de esta visita?

Hunter soltó una breve carcajada.

—Sanson —empezó—, sabes que soy un hombre práctico. Sabes que tienes todas las cartas. No tengo más remedio que aceptar tus peticiones. Esta vez has sido demasiado listo, incluso para mí.

—Lo sé —dijo Sanson.

—Algún día —amenazó Hunter, con los ojos entornados— te encontraré y te mataré. Te lo prometo. Pero, por el momento, has vencido.

—Esto es un truco —dijo Sanson, dándose cuenta de repente de que algo andaba realmente mal.

—Truco no —afirmó Hunter—. Tortura.

—¿Tortura?

—Por supuesto —dijo Hunter—. Las cosas no son siempre lo que parecen. Así que para que pases una tarde agradable, te he traído a esta mujer. Seguro que te parecerá encantadora… para ser inglesa. Te la dejaré. —Hunter se rió—. Veamos si te atreves.

Ahora rió Sanson.

—¡Hunter, eres un rufián del demonio! No puedo estar con la mujer sin dejar de vigilar, ¿verdad?

—Que su belleza inglesa te torture —dijo Hunter, y después, tras una pequeña inclinación, saltó por la borda.

Sanson oyó el golpe sordo de sus pies contra el casco del barco, y después un golpe seco al caer Hunter sobre el bote. Oyó que Hunter daba la orden de alejarse y, por fin, le llegó el ruido de los remos en el agua.

Era una trampa, pensó. No podía ser otra cosa. Miró a la mujer, podía llevar algún tipo de arma.

—Échate —gruñó ásperamente.

Ella parecía confusa.

—¡Que te eches! —gritó él, golpeando con el pie sobre cubierta.

La mujer se echó en el suelo y él la rodeó con cautela y la registró. No llevaba armas. Aun así, estaba seguro de que era una trampa.

Se acercó a la borda y miró hacia el bote que se alejaba a buen ritmo en dirección a la costa. Hunter estaba sentado a proa, de cara al puerto, y no miraba atrás. Los remeros a bordo eran seis, como a la ida.

—¿Puedo levantarme? —preguntó la muchacha, riendo.

Él se volvió a mirarla.

—Sí, levántate —dijo.

Ella se puso de pie y se arregló la ropa.

—¿Te gusto?

—Para ser una cerda inglesa, sí —dijo él con brusquedad.

Sin añadir nada más, ella empezó a desnudarse.

—¿Qué haces? —preguntó Sanson.

—El capitán Hunter ha dicho que tenía que quitarme la ropa.

—Pues yo te digo que la dejes donde está —gruñó Sanson—. A partir de ahora, harás lo que yo te diga. —Miró hacia el horizonte en todas direcciones. No había nada, excepto el bote que se alejaba.

Tenía que ser una trampa, pensó. Tenía que serlo.

Se volvió y miró de nuevo a la muchacha. Ella se humedeció los labios con la lengua; era una criatura deliciosa. ¿Dónde podía tomarla? ¿Dónde sería seguro? Se dio cuenta de que si iban al castillo de popa, podría mirar en todas direcciones y al mismo tiempo gozar de la ramera inglesa.

—Me aprovecharé del capitán Hunter —dijo—. Y también de ti.

Y la condujo hacia el castillo de popa. Unos minutos después tuvo otra sorpresa: aquella diminuta y tímida criatura se transformó en una furia fogosa y chillona, que jadeaba y arañaba para gran satisfacción de Sanson.

—¡Qué grande la tienes! —jadeó la muchacha—. ¡No sabía que los franceses la tuvieran tan grande!

Sus dedos le arañaban la espalda, dolorosamente. Sanson era feliz.

Habría sido menos feliz de haber sabido que sus gritos de éxtasis —por los que había sido generosamente pagada— eran una señal para Hunter, que esperaba colgado sobre la línea de flotación, agarrado a la escalera de cuerda, observando las formas pálidas de los tiburones que surcaban el agua a su alrededor.

Hunter había permanecido allí colgado desde que el bote se había alejado. A proa del bote había un espantapájaros, antes oculto bajo una lona, que habían colocado en su sitio mientras Hunter estaba a bordo del barco.

Todo había transcurrido tal como Hunter lo había planeado. Sanson no había osado mirar demasiado atentamente el bote, y en cuanto este se había alejado, se había visto obligado a dedicar un momento a registrar a la muchacha. Cuando finalmente fue a echar un vistazo al bote, estaba suficientemente lejos para que el maniquí resultara convincente. En aquel momento, de haber mirado directamente hacia abajo, habría visto a Hunter colgando de la escalerilla. Pero no tenía ningún motivo para mirar hacia abajo, además, había dado instrucciones a la muchacha para que lo distrajera cuanto fuera posible.

Colgado de las cuerdas, Hunter había esperado varios minutos hasta oír los gritos apasionados de la muchacha. Procedían del castillo de popa, tal como esperaba. Silenciosamente, subió hasta las cañoneras y se deslizó furtivamente en el interior de las cubiertas inferiores de *El Trinidad*.

Hunter no iba armado, por lo tanto, su primera misión era

encontrar armas. Fue a la armería, de donde cogió un puñal corto y un par de pistolas, que cargó y se guardó en el cinto. Además, cogió una ballesta y le tensó la cuerda para prepararla para el tiro. Hecho esto, subió la escalera hasta la cubierta principal. Allí se detuvo.

Mirando hacia popa, vio a Sanson de pie junto a la muchacha. Ella se estaba vistiendo; Sanson escrutaba el horizonte. Solo había necesitado unos minutos para desahogar su lascivia, pero serían unos minutos fatales para él. Vio que Sanson caminaba hasta el centro del galeón y paseaba por cubierta. Miraba por una borda, después por la otra.

Y entonces se paró.

Volvió a mirar.

Hunter sabía lo que estaba viendo. Había descubierto las huellas mojadas en el casco que había dejado la ropa de Hunter en su errática subida por el costado del barco hasta llegar a las cañoneras.

Sanson se volvió de golpe.

—¡Maldito! —gritó, y disparó la ballesta a la muchacha que seguía en el castillo.

Con la tensión del momento falló, y ella gritó y corrió abajo. Sanson fue tras ella, pero luego se lo pensó mejor. Paró y cargó la ballesta. Entonces esperó, escuchando.

Se oyeron los pasos de la muchacha que corría, y después una puerta enorme que se cerraba de golpe. Hunter supuso que se habría encerrado en uno de los camarotes de popa. De momento, allí estaría a salvo.

Sanson fue hasta el centro del puente y se quedó junto al palo mayor.

—Hunter —gritó—. Hunter, sé que estás aquí. —Y entonces se rió.

Ahora las circunstancias le eran favorables. Estaba junto al mástil, fuera del alcance de cualquier pistola, desde cualquier dirección; y allí esperó. Dio la vuelta al mástil cuidadosamente, girando la cabeza con movimientos lentos. Estaba totalmente alerta, totalmente concentrado. Estaba preparado para cualquier eventualidad.

Hunter se comportó de forma ilógica: disparó ambas pistolas. Un tiro astilló el mástil, y el otro dio a Sanson en el hombro. El francés gruñó, pero apenas dio muestras de notar la herida. Giró rápidamente y disparó la ballesta; la flecha pasó junto a Hunter y se clavó en la madera de la escalera que conducía a los camarotes.

Mientras Hunter bajaba los escalones, escuchó cómo Sanson corría hacia él. Vio brevemente al francés, corriendo con las dos pistolas en las manos.

Hunter, situado bajo la escalera de los camarotes contenía el aliento. Vio a Sanson justo por encima de su cabeza, y luego bajando la escalera apresuradamente.

Sanson llegó a la cubierta de artillería, de espaldas a Hunter, y entonces el capitán dijo con voz fría:

—No te muevas.

El francés se movió. Se volvió con rapidez y disparó ambas pistolas.

La bala silbó sobre la cabeza de Hunter que se agachó en el suelo. Se levantó otra vez, con la ballesta a punto.

—Las cosas no son siempre lo que parecen —dijo.

Sanson sonrió, levantando los brazos.

—Hunter, amigo mío. Estoy indefenso.

—Sube —dijo Hunter, sin expresar ninguna emoción.

Sanson empezó a subir los escalones, sin bajar los brazos. Hunter vio que llevaba un puñal al cinto. Su mano izquierda empezó a bajar hacia él.

—No lo hagas.

La mano izquierda se detuvo.

—Arriba.

Sanson subió, con Hunter detrás de él.

—Todavía te tengo, amigo mío —dijo Sanson.

—Solo tendrás un palo metido en el agujero de tu culo —prometió Hunter.

Ambos hombres salieron a la cubierta principal. Sanson retrocedió hacia el mástil.

—Tenemos que hablar. Debemos ser razonables.

—¿Por qué? —preguntó Hunter.

—Porque he ocultado la mitad del tesoro. Mira —dijo Sanson, tocándose una moneda de oro que llevaba colgada al cuello—. Aquí he señalado dónde está escondido el tesoro. El tesoro del *Cassandra*. ¿No te interesa?

—Sí.

—Bien. Entonces tenemos razones para negociar.

—Intentaste matarme —dijo Hunter, con la ballesta a punto.

—¿No lo habrías intentado tú, en mi lugar?

—No.

—Por supuesto que sí —confirmó Sanson—. Es una desvergonzada mentira negarlo.

—Puede que lo hubiera hecho —dijo Hunter.

—No nos teníamos tanto aprecio.

—Yo no habría intentado engañarte.

—Lo habrías hecho, de haber podido.

—No —dijo Hunter—. Yo tengo algo llamado honor...

En aquel momento, por detrás, una voz de mujer gritó:

—Oh, Charles, lo tienes...

Hunter se volvió una fracción de segundo a mirar a Anne Sharpe y en aquel momento Sanson se echó encima de él.

Hunter disparó automáticamente. Con un siseo la flecha de la ballesta se soltó. Cruzó el puente y fue a hundirse en el pecho de Sanson; lo levantó y quedó clavado al palo mayor, donde agitó los brazos y se retorció.

—Me has agraviado —dijo Sanson, escupiendo sangre.

—He sido justo —apuntó Hunter.

Sanson murió; su cabeza cayó sobre el pecho. Hunter arrancó la flecha y el cadáver se derrumbó en el suelo. Tiró de la moneda de oro con el mapa del tesoro grabado que colgaba del cuello de Sanson. Mientras Anne Sharpe observaba, tapándose la boca con la mano, Hunter arrastró el cadáver hasta el parapeto y lo lanzó por la borda.

Flotó unos instantes en el agua.

Los tiburones lo rodearon cautelosamente. Por fin uno de ellos se adelantó, tiró de la carne y la desgarró. Luego otro y otro hasta que el agua comenzó a agitarse con una espuma de color rojo sangre. Poco después, cuando el color del mar se volvió de nuevo verde azul y la superficie se calmó, Hunter apartó la mirada.

Epílogo

Según sus memorias, *La vida entre los corsarios del mar del Caribe*, Hunter buscó el tesoro de Sanson durante todo el año 1666, pero no lo halló.

La moneda de oro no tenía un mapa grabado en la superficie, solo una serie de triángulos y números que Hunter no fue capaz de descifrar.

Sir James Almont volvió a Inglaterra con su sobrina, lady Sarah Almont. Ambos murieron en al Gran Incendio de Londres de 1666.

La señora Hacklett permaneció en Port Royal hasta 1686, año en el que murió de sífilis. Su hijo, Edgar, se convirtió en un mercader importante en la colonia de Carolina. A su vez, su hijo, James Charles Hacklett Hunter, fue gobernador de la colonia de Carolina en 1777, y propuso que la colonia se aliara con los insurgentes del norte contra el ejército inglés al mando del general Howe, con base en Boston.

La señorita Anne Sharpe regresó a Inglaterra en 1671 para ser actriz; en aquella época los papeles femeninos ya no los interpretaban varones, como a principios de siglo. La señorita Sharpe acabó siendo la segunda mujer de las Indias más famosa en toda Europa (la más famosa, por supuesto, era madame de Maintenon, amante de Luis XIV, que había nacido en Guadalupe). Anne Sharpe murió en 1704, tras una vida que ella misma describía como de «deliciosa notoriedad».

Enders, el artista del mar y cirujano barbero, se unió a la expedición de Mandeville en Campeche en 1668 y pereció en una tormenta.

Bassa, el Moro, murió en 1669 en el ataque de Henry Morgan a Panamá. Lo abatió un toro de los muchos que los españoles soltaron con la intención de proteger la ciudad.

Don Diego, el Judío, vivió en Port Royal hasta 1692, cuando, a una edad avanzada, murió en un terremoto que destruyó la «perversa ciudad» para siempre.

Lazue fue capturada y colgada en la horca por pirata en Charleston, Carolina del Sur, en 1704. Se decía que había sido amante del pirata Barbanegra.

Charles Hunter, debilitado por la malaria contraída durante la búsqueda del tesoro de Sanson, regresó a Inglaterra en 1669. En aquel momento, la expedición dirigida por él contra Matanceros se había convertido en motivo de malestar político, y nunca fue recibido por Carlos II, ni se le concedieron honores. Murió de neumonía en 1670 en una casita en Tunbridge Wells, dejando un modesto patrimonio y un cuaderno de apuntes, que se cedió al Trinity College, de Cambridge. Su cuaderno todavía existe, así como su tumba, en el cementerio de la iglesia de St. Anthony en Tunbridge Wells. La lápida está prácticamente lisa, pero todavía es legible lo siguiente:

AQUÍ YACE
EL CAPITÁN
CHARLES HUNTER
1627-1670
AVENTURERO Y MARINERO HONESTO
AMADO POR SUS COMPATRIOTAS
EN EL NUEVO MUNDO
VINCIT